JN126293

並木正三（なみきしょうざ）諸工夫（くふうのかずかず）より

毛利隆一

風詠社

目次

疾　風

―並木正三諸工夫より―

一　晩春

「三ちゃん、忙しそうじゃの。また、どこぞの御開帳で怪我人でも出たんかいな」

声を掛けたのは商家の女で、箒を持った手を止めた。早朝、ようやく日が昇る頃、まだひと気のない道頓堀の通りを急ぎ足で通り過ぎようとしていた若い男が立ち止った。三ちゃんと呼ばれたその男は小柄で色白、二重瞼の目元に愛嬌もあり、もうちょっとで男前というところだが、すぐに笑顔になる人懐こさのためか、二十代半ばという年齢よりも年若く見られる。

時折、晩春の生暖かい風が砂塵を舞い上がらせている。桃も桜も開花が終わり、厳しかった冬の寒さがようやく緩みはじめている。この年は各地の寺で秘仏の開帳が行われるという触れ込みが伝わってきていた。

ここ数年来、不穏な気候による大雨・大風だけでなく、前年には奥州・松前（現、北海道函館付近）に大地震が起こり、それにともなう津波によって万を超える死者を出した。江戸では数度にわたる大火もあり、各地で打ち毀しや一揆もしばしば起こっている。そのため貧窮した関東・東北の寺社が秘蔵の仏像やら神体やらを公開して日銭を稼ごうという魂胆なのであろう、新春以来、江戸や北陸筋からもたらされた秘仏の開帳が大坂の各寺で行われているというわけであった。

「相州（相模）隅田川の木母寺の梅若丸の遺物やら柳の古木やらの御開帳もあるらしゅおす。あても連れてって貰えんかな。梅若の遺物って何なんでっしゃろ？」

女の方は世間の噂をそのまま口にしていたのだが、武蔵国江戸の隅田川が相州（相模国）というのは評判の間違いに過ぎないにしても、遺物が贋物であることは疑う余地もない。木母寺は人さらいにさらわれ、隅田川の辺りで死んだという梅若丸の供養のため平安時代中ごろ建てられたという。梅若丸の母がさらわれた子を探して隅田川までたどり着いたという話が作られ、隅田川物として能になり歌舞伎でもさかんに取り入れられている。

「梅若なんて知りませんがな」三ちゃんと呼びかけられた男、三次は迷惑そうな顔もせず、足を止めて答えた。「そないな悠長なことちゃいま、今朝は心中だす」

この年、明和四年（一七六七）には大坂では三日にあげず心中事件が起こっている。

「へぇ、また北野（梅田辺）かいな」

「さいだす。どうやらお山はんらしおす」

お山とは傾城のことをいう。大坂でただ一か所、公的にみとめられた遊郭が新町であり、そこの傾城である。

「そら、えぇわ」

「そらええわ、て御寮はん、何がよろしいもんかいな。薄情なこと言うたらあきまへんで。臓器がえぐり出されてまんねんで。その上、鴉にさんざ荒らされとるようだす。考えただけで震えやら吐き気やらとまりませんわ」

御寮はんと呼ばれた女は並木正三の妻お由であった。

「お役目ごくろうさんやな。けど詳しゅう聞き込んで、うちの師匠に教えて貰いとおすわ。あんさんらに春の御芝居、止められてから、えらい消沈してはります。責任、取って貰わななりません」

「わての責任、言われても……」三次は頭をかいた。本気で困った様子だ。

「わかってる、わかってる。そいでも、それまでは飛ぶ鳥を落とす勢いやった正さんが、すっかり落ち目になってしもたんは、その所為や。もし、そのお山はん、どこぞの若旦那と心中しやはったんなら、曽根崎心中か天の網島の二番煎じぐらいにはなりまっしゃろ。ほんま、何で三年も前の事件を芝居にしたからいうて差し止めになるんだす。あないに大入じゃったのに、えらい損害じゃあ」

三年前の事件というのは明和元年（一七六四）の朝鮮通信使殺害事件（朝鮮王朝から送られた派遣団の一員を通訳にあたった対馬藩の武士が刺殺したという事件）であり、並木正三はこの事件をネタにした『世話料理鱸包丁』をこの二月十八日、角之芝居で上演した。これは正三が長年温めていた素材を基に渾身の力を込めて仕組んだ芝居である。その前評判も高く、幕開けとともに見物は引きも切らず大当たりだった。それがわずか二日の興行で差し止めを命じられたのである。世話物と銘打った大外題だったが、三年前の事件を題材にしていることは誰の目にも明らかで、奉行所の介入も予想がつかなかったわけではなかった。が、あまりの急転直下の差し止めに正三はすっかり意気消沈してしまい、妻のお由にも慰める手立てとてないほどだった。

それでも無理やり気を取り直し、ほとんど仕組（筋書きのこと）を変えることなく、急いで義経を主人公にした『今織蝦夷錦』を仕上げたが、角之芝居の評判は水の流れるように消えてしまい、まもなく三月を迎えようとしている。

「ほんまお気の毒なことだしたなあ。今度の心中、若旦那、お得意の一夜漬け（起こったばかりの事件を芝居にしたもの）にして貰えたらえぇんだすけど……どないな話か分からしまへんし、北野にちょっと顔出した足で、阿弥陀池（現、西区堀江）に行かななりませんねん。御寮はんのご推察通り、こちらは御開帳の警固だすけど」

「そうか、そらお楽しみじゃな」

「お楽しみってことありますかいな。えらい人出で喧嘩口論、迷子に、ちぼ（すり）、他に何があるか分からしません。この前なんざ、人まちがいで危うう命まで落としそうになりましたがな」

「この前、九条（現、西区）の竹林寺で御開帳の鬼の首に卒倒した娘はんに抱きつかれた、ちゅう話やないか」

「娘はん、いうて、ほんの十になるかならんかの子供だすがな」

「えらい綺麗なお子じゃったって目尻が垂れてましたえ。阿弥陀さんの御開帳は何だすかいな？」

「さあ……」

「知らんのかいな。今度は蛇娘かもしれませんな」

「御寮はんにはかないまへんな。こないなとこで、いつまでも油売ってるわけに行かしまへん。若旦那にきばっておくれやすとお伝え願います」

梅田の心中は三次の予想以上にひどい有様だった。現場に近づくにつれ草叢からは死臭さえ漂い、吐き気をこらえるのに必死なのは三次ばかりではない。

「えらい遅いやないか」

口に懐紙（ふところに入れて用意している紙）を当てながら雑木林の草叢から現われたのはまだ十八歳の同心見習になったばかりの藤野という定廻りだ。

「へぇ、すんません。これでもすっ飛んで来ましたんでやす」

「そないな言いわけ、聞きとないわい。わしの下でやってくつもりなら、今までみたいなわけ、行かんで」

「そいで、どないな様子でっしゃろ」

十歳も年下の見習同心に偉そうにされ、三次の不快は一段と強まったが、辛抱するしかない。相手は見習とはいえ西町奉行所の同心なのだ。三次の身分は垣外である。これは長者を筆頭とする集団で、当時の大坂には道頓堀、天王寺、鳶田、北野の四か所あり、「しかしょ」と呼ばれ、手下より上の位になるが、定廻り同心の下であり、見廻りや探索の御用を果たさなければならない。
　定廻り役は一年通して決まった役ではなく、二人の与力とそれぞれに付く二人の同心が月替りで順番に勤めていた。町奉行の与力、同心が最初の第一歩を踏み出す役目が定廻りであり、そこから出世することになる。大坂の奉行所には東西合わせて百六十名の与力、同心がいるが、殆どが複数の役を掛け持ちし、跡取りが見習として役についていることもある。これらの与力、同心で大坂三郷ばかりか摂津（現、大阪府と兵庫県の東部分）、河内（現、大阪府東部）、和泉（現、大阪府南部）、播磨（現、兵庫県南部）の訴訟に関わっている。見習でも同心は同心なのだ。この同心でも出世すれば、三次などには口をきく機会も二度とない可能性もある。

　三次が枯れた藪草を掻き分けて現場に向かうと、五十歳に手の届こうとしている古参の同心、石川孫助と鉢合わせた。

「やってられんわい。こないな心中死体、初めてじゃ」

「そないにひどいんでっか」三次のおびえた表情を見て取ったのか、

「行かんでえぇ、行かんでえぇ。身元も分かっておる。親類縁者や抱え主（傾城の所有者）の調べはお役所でやる。さいわいここなら焼き場に近い。隠亡（墓場のこと）役人が運んでくれる」

「こないに人目のないとこで、どなたはんが見つけよりましたんだす？」

「それがのぅ、心中しようって藪に入りこんだ男女が見つけよったんじゃ。二人とも腰抜かしたり、ひどい姿で、戻ってきよった」

「へぇ、そやつらはどうなるんだすか？」

「厳しゅういうたら、心中のしそこないじゃし、二人とも晒(さら)しの上、おぬしらに預けということになるんじゃろが、今回はそこまでせんでもお叱りぐらいでお構いなしになるじゃろ。娘、いうても、もう娘やないかもしれんが、どうやら貧乏牢人の娘らしいし、相手の男はちっこいお店(たな)の手代らしい。穏便にせんと、また、心中しよるかもしれん。もっともお互い、今の形(なり)見たら、頭も冷え、熱も冷めてまうに違いないがのう」

「ほな、わいはこのまま阿弥陀池に回ってもよろしまっしゃろか？　御開帳の警固、頼まれてまんねん」

「そら、うらやましい。なんぞ、おもろいもん、あるかもしれんな」

「わいは警固だす。おもろいことなんか、あるわけありまへん」

「ま、よろしゅう頼むわ」

　三次は気さくな老同心にいやな役目を免除されほっとしながらも、ぶつぶつ言いながら曽根崎の森から阿弥陀池に向かった。四半刻（約三十分）はたっぷりかかる。桜橋を渡り四ツ橋の筋を南に向かう。桜橋を渡ったところにある堂島新地はまだ寝ぼけたように静まっている。今回の心中には堂島新地の傾城や芸妓は関わっていない。お山というからには新町の傾城なのだ。心中の噂は朝の早い物売りから台所の手伝い辺りには伝わっていようが、あまりに毎日のことで知り合いでもない限り眠い目をこすってまで起き出す気にはならないだろう。一方、堂島の米会所はすでに開かれている。まだ種籾を苗床に植える季節にもなっていないが、昨年の年貢米に上乗せするように貢がせた米が各地から大坂の蔵屋敷に運ばれてくる。全国的な不作による米の値上がりを見込んで、藩内の米を売り出して利潤を稼ごうとしているのだ。天候不順がつづき、不作による百姓の飢えには目をふさいでいる領主や代官が主流を占める。そんな百姓の窮状を知ってか知らずか、米会所では刻々と気温の上昇する晩春の陽気の中で汗を流し、その汗を冷やすため素手で上荷舟にもどる仲仕（肉体労働者）たちに冷たい水が桶からぶちかけられ、仲仕の裸の背から湯気さえ上がっている。三次は渡辺橋、肥後橋と蔵屋敷の建ち並ぶ中の島を突っ切って行く。

「お恵みを」

橋には早くも占い師や小物売りに混じって物乞いをする襤褸を着た男女が物相椀を差し出してくる。妻の頭の虱を取っていた亭主もあわてて虱をつぶしたばかりの手を差す。

「親方、お恵みを」

「親方？　わいのことか？」

三次は「わいもお前らと同類じゃ」と言いたいところだが、物乞いは流れ乞食であり、本来なら三次は彼らを追い払うのが役目なのだ。けれど三次にはそうした気持ちはない。同類としか思えない。まだ物心もつかない幼児のころ、路傍に捨てられた孤児だと小さい頃から聞かされている。しかし、今や三次はそうした野非人を取り締まる立場になっている。首に懸けた小銭入れから数文ずつ路傍の物乞いの椀に入れてやることしかできない。

阿弥陀池の周囲にはすでに俄作り（にわか）の掛け小屋（屋台）が建ち並び、香具師（やし）たちが玩具、水飴、薬や小物、さまざまな品を棚に並べている。この日は御開帳の初日である。すでに気の早い見物もあちこちの小屋の前に集まったり、品揃えを待って床几に座っている者もいる。春分を過ぎたとはいえ、まだ早朝は肌寒い。明和四年（一七六七）の二月二十五日が太陽暦の三月二十三日にあたる。

「三次、朝早うからご苦労じゃの」

「あっ、親方。親方こそ、こないに早うから御開帳の見物でっか？」

池の周囲に建てられた俄作りの小屋の一つから声を掛けたのは正三の父の正兵衛である。六十歳はとうに過ぎ、今は道頓堀吉左衛門町に楽隠居の身だ。正兵衛という名も、芝居茶屋和泉屋の名義とともに正三の妻お由の甥の正吉に譲り、自分は正朔（しょうさく）と名乗っている。久しく南堀江で営んでいた油屋ももう一人の甥の伊八に譲っている。芝居茶屋の方は正兵衛という名とともに本来なら息子の正三が継ぐのが自然だったが、正三自身芝居作者に専念したいという気持ちがあり、加えて甥の正吉が役者になると言ったり、時には芝居作者になりたいなどと思い付きを口にするばかりで落ち着かないため、せめて芝居茶屋の名義と名前だけでも譲っておけば落ち着くかもしれないというお由の勧めに、正三は飛びつくように承知した。正朔、正三の父子は今や商売の経営や日々の経済などは頭になく、好きなことに精出すことができる気楽な立場となっている。

宝暦九年（一七五九）の火事でほぼ全焼した吉左衛門町の裏に正三は父の正朔夫妻の隠居所用

に家を建てた。数年後、正朔はそれまで住みなれていた南堀江の店を甥の伊八に譲って道頓堀に越してきた。母のお絹はまだまだ隠居どころでなく、芝居茶屋の切り盛りに明け暮れていた。正朔は本来なら楽隠居の老人として気ままに趣味にでも打ち込めばいいのだが、正朔には趣味といえば興行や薬種の工夫をするという慣れ親しんだこと以外に食指は動かない。それでついうかうかと失敗すると分かっていながらも興行の銀主になったり、甥の油屋の店に顔を出しては口も出す。こうした父親の性格を知っている正三は、隠居の気慰にでもと、二階の正朔の隠居部屋の張り出しに小さな庭を作り、植え込み、飛び石を置き、井戸のこしらえに釣瓶をおろし、下から料理、酒、煙草盆などをくみ上げる仕掛けを作った。最初は物珍しさもあったが、正朔にはそれでは物足りず、「なら、いっそ、さような料理茶屋でも開いたらどうじゃ」と思い付きを提案したが、適当な茶屋を借りるか買い取るかする余裕もないまま、五年以上が経っている。その間に正朔の妻のお絹は流行り病で急死した。正朔はいまや気の向くままに好き勝手ができる気楽な独居老人である。

「親方、今日はまた朝早うから」

　正朔の返事がないため、三次はまた改めてたずねたが、正朔は一向に返事することもなく辺りを見回している。三次は正朔の周りをぐるぐる回りながら、

「親方、今日はまた珍らしゅう、どこぞのええ人とお待ち合わせでっか?」

「あほ、お前とちがう。お前こそ」初めて三次に気付いたかのように正朔は語気を強めた。

「へへへ、わては見て来ましたで。そらえぇ……」

「そうじゃろ、今朝のお前の目はいつもと違うて光っておるぞ」

「わての目ぇ、いつもはそないに曇っとりまっか」

「そないに本気にせいでもいいがの、今朝は何かあったのか?」

「へぇ、死骸の検分に行てまいりました」

「また、心中か?」

「さいだす、えらい綺麗な娘さんが」

「やはり、そうか」

「嘘だす、嘘だす。心中から二、三日、経っとるようだす。腐っとるだけやのうて、烏につつかれるわ、犬に食われるわ、そらぐじゃぐじゃだす」

「そら、災難じゃったな」

「災難の段だすかいな……へへ、ほんまは見るの堪忍(かんにん)して貰ろうたんだす。与力の石川様が見んでもえぇ、早よこっちに行け、ゆうてくれはりまして。えぇお方だす」

「それは……」

「ところで親方はこないに早うから、何、きょろきょろしてはりますねん? 御開帳にはまだ、だいぶ間ぁありまっしゃろ」

「きょろきょろ、とは人聞きの悪い。けど、ま、そんなところじゃ」

「どこの芸妓はん、お探しだす？」

「男じゃ、残念ながらな」

「へっ、男はん、お探しでっか？　やっぱり若い方がよろしまっか」

「あほ、そないな浮気の話じゃないわい。魚屋を探しておる」

「こないなとこまで、菜のネタを仕入れに来てはりますんか？　お由はん、何も言うとりはりませんだで」

「お由に頼まれて魚買いに来てるわけじゃないわい。人探しじゃ」

「へぇ……今度は魚屋のお店を開こうという腹だすか？」

「そうじゃな、おぬしの耳に入れておいた方がいいかもしれん。おぬし、朝はまだじゃろ。一口、食べながら話をしよ」

三次は喜んで正朔が指差した「うどん」という擦り切れた旗の下がった小屋について行った。店の老人は気を利かせたのか店奥の席に二人を招いた。

「こない寒い日はあったかいうどんが一番だすな」

三次はふうふうと息をはずませながらうどんをかきこんでいる。

「親方、えらい汗かいてはりますなぁ。今日は春らしいええ日和だっせ」

親爺は三次に向かって言った。すでに顔見知りの間柄だ。三次は親方と呼ばれて照れくさそうにしたが、店の親爺が感心するほどにたちまち四杯のうどんをたいらげた。

「団子、一串もらおか」

「今度は団子だすか、こないに朝から大丈夫でっか」

正朔も三次も酒好きではない。付き合いでなら仕方なく飲むといった程度だ。そうした二人なら酒を注文しないのは当たり前であり、三次は麺類だけでなく気楽に甘い物を注文できた。正朔は煙管(きせる)の煙草を何度か詰めかえている。

「親方のお探しになってる魚屋って何だすねん？」

ようやく一息ついた三次が本題に入る気になったのを潮に、正朔は煙草盆の端で軽く煙管をたたき煙草の吸殻を捨てた。

「実はある芸妓にたのまれての」

正朔は一人の芸妓からある男の世話を頼まれたという。その男はまもなく五十歳に手の届く年齢だという。見た目は年齢以上に老けており、髪は真っ白であるばかりでなく、ほとんど剃髪(ていはつ)同様にわずかに襟足のあたりに残っている程度である。何よりも言葉数が少ないだけでなく、むしろ喋れないといった方がいい。もちろん体は痩せこけ、あばら骨が浮きあがっているだけでなく、歩くのも困難な様子だという。

「わしが会うたわけではないが、さように聞いておる」

「そのご老人は芸妓はんのお父上なんでっしゃろ？　どちらの芸妓はんだすか？」

三次は正朔が探している魚屋よりも芸妓に興味を見せる。

「さる芸妓じゃ」

正朔がわざとじらすのかそれとも名前を出せない理由でもあるのかと、三次は口にした団子を頬ばったまま正朔を見た。しかし、それ以上何も言い出しそうにない。

「そのご老人がさる芸妓のお父上として、魚屋はさてはその芸妓に傍惚(おかぼ)れしているというわけだすな」

「当たらずといえども遠からずといったとこじゃな」

「傍惚れちゃうんだすか？」

「いや、それはそうかもしれぬが、老人が芸妓の父親というところが違っておる」

「へぇ、五十歳に手の届く老人が父親ちゃうんだすか。ならその芸妓も相当、いっとりまんな」

「いやいや、まだ二十歳をそんなに出てはおらんじゃろ」

「二十歳の芸妓と五十歳の老人だすか……」

三次は呻った。そして首をかしげた。

「なら、その男はんは大きな領主の仮の姿か、やっぱり大店の旦那はんでっしゃろか」

「いやいや、身寄りのない気の毒なお方じゃ」

「それなら、偉いお方で」

「ま、その通りじゃ。偉いかどうかは知らぬが、ちと、身をひそめておる学者じゃ」

「学者？　さいだっか。じゃが、身をひそめるということは？」

「どうやら、また学者のお仕置が行われるらしいのう。そなた、何ぞ聞いてはおらぬか？」

「めっそうもない。わい、どっちか言うたら取り締まらなあかん側で、こんなこと言うて何だすけど、どうも得心が行きまへんねん。学者はん、いうたら大抵、大人しい物静かな人で乱暴なことなんかと無縁な人のように見えまっけど、なんでお仕置き受けたり、死罪になったりしますねん」

「うむ、学者というても、漢学者もおれば蘭学者も、それから国学者もおる。国学者というのは、もともとは古い書物を研究するのが仕事なのじゃが、それが天皇を敬うことと結びついて、京におられる天皇の扱いが不当じゃと言うて、天皇の地位をもっと高めにゃならぬと主張する一派がおるのじゃ。それが御公儀にとっては目障り。現に事件に発展した例もあるのだ」

「そういうことだっか。わてら、毎日のおまんまの心配してるような連中ばっかり相手にしてまっしゃろ、ぶっちゃけ、なんでそないなことに命掛けて頑張るんか、よう分かりまへんな」

「うむ、しかしな、その下々の暮しを決めておるのは誰か、ということじゃ。確かに御政道に楯突くのは命懸けじゃ。が、世に不正はある。それに黙っておれん人間もおるということなんじゃ」

「わいは、そないなことに拘わりはお断りだっせ」

実は、三次にもうっすらと洩れ聞こえてきたことはある。が、口に頬張った団子を飲みこみ、また繰り返す。

「そないなもんに拘わりは」

「別にそなたに助けてくれと言っているわけではない。それにそのお方はもう十年近くも前にご赦免になったらしい。ただ、長年の牢暮らしのせいで、すっかり体力も気力も失われ、そればかりか、ひどい責め苦で歩行もままならんとのことじゃ」

「そないな罪人を若い芸妓はんがお世話なさるとは……ご縁戚なんでっしゃろな？」

「いやいや」正朔はいったん、口をつぐみ、煙管にまた煙草を詰めた。詰めおえると、「もう十年にもなろうかのう……」と隠居生活を始める前のことを思い出しながらゆっくりと話し始めた。

吉左衛門町を焼けつくした火事を契機に正三が父正朔の隠居生活も考え、また、少しでも母のお絹が営む芝居茶屋和泉屋からも便利なように、吉左衛門町の裏の火事跡の土地に家を構えた時のことだ。

吉左衛門町の裏というのは南側に当り、難波村に長く属していた。この日当たりのいい裏の畑地を吉左衛門町の家主たちは借地して庭にしていたが、まもなく小屋を建てることも認められた。こうして吉左衛門町とその西にある九郎右衛門町の家主は道頓堀の通りの向かいの浜地だけでなく、裏の畑地の所有者となり、今や畑地も難波村でなく、道頓堀の町の一部となっている。もちろん吉左衛門町や九郎右衛門町には他の道頓堀の町に倍する様々な役が課せられてはいるが、それに補って余りある利益もある。

宝暦九年（一七五九）の火事では幸い焼死者はなかったというが、当時、この焼けた吉左衛門町の裏の借家に住んでいた芸妓と彼女が世話する相撲取りがいまだに行方不明のままである。松枝と呼ばれるこの芸妓はその少し前まで北前問屋の御寮人（主婦）だった。この御寮人は相撲取り、といってもまだようやく番付に四股名の載り始めたばかりの若者だったが、この相撲取りとの不貞を噂され、それが引き金となり、問屋の主人と別れて元の芸妓にもどり、道頓堀の吉左衛門町に住み始めた矢先の火事だった。

三次も少しずつ思い出してきた。松枝というのは元は道頓堀の芝居茶屋の一つの娘だったが、兄が幕政を批判している国学者の一味としてお尋ね者になり、その芝居茶屋もつぶされたと聞いた。それは三次がまだ生まれる前のことであり、そうした話は吉左衛門町の火事の後で知ったことだ。その芸妓の兄は捕縛され、両親の必死の探求の試みにもかかわらず、どうやら江戸で糾問を受けているらしいとしか分からないまま時が経ったという。国学は当時、京都の公家の間で活発になり始めた尊王思想と結びつき、幕政批判にまで及ぶようになっていた。松枝の兄が江戸の評定所（江戸幕府の最高司法機関、三奉行と老中からなり、大目付、目付が審問に加わる）に送られてから十年ほど後には、神道思想家の竹内式部が京都所司代に捕縛され重追放となる宝暦事件が起こった。そして式部の影響を受けたとされる京都の多くの公家も処分されたが、こうした動きのきわめて初期に一介の大坂の茶屋の息子が関わっていたとされたらしいと正朔は推察している。

「松枝という芸妓はわしの記憶には一向ないのじゃが、正三の幼馴染であったらしい」

「その芸妓はんはなかなかの別嬪じゃとの噂だしたな。若旦那が惚れるのも無理はない。いや、これはそういう世間の噂」

「かなり年上であったと思うが」

「わずか五、六歳ぐらいだっしゃろ。けど、子供の時分になると五、六歳上のおなごなんぞ、おばはん、いうたら何だすけど、ぐっと年上の姉さんってとこだっしゃろな」

「おぬしのような若好みには合わぬな」

「親方、そらあんまりだす。わいは別に子供が好きちゅうわけちゃいま。ただ何とのうそないな巡り合わせに会うだけで。こないだもえらい苦しんでるおなごはんを介抱しただけで、下心なんぞ一つもありません。それをお由さんまで」

「わかっておる、わかっておる。ちょいと揄(からこ)うただけじゃ。その芸妓、松枝の兄、たしか清太郎と申した、その学者を世話している魚屋がここに来ている筈じゃが、まだ来ておらぬ。渡し物がある。仕方ない、わしは今からその庵(いおり)を訪ねてみる。おぬしもついて来るか？」

「へっ？　さいだすな。そのお方はまことにお許しになられたんだっしゃろな」

　取り締まる立場にある三次にすれば、もしまだお尋ね者だったり、もっとひどいことに牢破りだったりすれば、自分の身にもいかなる災いがかかるかもしれないと躊躇するのももっともだ。正三との関わり合いで今までも幾度か知らないうちに、そうした危うい立場におちいったことがある。幸い大事にはいたらず、御用の手下(てか)から今は若い者として一人前に取り立てられている。しかし江戸ではまた、神道家という手合いによる騒動が起こっていると奉行所役人から漏れ聞いてもいる。まさか、大坂でそんな動きがある筈もない、ましてや赦免された人間がまた同じことに関わりになっている筈はない、とは思うものの関わらない方が無難だろうと決めた。

「これ、たのむ」

三次が断ろうとすると正朔は茶店の親爺から受け取り、足元に置いていた荷物を取りあげて三次に手渡した。

「へっ？　これなんだすか？」

「米とか色々じゃ」

「へっ、重いもんだすな。どないするんでっか？」

「米を炊いて飯（めし）にする」

「そら、雀じゃなし、生では食えませんわな。道頓堀のお宅まで持って行くなんてことなしでっせ。こない重いもん」

「心配せいでもいい。道頓堀ではないわ」

「ほな、どこへ？」

「月正島（がっしょうじま）の向かいじゃ。難波村の外れにあたる。清太郎が住んでいる庵まで持って行く」

「へっ、そんな、余計に遠ますがな」

「遠いな」

「まさか、わてに運べ、おっしゃるんちゃいますすな」

「いやか」

「そらぁ、堪忍してもらいたい。お勤めもあるし」

「なら、お勤めの後でいい。さしてのお勤めでもあるまい。お頭に顔出せばすむのじゃろ」

「いや、そないに簡単に言うてもろうても困ります。今日一日、この阿弥陀さんの警固、仰せつかってます」

「なら、お頭に断ってくればよい」

「ほんまにお尋ね者ちゃいますやろな」

「そうなら、おぬしも存じておろう」

「そらそうだす……けど、こないに重い」

「おぬし、このわしに一里の道を重い荷物を持たして歩けというのか。わしはもう古稀じゃぞ。もそっと大事にしてもらいたい」

「もちろん大事にしてますがな。ちょっと肩もんでもらいたい、いわれれば肩もみもしますし、角の煙草屋まで煙草買いに行ってくれ、言（ゆ）われたら買い物にも行ってます。けど、お尋ね者の隠れ家にご同道するわけにはは」

「わかった、もう頼まん。お尋ね者ではないがの……」

「親方、年寄をそないに薄情にあつかいなさんな」正朔を塹内（ざんない）（かわいそう）と見越してか、掛け小屋の老人も顔を出して肩入れする。「米俵担いで狼にでもねらわれたらどないしますねん」

「こないなとこに狼なんか出はせんわ」

「狼に会わんでも沼地に足入れて溺れ死ぬかもしれませんで。老人が溺れるの見捨てはるんだすか」

そうまで言われると三次も観念したように荷物を担いで歩き出した。ぐずぐずしているうちに、日も高くなり、境内の人波も賑やかになっている。掛け小屋の茶店ばかりでなく、早くも呼び込みをする香具師もいる。

「まあ、こいらは大伝授物でやんす。一文は安い話じゃないか。かの著名なる大藪先生、大竹樹庵の手にかかっても、この艾ひとつかみ、灸するだけで、動けんかった男がたちまち歩き出すわ、走り出すわ、大騒ぎじゃ」

黒紬の錣のある頭巾を着て、菰（物乞い人）のような恰好をした男が大声を張り上げ、大きな目を潤ませて藪医者の手柄話をしつつ、艾を売っている。正朔が通りかかると、

「親方、久しやんす。お忘れでやんすか」と大声を掛けてきた。

「おお、九八か、久しいのう。おぬし、稲荷の源七をスケてると聞いておったが」正朔には少し前まで馴染みの香具師なのだ。

「さいでやんす。けど、時折、あちこちに顔出してま」

「ここはどうじゃな?」

「ぼちぼちでやんす。そのうちお屋敷に顔出ししま」

「店はもう甥に譲った。今は道頓堀に逼塞（引退）しとるわい」

「さいでやんすか、そちらの親方も力持ち、見世物んになさるんでやんすか？」

「あほぬかせ、わいがなんで見世物ん、せなならんのじゃ」三次は顔を真っ赤にしている。

「上等じゃ、上等じゃ、親方、もう一荷どないだ」

向かいの小屋から上半身を真っ赤にした男が荷物をかついだ三次をからかうように声をかけた。男の小屋では今、看板を立て掛けているさいちゅうだ。等身大より大きな看板の上半身裸の女の顔には熊のような髭がある。看板には熊女とある。

「こないな看板、気に入らん」三次は揶揄われたのにふくれっ面になって声をからす。

「へぇ、わいはとうに免許、もろうてます。親方こそ免許、あるんでっか？」

「わしが何で免許、とらなならん」

「そやかて力持ちの見世物するんでっしゃろ」

「ちゃう言うてるがな」

「ひと稼ぎしたら、わいの小屋に顔出したらええ」

「ちゃうちゅうに、わからんやっちゃ」

「ははは、おぬし、なかなかの人気もんじゃの」正朔も三次をからかう。

「親方、一口、どうだす」別の掛け小屋から老婆が何かを刺した串を三次に差し出す。

「えぇ匂いしとるけど、そら何じゃ？」

「蛤の時雨煮だす」

「蛤、そら美味そうじゃ」

「一口どうだすかいな」老婆は三次の口に無理やり押し込んだ。「ひと串、三文だす」

「そら高い、わいの手が離せんのをええことに無理強いしてからに」

「冗談だ、冗談だ。けど、なかなかいけまっしゃろ」

「ただかいな、ただじゃと言われるとますますうまい、もう一口」

「へぇどうぞ、二本目は一分だ」

「人をなぶるのもえぇかげんにせんと、ほんまに怒るで」

「へぇ毎度おおきに」

「何がおおきにじゃ」

「蛤の時雨煮じゃと、そないな高値の貝がこないなとこで食べれるもんかのう」正朔は首を捻る。

「どうせ、浅蜊か蜆であろう」

「蛤、ちゃいまんのか」

「そないなものは浮無瀬（現、中央区谷町九丁目にあった）かどこか、高級料亭でないとめったに口には出来ぬ。堅い皮に柔らかな身に風味あり、海老よりも味わいあるとも評されておる。桑名の焼き蛤なんぞは、そこそこの値じゃそうな」

「親方、その評は鮑のことでやんしょ」老婆が口をはさむ。「桑名の焼き蛤もさしての値ぇとは聞いとりませぬ」

「ははは、そら大きな間違いじゃった。桑名、食わな、こいつは食わずばなるめぇな」

「へぇ、ありがとでございます」

正朔は蛤の時雨煮を数本買い、三次の口にも頬張らせる。

「さいでっか、あこも時雨煮、売ってます。あないな大きな看板出して」

「あれは時雨煮じゃないわ、時雨傘（しぐれがさ）じゃ」

「それも食べれますんか？」

「傘じゃ、雨に差す傘じゃ。おぬし、まだ無筆（むひつ）なのか？　お由がだいぶ仕込んでいたに。それにしてもよう時雨が読めたな、えらいもんじゃ」

「へぇ、御寮はんに『時』と『雨』をたまたま習うたんだす。そんとき、『時』と『雨』を合わせて何て読むかって聞かれまして、そらぁ『ときあめ』でっしゃろって答えたら、『ときあめ』って何だすねん、って聞かはるから、飴（あめ）売りの売ってる水飴の一種ちゃいますやろかって答えて笑われました。『時』『雨』って書いてあったら『しぐれ』って読む、へぇ、塩辛い飴だすか、あほ、その飴ちゃう、空から降る雨じゃ、まあ、そんなこんなで覚えておりやす」

「たしかに時雨煮はからいの」

「でっしゃろ、ややこしおますな。ほんで、何で時雨煮が降って来るんだっしゃろ？」

「三次、おぬし、相当、俄（にわか）（即席の芝居）の気（け）がある。御用はやめて萬歳（まんざい）でもやれ」

「ははは、言われれば傘だすな、よう似てるけどちょっとちゃいま。けどえらい景気えぇ傘屋だす。あないに桁（けた）、高い小屋こしらえてから」

「おぬし、芝居の検分を命じられておるのではないのか？」

「そうだす、そうだす。何とか傘とか、おもろい芝居やるちゅうとりました。時雨煮の傘だしたか」

「芝居の外題は『宿無団七時雨傘（やどなしだんしちしぐれのからかさ）』」

「宿無は取り締まらなならん。それにしても時雨の傘とは、この春にちょっと季節外れな外題だすな」

「さよじゃな、もうすぐ若葉の季節とはいえ、まだ夏には遠い、まして時雨とは秋の雨、降ったり止んだりするので『時』『雨』と書くと聞いた。秋は天気も変わりやすい」

「これは親方、久しぶりだす」

　作りかけの芝居小屋から顔を出した男が今度は正朔に挨拶した。

「ほんに久しい、おぬし、たしか座摩の方で芝居の免許を受けたのではなかったかの」

「へぇ、さよで。けどこっちでも晴天十日間だけお許しをもらいました」

「座摩の芝居の名代を受けてから道頓堀はお見限りじゃの。宮芝居の方が実入りがいいのかのう」

「まあ、大芝居というわけじゃなし、道頓堀であろうが稲荷であろうが、曽根崎でも天満でも安治川でも、どこででもお許しさえあれば小屋建てしております」

宮芝居は常設の大芝居と違い、神社境内などで小屋掛けを行う安価が売りの小規模の芝居小屋である。

「五八は元気にしておるのか？　正三もお由も時折、五八はどうしておるかと案じておるようじゃ」

今、顔を出した和泉屋五兵衛の養子、五八は幼い時から芝居小屋の周辺で遊び回っていた。その点でも正三とよく似た環境に育っている。子供の時分から正三の弟子を自認しているが、父親が宮芝居の名代を買い取ってからはもっぱら父親の芝居の手助けに奔走している。

「いえ、相変わらず、ネタ探しにあちこち飛び回っておりま。まだ、正式に芝居に雇われた作者でもなし、今のうちにネタを仕入れておくと、ま、どないなるか、親方も楽しみにして下され」

「そうか、それで今は？」

「へぇ、今回の阿弥陀さんの芝居を書き上げたら、何か急に思い立つことがあるとか言うて京都に飛んで行きよりました。けど、すぐ帰って来るそうだす」

「そうか、なら、この芝居は五八の新作か？」

「新作いうても宮芝居だす。わずか二場だけの稽古芝居、看板にもそう書いとりま」確かに看板には「二場・宿無団七時雨傘、子供芝居の稽古御覧入候（ごらんにいれそうろう）」と書いてある。「外題（げだい）は古い大芝居から取て来たもんで、大筋は『夏祭』だす。そんなことは申すまでもないでっしゃろけど。団七九郎兵衛だす」

『夏祭浪花鑑』は元禄期から伝わる歌舞伎狂言『宿無団七』を基に生まれた人形浄瑠璃である。

『夏祭』初演の前の年、延享元年（一七四四）の冬に殺人事件が起こり、翌年、春の雪解けとともに死体が現れたという出来事があり、それを早速『宿無団七』の筋を借りて脚色したものだという。それ以来、団七九郎兵衛といえば『夏祭』ということになり、歌舞伎にも取り入れられてしばしば上演されたが、もとの『宿無団七時雨傘』の方は忘れられている。

「そうか、そうか、五八は今、京都に行てるんか」三次はほっとしたような笑顔になっている。三次は正三の弟子を名乗る五八のことが何かと気になるようだ。

「あっ、親方さん、気ぃつきませんで……えらい荷物をしょってなはるよって、奴の親方が雇いなはった仲仕かと思うとりました」

「親方さん」などという五兵衛の揶揄を三次は受け流している。五兵衛は三次よりずっと年は上ながら、三次と同じくお上の御用の末端を与かる身である。

「三次、おぬし、急に元気が出たようじゃ。どうしたんじゃ？」正朔は怪訝な顔をする。

「へへっ、何でもありません。京都でっか、そら気張っておるじゃろ」

　三次は敵意をむき出しにした五兵衛にも臆することはない。今では五兵衛にも増して自分の方が奉行所役人に頼られていると感じている。

「そういやぁ、五八はいつか三次を立役に芝居を書こうと言うとりましたで」

「何じゃと？　わしを？　どうせ六でもない役割でっしゃろ」三次はまた渋い顔にもどった。

「そないなことありません。いつも立派に喧嘩の仲裁をしていなさるとか……わしら年寄の分の埋め合わせしていると旦那衆も褒めておられました」

言葉とは裏腹に五兵衛の顔には次第に憎しみがありありと浮かんで来ている。旦那衆とは五兵衛や三次を使っている与力、同心をさしている。

「けど、惚れっぽいのが難じゃけど。こないだも」

「もっ、やめてくれ。誤解じゃ、誤解じゃ。わしはほんの四つか五つの子をたすけただけじゃ」

「へえ、さっきは十歳とか申しておったがの」正朔も五兵衛の肩を持つ。「いずれにせよ、五八の新作を見たいものじゃ。書き替えじゃのうてな」

「それはだいぶ先のことでっしゃろけど、この『宿無団七』もいけまっせ。いっぺん見てやって下さい」

「今日はこれからちと遠出をせねばならん。また後日、見物させてもらう」

「そりゃ惜しまんな。けど、そのうち五八も戻ってまいりやす」

「そうか、正三に言っておこう」

「よろしたのみま。三次、おぬし、今日は検分(けんぶん)は？　せんでえぇのか？」

「いや、親方の小屋の検分なんぞ出来よりません。それにこれから寄らなならんとこがあるんでやす」

「さよか、別にやましいとこなんぞない、いつでも見に来たらえぇ。おぬしはこれからあちゃ、こちゃの番、せなならんでっしゃろし」

「番って何のこったす？」

「あんまり心中が多いよってに、梅田の辺りの森で、心中の見張り番、しとるっちゅう話、知らんのか？」

「よう知っとりま、さっきも死骸の検分に行て来たとこだ」三次は少し綾（あや）をつけた。

「そら、御苦労なこっちゃ。夜中、一人で番しとった四箇（しか）（四ケ所の略）のもんが、あんまりさみしゅうて不気味じゃとて、気が狂ったそうだすな」

「えっほんまだすか？」

「そろそろ、おぬしのような若い元気なもんに番が回って来るんちゃいまっか。旦那衆によろしゅう言うときま」

「そないなことありまっかいな、梅田辺りは天満の領分だっしゃろ？」

「ぼちぼち道頓堀にも番、まわそって話だすえ」

次第に嵩に懸って悪意をむき出しにし始めた五兵衛から一刻も早く立ち去ろうと三次は正朔の跡を小走りで追って行った。

二　変事

阿弥陀池から少し南に下ると堀江川に出る。堀江川は元禄十一年（一六九八）に開発された堀川であり、その地域の振興のため和光寺（わこうじ）が建てられただけでなく、堀江川の南北には芝居小屋や相撲場、さらには新町に匹敵する新地も生まれている。堀江川には藍をあつかう藍玉（あいだま）問屋や藍物屋、さらには薬問屋など唐来物（とうらいもの）（外産物のこと）をあつかう商人、さまざまな職人が軒を連ねている。

「えっ、舟に乗せて貰えるんだっか？」

正朔が岸に着いている一艘の小さな川舟の船頭に声を掛けた時、三次はうれしそうに背負った荷を浜に下ろした。

「当たり前じゃ、そもそも行先が分からん」

「分からんて、昔の大商人の寮（別荘）ちがうんだすか」

「けど行ったこともない。おい、おやっさん、難波村の外れのようじゃが月正島（がっしょうじま）に面した辺りに庵（いおり）のようなものがあると聞いている。おぬし、知らぬかのう」

「ああ、あこなら、何度か行たことありま」

正朔が「おやっさん」と呼ぶにはまだ若すぎる、四十歳ぐらいの逞しい船頭が返事をした。

「そうか、それなら話は早い。そこへ連れてってもらいたい」

「時雨庵だんな、よろしま」

「時雨庵？　また、時雨でっか」三次は不吉な言葉を聞いたかのような渋い表情だ。

「そないな看板、いやぁ表札だすかいな、そないなもんが掛かってるそうだ」船頭は説明する。

「ほう、どなたに習うたのじゃ？」

「へぇ、ちょくちょく庵にお出での芸妓はんにだす。若いに似ず、まめで学のあるお方だす。それに別嬪じゃし。わいがもうちょっと若やしたら」

「もうえぇ、早う舟出してくれ」三次はいらだってせかした。

「三次、おぬし、いやにいらだっておるな。五兵衛に何ぞ言われたのか？」

「何でもありません。気にせんといてんか」三次はそうは言いながらも、五兵衛が言っていた心中の見張り番の役を命じられるのではないかと気が晴れない。

　川舟は堀江川をゆっくりと下る。両岸は以前には荷舟や艀が着くだけで、無宿者や惣嫁（娼婦）が橋の下などに暮らしていた。三次も時折、町役人とともに取締に当ったこともある。取締から逃れようと必死になった惣嫁に噛みつかれた三次の腕には今もその歯型が残っている。そうした女はおおむね三次から見れば母親といえる年齢の女たちであり、まったく知らないながら三次を捨てた母親もその中にいるかもしれないと暗い気持ちになることもあった。

　明け方にはまだ肌寒くもあったが、日が高くなるにつれ、晩春らしい陽気が川面にも漂いだす。

遠く東の生駒山（いこまやま）や北の北摂（ほくせつ）や武庫（むこ）（六甲）の連峰には山吹の黄色にまじって藤の花らしい藤色が点々と霞んで見える。川べりの民家からは鶏や家鴨（あひる）、犬の鳴き声も聞こえてくる。

「すっかり春らしゅうなってまいりましたな」船頭は鼻唄を歌いながらゆっくりと櫓（ろ）をこぐ。心配事さえなければ、三次も遊山舟に乗った気分でいられたろう。

「そうじゃの、今年は春先から寒かったが、やっと暖こうなった。時雨庵と申すのか……」正朔も独り言のようにつぶやく。

「へぇ、お取り調べでもございますか？」船頭は三次をちらっと見た。

「やっぱり何かあやしいこと、あるんか？」三次は渋い顔になった。

「そんな。親方がえらいきばっておいでじゃさかい」三次は船縁（ふなべり）を手で握りしめ、冷や汗らしきものもかいている。それは心配事のせいばかりでもない。

「気張ってなんぞおるものか。それに親方、いうの堪忍（かんにん）してくれんか。ややこしいわい」

「ほなら、どう言うたらえぇんでっしゃろ」

「おい、とか、やい、とかでえぇ」

「そら、いくらなんでも」

「頭（かしら）でどうじゃ」正朔が口を出す。

「頭、なんて、わし、そんな偉いもんちゃいま」

「なら、小頭（こがしら）ぐらいにしとけ」

「へぇ、それでよろしま。けど、親方、もう引返しましょ。こないな古い舟、油断なりません。底から水が漏ってるのちゃいますか」三次は正朔に向かっていう。

「ははは、わいはこの舟に生まれてこの方、厄介になっとりま、心配いりません」船頭はわざとのように力をこめて舟を大きく漕ぐ。

「え、そないに古いんか、じゃから心配しとる。そっとせんか。おたのみ申しま、そっとしとくれ」

「なに、もうすぐだ。辛抱なされ、小頭殿」

三次は仕方なくうなずく。

「時雨庵か、なかなか洒落(しゃれ)た名をつけたもんじゃの」正朔があらためて感心するように呟いた。

「へぇ、何でも都で教えを受けたお方の古名(こめい)を拝領なさったようだす」

「ふーん、親方、御存じだすか？　その時雨っちゅうお方」三次が正朔にたずねる。

「いや、知らん。けど、都というと、やはり古学(こがく)の方面かのう」正朔は不確かながら、この庵がやはり清太郎と関係があるとようやく確信を得たように思った。

「さあ……わてらは一向、存じません」

船頭はもはやそうした話題には関心ないのか、それとも関わり合いになりたくないのか、また力一杯、櫓をこいだ。水音に驚いたように岸辺の葦の中から一羽の鴨が飛び立った。少しはなれた勘助島(かんすけじま)には新田が広がっている。数羽の白鷺が水田で土中の餌をついばんでいる。堀江川は木津川に直角に流れ込む川である。木津川の左岸（東）である寺島の岸には土佐藩や紀州藩の船入や蔵も並び、南北堀江の町屋がひしめいている。木津川を少し下った勘助島の先端には船番所もある。木津川河口は安治川河口と並ぶ大坂の水運の拠点であり、河口には何列もの澪標（水尾つ杭とも。船の往来のための目印）が立てられ水路を示している。まだ葦におおわれた島も多いが、それでも大半の岸には板葺きの家が並び、古くからの傾城屋や茶屋も多い。今の時刻はようやく目覚めたばかりの傾城が川辺で顔を洗ったり小用をたしたりしている。見ようによっては見苦しい景色ともいえるし、寝起きの傾城たちの春めいた姿ともいえよう。

「それで、時折、世話をする芸妓って、何者かいな？」三次が船頭にたずねる。

「さあ、わては庵の主殿にも会うたことありません。よう分かりませんな」

「親方、それ、誰だす？」三次が今度は正朔に向かってたずねる。

「三次、おぬし、やはり芸妓に気があるようじゃな」

「そないなことは……けどどうやら、その学者はお尋ね者ではなさそうじゃ」三次は少し安心したように呟く。

川舟はまぶしいほど新芽の芽生えた葦の間をゆっくりと抜けて行く。まもなく数本の杭に支えられた板の船着き場に着いた。

「あの茂みの奥が時雨庵だす」船頭は指差した。

二人が藪をかきわけて進んでいくと、すっかり若葉の生え揃った樹木もあるものの、まだ枯れ枝をつけたまま、ようやく芽が吹き始めたものもある。その雑木の向こうに板塀に囲まれた小屋が見えてきた。庵というより、大商人（おおあきんど）の手入れされた寮（別荘）という風情である。ひと気はなく、葦の間を流れる川の流れと雑草を踏みしだいて進む二人の足音しか聞こえない。その足音に驚いてか、雑草の間を虫や小動物が逃げまどう。

「なんか、さみしいとこだすな。早う荷ぃおいて帰りやしょ」

三次は舟を下りる時、担がされた荷物を持つ肩を替えながらも、すでに及び腰になっている。まさか、このような開けた島で心中はなかろうとは思いながらも、明け方、曽根崎の森の奥から漂ってきた異臭がまたよみがえりくしゃみが出る。

「三次、風邪をひいておるのか？」

「べっちょありません。けど、早、帰りましょ」

「あの庵までじゃ、荷、とどけたらすぐ帰る」

船頭にはすぐに戻るので舟で待っているように頼んである。船頭が舟の中で煙管（きせる）を吸っているのが背の高い雑草越しに見える。ここは昔は松前屋の寮だったという話だが、使われなくなって久しいわけではないことがわかる。井戸があり、跳釣瓶（はねつるべ）は壊れているが、いまだに井戸として使われていることは確かなようだ。三次の足元で何かが走り去る。

「わっ、何でっしゃろ。わいの足になんか乗りよりましたで」

「まむしかな？」

「へっ、まむしがおるんでっか？」

「そら、まむしぐらいおるじゃろ」

「そんな、まむしぐらいって、噛まれたら死ぬっちゅう話だっせ」

「死ぬこともあるじゃろな」

「そないに落ち着いて……親方、平気なんだすか？　そらぁ、もうええ年じゃし、思い残すこともないじゃろけど……」

　三次は早くここから帰りたい一心で冗談も浮かばない。

「ま、もう少し先まで荷をかついで行ってくれ」

「けど、ほんまに人が住んでおるのかのう、まさか、死体になっとるとか……化け物がおるとか……」

　二人は藪の中をさらに数歩すすんだ。庵にはやはり人影も人の気配もないようだ。湿った枯草の下からかすかに水の流れる音が聞こえる。島を取りかこむ木津川の水が流れ込んでいるのだ。小さな水たまりがあちこちにあり、オタマジャクシやアメンボウが泳いでいる。卯の花の蕾はまだ膨らんでいないが、まちがいなくもうすぐ夏だ。山桜が間もなく開くだろう。ここでも山吹が開きかけている。また、一羽の鴨が茂みから飛び立った。

「けど、お留守のようだすな」

　庵の戸口は木津川を背にした向きである。昔、松前屋の寮であった頃は瀟洒（しょうしゃ）な離れ座敷の趣（おもむき）もあったようだ。二間(ふたま)か三間あり、台所や湯殿(ゆどの)もあることが、戸口から一目のぞいただけでうかがえる。

「やっぱり、誰もおらんようだす。荷ぃ下ろして帰りましょ」

三次はようやく担いでいた荷を戸口に下ろし、ほっと一息をついた。

「どこにあるのかのう……」正朔がつぶやく。

「何のことだす？」

「時雨庵とかいう額(がく)が見えぬ」

「そないなもん、どうでもよろしいがな、はよ帰りましょうや」

「けど、この屋敷かどうか確かではない」

「そやかて、あの船頭のおやっさんがここじゃと言うてるから間違いありますまい」

「ほかにもあるかもしれん、ほら、あっちの島にも何か、庵のような小屋が見えるではないか。しかも、煙まで立っておる」

「さいだすなぁ、さてはあのおやっさん、間違いよったんや。早う帰りましょ」

「いやいや、間違いでもないかもしれん。どうやらここは裏口らしい」

正朔には正三の幼なじみのお勢(せい)という娘のことは記憶になかったが、同じ芝居茶屋仲間の跡取りが清太郎という名であることは覚えている。もう三十年以上も昔のことながら、その男がお尋ね者となり、大和屋という芝居茶屋もつぶされたこともはっきり記憶にある。といっても世代も異なり、今まで縁もゆかりもなかった。今さら親しくなることも語り合うこともある筈もない。ただ、お勢に世話になったという芸妓にたのまれて、糊口をしのぐだけのものを運ぶのを承知しただけだ。その時、屋敷のうちから悲鳴があがった。

「し、死んどりま、死んどりま」三次が腰を抜かさんばかりに戸外に飛び出してきた。

「なに、死んどるとな。鼠の死骸でも見つけたか？」

「そないなもんちゃいま、人だす。人がようけ死んどりま」

三次を表に残し正朔が土足のまま踏み込んだ。破れた襖(ふすま)の奥の間に乱れた着物の女と梁(はり)に帯で首をくくった男がともにすっかりこと切れている。「これは」と正朔も立ちすくむ。

「やっぱり死んどりまっか？」三次はおそるおそる部屋の外から声をかける。

「そのようじゃ」

「まさか、人殺しちゅうわけちゃいますじゃろな」

「これが病いで死んだと申すのか？」正朔は男の死体を下ろした。

「けど、あのおなごは？」

「どうやら男の手にかかったようじゃ」

正朔が女を仰向けにすると、首の回りに細紐で絞められた痕がまだなまなましく残っている。

三次もようやく落ち着きを取り戻した。背後から正朔の検分をのぞきこんでいる。

「この首吊ってるんが大和屋の若旦那だすか？」

「おそらくそうじゃろ。わしもさほど知っていたわけでもないし、それにもう三十年近くも前のことじゃ。人相も性癖も変わっていよう」

調度品が幾つか部屋の片隅にならび、座り机もある。その傍らには書物類がうず高く積まれている。書き物をした形跡はあるが、さほどの古紙が散らばっているわけではない。むしろ、きちんと整理されているといった方がよい。こうした点から見れば、清太郎は芸妓を殺して覚悟の自殺をしたように見える。

やはり、どうも心中事件に縁がある、と三次はもうどうとなれという気になっている。

「それより、早う役所に知らせに行かねばならぬ。おぬし、ここで番をしていてくれ。わしは船頭に船を走らせる」

「えっ、わてが一人でこの死体と残るんだすか？　そらぁ殺生だす。親方にいて貰わならん。そや、わいが役所に知らせるよう船頭に頼みに行てきます」

「なるほど、その方がよいか、そうするか」

この村が大坂三郷（おおさかさんごう）（大坂町奉行支配下の大坂の町人地）に属さないのは明らかだった。この小島も難波村だとは思われたが、それほど定かではない。難波村なら役所といっても庄屋の屋敷が代官屋敷になっているはずだが、それがどこなのか、正朔は知らない。ここはこの辺りに詳しい船頭にまかせた方がよさそうだ、その役目に三次が関わる方がよい。いずれ大坂の町奉行所も関わることになろう。

三次がいなくなるのを待ちかねるように、正朔はもう一度、二人の死体の検分をした。さっきは女は「男の手にかかったよう」と言ったものの、それは怪しく思われてきた。五十歳前とはいえ、長年の牢暮らしのせいか、もっと老けて見える。白髪といい皺といい、七十歳、いや見ようによっては正朔より年上ともみられよう。そんな男が男とはいえ、まだ二十歳そこそこの若い娘の首を絞めることができようか。なにが原因かは想像するしかないが、老人を突きとばして逃げることぐらいさほど難しいことでもあるまいと思われた。

「二人だけではなかったようじゃ……しかも、まだ、さほど時は経っておらぬ。二人の体に温りも残っておる。とすると、わしらがここに来るわずか前にここを立ち去り、あの向かいの岸の方に逃げて行ったことになるのう。しかも、室内を荒らした形跡はないが、逆にまるで綺麗に片づけたかのように見える。この手早いやり口には何かがありそうじゃ」

正朔はつぶやいた。その時、裏口から葦の葉を分けるような音がするとともに一人の若い娘が現れた。

「誰じゃ？」若い娘は怪訝そうに詰問口調で庵に近づいた。「ああ、お千さんがお頼みした方じゃな？」

「そうじゃが……」正朔は言いよどんだ。

お千というのは正朔に清太郎の世話をたのんだ芸妓の名である。お千は老人に対しても年寄扱いすることなく、まるで若い者同士のように振る舞ってくれた。愚痴を言えば笑いもするし軽く相槌も打つ。そんなお千の頼みを断ることは出来なかった。そのお千が今、ここに首を絞められ殺されている。

「そなたはこの辺りの娘ごじゃな？」正朔は逆に質問した。

「へぃ、先生のお世話をしております。先生はどちらに？」

「それが……清太郎殿もお千殿も亡くなられて」

「えっ、そんなあほな。今朝がたまでお元気で」娘は突然、言葉を切った。「まさか、心中？」

「そなた、何か心当たりでもあるのか？」

「とんでもございませぬ、お二人は親子のごとき睦まじき……」

「仲じゃったと申すのか？」

「ほんまもんの親子のようで、心中なんて、そんなこと、ありえぬわい」

「しかし、今、そなたはそう疑ったではないか」

娘が二人の死骸の残された書斎に入って行こうとするのを正朔はさえぎった。もうすぐ役人が来る手筈になっている、死骸や周辺に手を付けてはいけないと厳しく言いつけた。娘は荷を庭、といっても雑草が生い茂るばかりの草っ原なのだが、そこの片隅に置き、しゃがみこんでいる。

お俊（しゅん）というこの娘は近辺に住み、兄はお千という堀江の芸妓が贔屓にしていた魚屋だという。両親はもともとこの辺りの漁師だったが、兄は漁師をきらい魚屋に転じた。雑喉場（ざこば）で仕入れた魚を大坂市中を売り歩くのである。なかでも堀江の芸妓屋や旅亭には贔屓してくれる芸妓や女仲仕（なかし）

も多いという。そうした芸妓の一人から頼まれたらしい、と娘は説明した。そして娘は兄から頼まれ、清太郎の細々した日々の世話をしていたらしい。もう十代も終わりに近いというが、見た目にはまだ十代前半のように見えるのは日焼けした健康そうな肌から来る印象かもしれない。三次もなかなか戻ってこない。こうして役人を待つ間、正朔はとつとつと話すお俊から詳しく聞くことができた。なかなか芯の強いしっかり者のようだ。

一刻（約二時間）近くも待った後、ようやく奉行所同心とともに三次が戻ってきた。三次の仲間の役人も何人かいる。船頭は結局、難波村に隣接する南堀江の幸町の会所に知らせに行ったようだ。三次もそこまで同行して、あとの処置は会所にまかせ、そのまま阿弥陀池に戻るつもりだったという。けれど会所の町役人に奉行所からの指示を待つようにたのまれ、結局、奉行所役人を庵に案内することになったというのだ。

「また、心中じゃそうじゃな、ご隠居」同心は気乗り薄な様子で正朔に確かめるように言った。

「どうでしょうかな」

正朔も不確かなことを拙速に告げることはひかえた。それに「ご隠居」とは邪魔者扱いにされたように感じた。同心の方では正朔を知っている様子だったが、正朔の方では見覚えはない。年齢はともかく、どうやら最近、役目についたばかりのようだ。

「親方、ご紹介いたします。浦上様でございます」正朔の様子に気付いた三次はあわてて同心を紹介した。「こちらは……」

「言わんでもわかっとる」

同心より先に正朔に紹介したのを不快に感じたのだろう。その同心の後にはまだ十代の見習同心が落ち着きなく、鼻の先のできものを指で潰していた。あまりの事件の多さに奉行所では同心の子供を見習として駆り出している。

「おい、早う運び出せ」

同心の浦上弾之進は役人たちを急き立てた。正朔にはもはや異議をはさむ気持ちはなくなっている。奉行所にまかせればよい。二人の死骸を戸板に乗せ、新たに仕立てられた上荷舟（あげにぶね）に乗せられていくのを見守るだけだ。

「その者が心中死体を見つけたのか？」

今さらながら同心の浦上弾之進は擦り切れそうな藁草履（わらぞうり）一枚で庭に平伏している娘にたずねた。娘はおびえたというより挑戦するような目つきで首を振った。

「すんません、見つけたんは、わてだす」三次が娘をかばうような仕草とともに訴えた。

「なら、そのものは何者じゃ」

「この庵の主の世話をしているようです」正朔が代わって答えた。「近隣の漁師の娘じゃそうな」

「いつからのことじゃ？」

「へぇ、先生がここに住まわれてまだひと月ほどじゃ。時々、面倒を見させてもらっております」娘はしっかりした口調で答える。

「名はなんと申す？」

「お俊と申します」

「お俊、今日のところはひとまず帰れ。いずれ呼び出すこともあるやもしれん。その時はまちがいのう参れ」

「へぇ、わいもお供申しま」三次がお俊に代わって答えた。

朝のうち晴れわたっていた空はいつの間にか曇っている。風も強くなって来た。春霞の季節は過ぎている。島の枯草や枯れ枝も大きく揺れ、川面も波が大きくなっている。いつもの中食（ちゅうじき）の時刻をとうに過ぎている。緊張も解け空腹を感じた三次の腹が鳴る音が草木や川のさざ波の音にもかかわらず聞こえ、お俊はくすっと笑った。三次は同心浦上にうながされ、役人たちの舟に同乗して役人たちとともに役所に戻って行った。ひとまずは町会所に戻るという。

「こらいかん、親方、早うもどりましょ。春の嵐かもしれませんぞ」

まだ、庵の周囲を調べるといって残っていた正朔に川舟の船頭が大声をあげた。

「そうじゃの、これ以上、何も見つかりそうもない。お俊、おまえはどうする？」

お俊は役人たちが島を離れた後、それまでの気丈さが一度にくずれたように、清太郎とお千の死骸が運ばれ、空っぽになった部屋で物思いにふけっていたのだ。

「へぇ、わしも家に戻ります。兄者（あにじゃ）も戻ってるかもしれぬ」

お俊は船着き場とは島の反対側からやって来ていた。そちらからは舟なしで来られるという。

「なら、そなたの兄者やお千も舟でこの庵に来ていたわけではないのか？」

「へぇ、兄者は時々、膝上まで水につかって戻ってきました。たいがいは舟なしで来られま。芸妓さんは知りませんけど、兄者もあてもこちらまで荷ぃ担いで歩いて来てます」

　正朔は呻った。もし、正朔と三次がここに来る少し前まで、清太郎とお千のほかに誰かがいたとすれば、なぜ鉢合わせをしなかったのかと考えていた。ここには舟がなくとも来られると知って、二人の舟が船着き場に着くか着かぬかの頃合いに誰かが立ち去ったと見るのが自然だろう。その誰かはもしかすると清太郎、お千の二人を殺害して逃げ去ったのかもしれない。奉行所同心はそうしたことには考えの及ぶこともなく、心中と決めつけて二人の死体を運んで行ってしまった。心中死とされた二人の遺体はおそらく簡単な検死を受けて鳶田（とびた）か千日前の刑場に晒されることになろう。お千の無邪気な笑顔が刑場で晒しものになるばかりか野犬や鳥の餌食になるさまを想像して正朔は思わず身震いした。しかし、今になって殺害された可能性を申し出たところで相手にされないばかりか、下手をするとお俊の兄、更にあの無邪気なお千と同じ年頃のこのお俊までが人殺しとして手配されるかもしれない。お俊の兄が二人を殺害したかどうかは定かではないが、この庵に出入りしていたのはどうやらお千そしてお俊とその兄だけのようだ。もし殺害事件と奉行所が判断すれば、真っ先に疑われるのはお俊の兄であることは間違いない。そう考えると正朔はもっとはっきりしたことを知るために調べてみる必要があると考えた。その場にお俊がいれば、余計な邪念が入るばかりか、下手をすればお俊が証拠を隠したり変造することもあり得ないわけではない。そう考えて正朔は家に戻るというお俊を見送ってから、船頭には改めて船賃を払って帰らせ、一人庵に残ることにした。

三　お俊と三次

二人の死骸が役人に運ばれ、お俊は木津川縁（へり）の小屋に戻ってから兄の帰りを待った。けれども兄はその日ばかりか二日経っても三日たっても戻ってこなかった。何日か家を明けるのは珍しくもなく、数日は気にもせずに過ごすこともあったが、今回は只事でないと日に日に不安がつのる。

そうした折、役所からの呼び出しがあった。それを伝えに来たのは三次であった。

「べっちょない、お役所が手鑑（てかがみ）に残しておくだけじゃろ」

「てかがみ？　それ何じゃ？」

「ようわからんけど、一件記（しる）す、って祐筆（ゆうひつ）さまが申されていた」

「ゆうひつ？」

「ううん、まっ、気にせんでもえぇちゅうことじゃ」

「けど、やっぱ、親方について行って貰お、思います」

「親方？　どちらの？」

「へぇ、奴の正兵衛親方だす」

「けど、あの和泉屋の親方はもうご隠居だす。わいがついてるさかい心配いらん」

「へぇ、けど、親方はおふた方は心中ちゃうんやないかと疑うてはります」

「なんじゃって？　親方は心中、ちゃうと？」

「先生に若い娘を絞め殺すような力はないじゃろって」

「そなら、なんであの日、そう言わなんだんじゃ。今さらそないなこと言われても、事、おおきぃにするだけぞ」

「あの日は奉行所のお役人も心中と決めつけてなはったし、ちがうなんて証もあれしません。まして、殺しじゃなんて」

「殺し？　そら、主がお千はんを殺したのは殺しじゃが……それはそれ……無理心中とか申すそうじゃ。ただの殺しとちゃうぞ」

「それで先生はみずから首をくくって？」

「それがちがうってことなのか？」

「その証がないかと」

「ないんじゃろ？　そら、ないわ。あれはどう見ても心中じゃ。無理心中に間違いないわ」

お俊が暮らしている鼬川の川辺の小屋の周囲も今や新緑にあふれている。吉野桜の花は散ったが山桜はまだあちらこちらに薄紅色の花をつけている。それでもこの日は靄がかかり、川向うの島影さえ確かではない。三次は頭をひねるばかりだ。今さらそないなこと言われてもという気持ちが高まり、今さら何じゃと憤懣さえ生まれてくる。

「それはそうと、お前の兄（あに）さんはどうしてる？　お千とかいう芸妓と親しかったそうじゃが」

「それがまだ、戻って来よりません」

「なんじゃって、一度も家に帰ってこんのか？」

「さいだす」

「けど、どこにいるのかぐらいは見当ついとるじゃろ？」

「ううん、全然」

「全然って、そないに平然としてて心配ないんか？」

三次は「まことのことか」と言いかけてお俊の顔色をうかがった。本当の事か、それとも兄をかばって探索の及ばないようにでまかせを言っているのか。お俊は平然としている。嘘ともまこととも決めがたい。けれど今、そこを追及しても埒（らち）はあくまい、もう少し、この兄妹のことを知れば分かるかもしれないが、そのような追及はお互いのためによくないように思える。

「よう分かった。けど、今日まで帰ってこんちゅうのは、今度の一件とは関係ないじゃろが……どこぞにお前の知らんとこ、あるんちゃうか？」

「うん、そならえぇが」

「まさか、お前の兄さんが……。そないに血気（けっき）にはやることが……」

「親方はそないに思うていなはる様子じゃ」

「なら、そんな親方を連れて出頭するなんて、ますますえらいことになるんとちゃうか？」

「その辺は親方、心得てはるし、もし呼び出しがかかったらわしに連絡せえ、言うてなはる。わしがお前の兄の疑いをはらすわけにはいかんが、お前まで兄の同類じゃと思われんようにするって」

「そうか、あの日も残って何やら探し物をしておったそうじゃの」

「うん、先生の遺品の整理とかいうて、その後もちょくちょくやって来てる。なんか探し物をしてなさる」

「何で今さら呼び出しかと思うてたが、お役所でも裏がある思うてるのかもしれんな。ところで兄者(あにじゃ)がおらんようになって、お前、暮らしはどうしてるんじゃ？」

「自分が食べることぐらいなんでもない。ちっこい頃から慣れておる」


正朔、お俊、三次の三人は大坂代官所に出頭する前に打ち合わせをすることにした。

「代官所に呼び出されるとはのう」正朔は首をひねっていた。

「場所が場所だすから、御代官の縄張りでっしゃろ」三次には奉行であろうが代官であろうがどうでもよいことだと言わんばかりだ。「心中にからんだ身元(みもと)の確認でっしゃろ」

三次は特に気にする様子はない。

「たしかに時雨庵は代官の持ち場じゃが、二人はともに町人ではないのか？」

「へぇ、お二人の件は心中ということで御奉行が決済なされました」

「なのに、なぜ代官所に呼び出されならんのかのう……」

「お二人が時雨庵に関わられた経緯でも調べるだけでっしゃろ」

「お俊さん、その辺のことはご存じなのか？」

「いえ、うちは兄じゃに頼まれただけで一向に」

「それは困った。何も知らぬとなればそなたの兄を引き合いに出さねばならぬ」

「まずおすか？」三次とお俊が異口同音に問うた。

「そら、まずかろう。そもそもおぬしの兄は今どこにいる？　それだけではない。二人の事件に何ら関わっておらぬと断言できるのか？」

「兄じゃのこと、聞かれまっしゃろか？」

「そら、時雨庵の手伝いをする経緯を正直に答えたなら、その兄はどうしておる、と尋ねるのは自然なことではないか」

「そら困ったこっちゃ。どないしましょ」

それならばと、兄のことには触れずに三次に頼まれたことにすることになった。そもそも死体で発見された男が数十年前に行方不明になっていた清太郎かどうかも分からない。最近牢から解き放たれた男であれば、なおも奉行所による監視の対象として扱われてもおかしくはない。疑いが晴れて放免になったのか、それとも何か他に企みがあるのかもしれない。しかし、それもあまり深く考えても墓穴を掘ることになる可能性もある。ただ、噂を耳にした程度にしておけばよい。そんな打ち合わせをした上で、三人は本町橋東浜の代官所に出頭したのであった。事件の当日は、現場には奉行所同心が出動していたが、心中ならば奉行所が出る幕でもないと判断したのであろう。大坂三郷に隣接する摂津国難波村は西成郡（にしなりぐん）に属しており、大坂町奉行の管轄ではなく大坂代官の管轄下にある。

　三人が通されたのは小さいながらも中庭の白洲（しらす）である。縄こそ打たれてはいないが、何らかの嫌疑がかけられていると察したお俊が口をへの字に結んだまま一言も発しないのも無理はない。三次は二人の後に控えているが、付き添いというより捕り手として遇されている。季節の上ではもう三月とはいえまだ寒さが残っている。白洲の上に四半刻（約三十分）も正座していると、正朔は年齢の割には見た目ばかりか体力的にも若いとはいえ、体の芯が冷えるのを感じる。ようやく白洲の正面の障子戸が開かれた。薄暗い部屋の奥にすわっているのは代官、内藤十右衛門その人らしい。しかし、白洲からは姿も顔も判然とはしない。

　代官はほとんど一言も口を利かず、配下の手代がてきぱきと処理して行った。

「ともかく、何事ものうてようございやした」本町橋東浜の大坂代官屋敷を出たとたん三次はつぶやいた。

「わしらはお俊の付き添いじゃ。代官の関与するところではない。それにしてももう少しお俊の兄のことを突っ込まれるのではないかと思うておったが、気にしてはおらなんだのう」正朔も首を捻りながらもほっとした様子だ。

「へぇ、わいもいろいろ言い方を考えてやしたけど、スカくらいましたわいな」

「すか？」

「へへへ、親方でも知らん言葉あるようでやすな。すかっぺのすかじゃ」三次が嬉しそうに説明する。

「すかっぺ？」

「もうよろし、ともかくほっとしたということだす」お俊は顔を赤らめた。

「わいももっと聞かれるんと思うとりましたけど、おふた方の死骸みつけたいきさつはお奉行所でさんざ、取り調べを受けましたから、奉行所から伝わっておったんだっしゃろ。親方は代官とは無関係だすし、聞かれるとしたら奉行所から呼び出しがあってもよさそうなもんじゃが……」

「ところで、おふた方、わしの家に寄って行かぬか？　ちょっとした見ものがある」

「へぇ、何でっしゃろ？　そら楽しみじゃ。けど、まさかあれちゃいますやろな？」

「いやぁ、実はあれじゃ」正朔は頭を掻いた。「おぬしには前に見せたことがあったのう」

「あれって何だすか？」お俊には分かるはずもない。

「二階に居ながらにして料理やら何やらを運び上げる仕掛けでっしゃろ?」

「その通りじゃ」

「けど、あれは壊れて、ワヤになってまいましたがな」

「そうじゃが、先日、正三がまた作り直してくれた。今度はそう簡単に壊れぬそうじゃ」

「それなら拝見せなりませんな。お俊ちゃんもいいじゃろ。けどまた、若旦那、どうした風の吹き回しで作り直さはったんじゃろ」

　三次は正三を昔は若親分などと呼んでいたが、今は若旦那とか師匠とかおとなしく呼ぶようになっている。

「行かしてもらいま、それにしても若旦那は何を?」

「今度は本格的に料理茶屋を建てるつもりらしい。今日は代官所から無事もどれたら、お由が腕によりをかけて、たんと馳走(ごっつぉ)してくれると申しておる」

「そら、楽しみだんな。けど、料理茶屋でっか?　その茶屋にあの仕掛けを使おうということだすか」

「その通りじゃ。何でも浜芝居(はましばい)(元々は道頓堀の岸で行われていた芝居)に手を出すらしい。その茶屋は芝居茶屋のようじゃが、料理も本格的に仕出すつもりのようじゃ」

「そらぁ若旦那のなさること、間違いはないでっしゃろな」

「そうならいいが……芝居にしろ商売にしろ当たるも当たらぬも八卦(はっけ)」

「まことは若旦那というより親方の企てなんちゃいますか？」

「ははは」正朔は笑ってごまかしたが、そのものずばりであったようだ。

正朔は足を速めた。竹田の芝居は相変わらずの人気だが、豊竹座は閉じられている。けれど木戸は開いて木戸脇に呼び込み台が据えられている。

「ほう、看板は出とらぬが、開くようじゃ」正朔がつぶやく。

「さいだすな、ちょっとでも賑やかになってもらわんことには」三次も相槌を打つ。

豊竹座の少し西向かいの浜側には亀谷芝居がかかっている。竹田の芝居も亀谷芝居も子供芝居で値が安い。亀谷芝居の前で正朔は立ち止まった。

「ここじゃ。この芝居を買い取りたいそうじゃ」

「で、茶屋というのは？」

「この芝居の向かいと申しておった。ここかな？」

「へ？　店、開いてますで」

「そのようじゃが、内実は分からんからな」

「どっちゃにしても、親方、張り切り甲斐、ありまっしゃろ。忙しなりまんな」

泉庄（泉屋正兵衛を略した芝居茶屋、今並木正三が住んでいる）の向かいの中之芝居では中村歌右衛門を座本として三の替り（三月興行のこと。顔見世に次ぐ初春興行を二の替りといい、その次の興行）の看板が上がっている。『粧柳塚』、梅若物である。すでに二月の末から四天王寺に近接する天鷲寺（てんじゅうじ）では江戸木母寺（もくぼじ）の秘仏開帳が行われており、この開帳の終わりを待つように中之芝居では梅若物を三の替りとすることにしている。

「中は好調なようじゃ」正朔はつぶやく。

「若旦那は今頃、歯噛（が）みしておいでじゃろ」三次も和泉屋の二階を見上げながらつぶやく。

「若旦那ってお方は役者はんでっか？」

「あないな役者じゃ売れよらん。作者でやす。それも大坂一の作者でやす」

「へぇ、そら偉いもんだすな。わし、ここで待ってます」

「ははぁ、お俊ちゃん、怖がっておいでじゃ」

「怖い人ちゃいますのんか？」

「そないなことない。時々は頭に血ぃがのぼって、わけわからんこと言うたり、しますけどな」

珍しく三次が正三の人となりを口にした。

「さように頭に血がのぼることがあるかのう」正朔には意外に思える。

「まっ、たまにの話でやす。けどお弟子さん方は怖がっておいでやす」

「ほう？　お弟子とは誰のことかいな」

「五八もさいだす。わいには偉そうにしてるくせに、若旦那の前では何でもいいなりじゃ」

「五八はまだ、正式には正三の弟子ではないと聞いておるがのう」

「そう簡単に若旦那のお弟子になれれば苦労せんわい。五八はまだまだ先でっしゃろ」

「ははは、おぬし、よっぽど五八が苦手のようじゃな。ま、そのことは後でゆっくり聞かせてもらおうかいのう」

二人を残して正朔は見世に入っていく。道頓堀の通りは人ごみであふれている。こんなに見物客が大勢通るのに角之芝居が開かれないとは正三の苛立ちもますます募っていることと三次は推測している。二の替りの件もあり、顔を合わせるのは少々臆するが、いつまでも逃げ隠れもできないと観念している。奉行所の決定に歯噛みしているのは自分の方だとはっきり言わなければと決意も新たにした。

「お代官さんの詮議に兄さんの名ぁ出さんで、ほんによかった。えらい気ぃ揉みました」

「それでその兄さんからはまことに何の音沙汰もないんじゃな？」

「まだ、疑うてはるんだすか？」

「そういうわけじゃあ……けど親方、遅いな、何してるんでっしゃろ。わい、ちょっと見てくるから、お俊ちゃん、ここで待っててくれんか」

三次が言い残して店に入ると間もなく立慶町の豊竹座から柝の音が聞こえ出した。道頓堀を立ち退いて堀江で興行していた豊竹座が一年少し振りにこの春から道頓堀に再興されていた。けれど見物の入りはもどらず、早々に切り上げたあげく、四月からは古浄瑠璃を一段ずつ十文で追い出し芝居を行うことにしている。景気づけに芝居の打ち上げごとに二の替りで行われる錣打ち（錣とは兜の部位の一つ。錣打ちとは、正月狂言の打ち出しのとき出方がお福と潮吹きの面を被り、鉦と太鼓に合わせて踊る簡単な踊り）の短い真似事を人形でおこなっているのだ。木戸脇の台の上で鉦打ちが行われるようだ。しかし「繁昌だ、繁昌だ」の声も空しく聞こえる。

人形浄瑠璃の一方、竹本座も前年、明和三年に近松半二の新作『本朝二十四孝』という傑作の大当りがあったにもかかわらず、人形浄瑠璃の最盛期の再現が容易な事でないことは明らかだった。竹本座はこの年、新春一月に京都四条の西石垣芝居（かつては四条中嶋と呼ばれたが、高瀬川も開かれ、鴨川の東西の堤も年々整備され、石垣町と呼ばれる町が生まれている）で行った『石川五右衛門一代噺』の木屋町の段がご当地物として大当りしているためか、京都に居座ったままである。道頓堀の人波が盛んであっても、昔ながらの人形浄瑠璃や歌舞伎の大芝居からは客足は遠のいており、見物料の安価な子供芝居やからくり芝居、あるいは見世物に見物は集まっている。

「三ちゃん、大変だしたな」

店から顔を出したお由が三次をねぎらいながら出てきた。三十歳に手のとどく年ながら子供を産んだこともなく芝居茶屋を商売にしているせいか、年よりは若く見える。

「いや、別に」と三次は言いながらもお由の視線の先のお俊を初めてのように見た。すでに何度か顔を合わせ、言葉をかわしておりながら、事件の処理に追われ、事件の関係者としか見ていなかったことに思い当たった。

「ふーん、かわいらしいやんか」

独り言をお由は聞き逃さない。

「やっぱりそうなんだすな」

「えっ、何がだす？　御寮はん、誤解してもろうたら」

「困るんか？」

三次が言いよどんでいると、見世の中から正朔と正三が出てきた。

「待たしたな。さあ行くか」と正三が先に立った。

「えっ、若旦那も一緒でやすか？」三次がお俊を見やった。

「わしが一緒では都合悪いのか？　なんでも今日は三次の披露もあるらしいやないか」

「披露って何だす。わい、別に何も……あっ、こっちがお俊坊だす」

「可愛らしい娘はんじゃろ」お由の口調は三次をからかっているようだ。

「いつ祝言あげるのじゃ？」

「若旦那、そらあんまりだ。それにしても御寮はんもお出でですか？」

「店も暇やし、せっかくの三次の祝儀じゃ、腕によりをかけて料理作らせてもらいます」

「なら、わしも手ったいます」お俊もほっとした口調になった。

「祝儀じゃなんて、けど店はほっといていいんでやすか？」三次は困惑を隠せない。

「見てみなされ、豊竹とて開いたとおもうたらあのざまだす。角はまだ閉まったまま。正さんの芝居はせっかく大入がつづくと思うて張り切っとったのに、あんさんらが潰してしもうてワヤだす。子供芝居ばっかし、芝居茶屋は暇を持て余しとります」

「わい、つぶしたんちゃいまっせ」

「あんさんが一番、嬉しそうに看板、下ろしてはりましたで」

「そないなことありますかいな、乱暴に扱うてワヤにしたらいかんと大事にしてただけだ」

「それであの看板はどないなりましたんや？」

「多分、楽屋におさめてあると思いやすけど」

「ほんまかいな、こら値打ちもんや、なんてあんさん、嬉しそうに言うてはりましたな。どこぞの好事家(こうずか)にでも売り払うて飲み代にしはったんちゃいますやろか」

「御寮はん、そないな人聞きの悪い。お俊坊が本気にしますがな。けど、あないに昔の出来事を仕組んだ芝居がなんで二日で打ち切りになったんでっしゃろな？」

「三ちゃんにも分からんのかいな」お由が真顔で三次に問いかける。

「へぇ、役所でも首ひねってる人、ようけおりま」

「ちょっと、伝蔵(でんぞう)（通信使殺害犯、磔(はりつけ)になった）を悪く書き過ぎたのかな……」正三はつぶやいた。「できるだけ事実を追って書いたのが仇(あだ)となったのかもしれんな」

「して、少しは新案でも生まれたのか？」正朔がたずねた。

「いやぁ、なかなか」正三は首を振るばかりだ。

道頓堀から千日前の坂を少し下った裏通り、やがて法善寺横丁と呼ばれるようになる路次を法善寺の土壁に沿って西に入った中之芝居の裏手の傍に正朔の一人住まいがある。お絹が流行り病のため急死した後、正朔の一人住まいとなっているが、近々、正三夫妻に譲り、正朔はまた南堀江に戻るつもりになっている。正三の筆のためには今、住んでいる芝居茶屋の二階よりは落ちついて構想も立てられる、それに正三の弟子たちが共に寝起きするにも、もう少し広い家がよいのではないかと正朔は勧めもするが、正三夫婦はなかなか動く気配はない。弟子たちはそれぞれ別の借家に住んでいる。忙しくなると芝居小屋の作者部屋に寝泊まりする弟子もいる。

吉左衛門町の裏手はですでに芸妓の駕篭が行き来を始めている。わずか数歩の茶屋や呼屋に行くにも駕篭で行くのが習わしであり、座敷につけば、まず、「ああ、しんど」と言う。難波新地では傾城よりも芸妓が格上とされ、気位も高い。狭い路地を駕篭と行き会うのを避けるようにしていると、わずかな距離ながら、数回、正朔は芸妓に声をかけられた。

「父上は相変わらず人気者ですな、始終、誘われておられる」二階の部屋に上がると正三はまずそういったがすぐに、「それはそうと、父上に教えられて、この前、五八の芝居を見に行きました」と話題に入った。

「そうか、阿弥陀池に行ったのか。で、どうだ？」

「わたしが阿弥陀池芝居をたずねたのは、落日（最終日）であったようで、それなりの賑わいでした。というよりこれが落日じゃと聞きつけた見物が大勢いたようです」

「ふうーん、なら、予定を繰り上げてしもうたわけか」正朔は腑に落ちない顔をした。「どのような芝居であった？」

「たしかに夏祭とせずに団七という古い外題を持ち出しただけあって、またちがった仕組でした」

「ほう、夏祭はそもそも団七を基に作られたもの、夏祭とは違うということは昔の団七とも違うということか……五兵衛も新作と申しておった。もっとも昔の団七がどのようなものかは知らぬがの」

「何故、さような外題を持ち出したのかとたずねますと、時雨からの思い付きじゃと」

「時雨？　時雨というのはまさかあの時雨庵ではあるまいの」

「ところが、そのまさかで」

「あの木津川の松前屋の寮を五八も知っていたのか？」

「時雨庵というのは松前屋の寮なのですか？」今度は正三が驚いた。正三は五八に聞いたことしか知らない。その五八は時雨庵について人づてに知っているにすぎないようであった。

「その時雨庵の亭主はおぬしのよく存じておったお勢の兄、清太郎ということじゃ」

「では先日、心中したというのはお勢の兄者、と申されるのですか？」

「いやあ、わしにも、しかとは分からん」

「もしそうとしても、いつの間に大坂に戻って来なさったのでしょう。とうに赦免されていたのか、それとも密かに……」

「三次はそこのところを疑うて行きたがらなかった」

「けど、赦免は間違いないことなんでっしゃろ?」今さらながら三次には懸念も浮かぶ。

「それは間違いなかろう。今朝の役所の応対にしてからに、牢破りのお尋ね者などという話は一切なかった。もっとも庵の主の名さえ漏らさぬ。ただわしらが変事を見つけたいきさつを根掘り葉掘り聞かれただけであった」

「それでは何故、庵の主がお勢の兄、清太郎殿と存じていたのですか?」正三にはますます疑問がふくらんでくる。

「それはお千、それがともに死んでおった芸妓じゃが、お千が昔、世話になった姉芸妓が松枝という芸妓であり、その兄が庵の主で貧苦にいると話していた」

「なるほど、確かにお勢さんは松枝という名でまた芸妓にもどったと聞いておりますが……その松枝と父上に頼み事をしたお千の姉芸妓の松枝が同一人なのですか?」

「いやいや、そうしたことも確かではないまま、殺された、いや心中した。今はこれ以上、確かめる術はわしらにはないのじゃが……」

正三が知ったのは五八からだ。三十年近く前、五八が生まれる以前の出来事により清太郎は捕えられた。

「五八ちゃんはなんで、『宿無団七時雨傘(やどなしだんしちしぐれのからかさ)』なんて古い外題を使って、時雨庵の心中事件を扱おうとしなさったんでしょう？」お由は口をはさんだ。

「いや、五八が子供芝居を仕組んだ時、その事件については知ってはおらなんだ。なにせ、わしらが阿弥陀池の芝居小屋を通りかかった後に、庵で二人の死体を見つけたのじゃ。五八は心中事件を知らず、いや、そもそも時雨庵の事件が起きる以前に子供芝居を仕組んでおった。五八が時雨亭を題材にしたのは偶然にすぎなかろう」正朔は偶然とした。

「たしかに事件の前にその事件を芝居に作ることはできんわ。もし、そじゃったら、五八が事件の筋書を書いたことになる」三次は何げなく口にした。

「三ちゃん、あんさん、そらあんまりじゃ。五八ちゃんをそないな悪人と思うてなさるのか？」

お由は憤然とする。

「五八は清太郎殿のことも何も知らなんだ。お俊坊の兄者のことも一言も五八の口にのぼらなんだ」

　正三は口に出して整理しながら何とか腑に落とそうとしている。「それなのにわざわざ古い狂言外題まで持ち出して新作同様に作る気になったのか、今となっては不思議でならん。五八の意図を聞こうにも、もう京に上って大坂にはおらん」

「それはお千さんが塩梅（あんばい）よう五八を抱き込んで何か企みをしたんじゃないんでやすか？」三次はまた蒸し返す。まるで五八がお千の心中に責任でもあるかのような口ぶりだ。

「お千さんの企みに五八が絡んでる、思うてはるんだすか？」お由は口調を強めた。

「いや、そうとは……」

「第一、五八にそんなたいした目論見があるとは思えんが」

「ということは芝居の方が事件に先立っちうわけでやすか？」三次が首をひねる。

「まさかそんなことが……」お俊が呟くように言う。

「この芝居のことはよく知らんが、元祖片岡仁左衛門が団七九郎兵衛、滝岡彦右衛門が一寸（ちょっと）徳兵衛、荒木与次兵衛が釣舟三婦（さぶ）と、後の『宿無団七』、それに『夏祭』の三人の主役はそろっている。初演では仁左衛門が悪人ながら様々な所作をよくしていると大当りをしたという。彦右衛門も与次兵衛もそれぞれ男立（おとこだて）がよいとの評判で、『夏祭浪花鑑』の原型の芝居だったのは間違いない」

「団七さんて悪人なんだすか？」お俊がたずねた。

「父親殺しの前には、追剥（おいはぎ）などの悪行をさんざ重ねていたらしい。『宿無団七』ではそのように描かれている。『夏祭』でも義父を殺す前にも喧嘩相手に怪我を負わせ、牢入りから赦免されているが、しかし義父殺しは義父の悪事を阻むための所業となっている」

「そないな悪人が、芝居では」お由が口をはさむのを遮るように、正三が続ける。

「それが芝居というもんでもあろう。品行方正な善人が主役では芝居は面白うも何ともない」

「はあ、そうだすか……」お俊は分かったような分からないような顔をした。

「まあ、芝居はあくまで芝居でっしゃろ？　そないに、おおごとにとらんでも」お由はもうこの話題はそこそこに料理に掛かりたい様子だ。

しばらく沈黙がつづいたが、お由が場を取り持つように言った。

「あの五八つぁんもいよいよ作者の仲間入りだすかぁ」

お由は五八の面影を浮かべている。道頓堀やあちこちの芝居の楽屋で走り回って遊んでいた五八の子供時分が今でもなつかしい。

「一応、わしの弟子ということにはしておるが、父親の宮芝居(みやしばい)をまだ当分、手伝うというておった。わしの仲間に入るのはまだ先じゃろ」

「今は名前だけ並木なんだすな、並木五八」

「それでも本人は喜んでいると、父御の五兵衛殿が申しておった」

「ふーん、もう近々、道頓堀に帰って来るもんと思うとりました」

「まだ二十歳を過ぎたばかりじゃ、五八は作者の大立者(おおだてもの)になる気概でおる。下っ端作者としてこき使われるより、未熟ながらも思う存分、自分の仕組を作りたいと申しておる。まだ四、五年は浜芝居の作者のままでいるそうじゃ」

「五八は日本一の作者になるそうだす」

「あいつなら、そうなるかもしれぬの」

「ところで正三、亀谷芝居の方は」正朔は自身、内々で聞き込んだことがある。

「ええ、ですから今すぐというわけには……その前に料理茶屋だけでも手に入れられたらと思ってます」と正三が付け加えた。

「それでその料理茶屋をあてにまかせるお積りのようで」お由は不満顔だ。

「何を言う。今の芝居茶屋は甥の正吉にやらせたいとお由は言っているではないか」正三にはお由の不満が分からない。

「それはそうだすけど、果たして一人でやっていけるかと」お由はまた心配顔になる。

「伊八も父上の油屋をうまく切り盛りしておるし、正吉もほうっておけばそれなりにやれるじゃろ」正三の言葉にもお由は納得する様子がない。

伊八も正吉もお由の甥にあたる。二人ともに役者をめざしているが、二人ともに素行はたよりない。

「どちらにせよ、今すぐというわけではない。話が長うなった。ぼちぼち料理にかかろう」と正三はお由を先に立てて台所に降りて行った。

まもなくお由と正三が作った料理が釣瓶式盤台に載って何事もなく二階の座敷に運ばれてきた。最初は歓声をあげた三次とお俊であったが、すぐに慣れてしまい、次の料理を期待するばかりだ。

この日は偶然にも手に入れていた筍を使った筍尽くしだ。数本はすでに仕出しにささやかながら付け足している。芝居の合間には酒のつまみとして使っている。その残りとはいいながら五人の料理には充分な量がある。一階の台所から新鮮な筍の香が二階の座敷にも漂ってきた。

「筍料理だすな」三次は飲めない酒を少し舐めた。

「山椒の香もしますな」お俊も調理を手伝うといったのもすっかり忘れたようだ。「長い間、代官所で座らされていたさかい、おなか減りました」

「これで一応、決着というわけかのう」正朔が盃を干した。

「けど、代官様は一言もしゃべらんかった。口が利けんのかのう」

「薄暗がりでよう見えんかったけど、うちの御奉行様よりはましじゃ。何かと口うるさいばっかで、ご自分では何やってるかわからん。身だしなみが悪いとか、娘御の跡つけるなとか、知りもせんことを悪うにばっかり口出しする。あっ、いやこないなこと言うやつはわいがひっくくらなあかんかった」

「そやそや、三次さん、自分で自分の手足、縛らななならんぞ。もしかしたら、首、切らなならんかもしれんのう」

間もなく銘々膳が次々と釣瓶式盤台に載せられて上がって来る。

「以前のものより静かでやすな」

「それにも工夫がいろいろあるそうじゃ」

膳には若竹煮、山椒の若葉を擦り込んだ白味噌の筍田楽がそれぞれに載っている。次には醬油味の焼き筍がたっぷり大皿に盛られ、口直しに干し柿。

「師匠の料理の腕もなかなかなもんでやすな」三次はまだ物足りない様子で論じる。

その時、階下で魚売りの声がした。

「鯛や、鱧(はも)や、生鱸(すずき)、より物だす、より物」

「もう来たんか、注文は分かってまっしゃろな」お由の声だ。

「へぇ、わかってま、わかってま、桜鯛、とれとれだっせ」

「魚屋じゃ。もしかして兄さんかもしれん」魚屋の声を聞くとお俊は立ち上がった。

「いやいや、残念ながら、あれはこの辺りの魚屋じゃ。今日の料理に注文しておいた」

まもなく、正三夫妻が上がってきた。

「どれ、わしが代わろう」正朔が下に降りようとすると、お俊も後を追う。

「わしも手っ伝います」

「親方は元気じゃのう、平気で階段の上り下りをなさるわい」三次が感心するように言った。

「ほんま、そのうち二十歳かそこらの娘さんと再婚するかもしれんぞ」お由が三次を睨むように見た。

「そないな物好きのおなごがおりますかいな。いくら元気っちゅうても七十歳でっせ」

「けど、お俊ちゃん、お義父さんを追っかけていかはりましたで」

三次はあわてて、「ほな、わても手伝ってきます」と急いで階下に降りて行った。まもなく三次とお俊は手ずから盆に載せた料理を運んできた。昆布を皿のように敷いた蕪蒸しが湯気をあげている。鯛の身が入っている。次に三次は筍飯の釜を大事そうにかかえて上がってきた。

「なんで釣瓶に載せぬ？」

「親方が重いから危ないって言うてはりました」

「正さん、まだ信用ないようだすな」とお由は笑った。

まもなく正朔とお俊の二人も鯛の刺身を盆に載せて上がってきた。

「ワヤになったら困るから、持ってきた」正朔は弁解するように言った。「それにしても、さすが、魚屋の妹じゃ。鯛をさばく手早さに本職の魚屋も驚いておった」

「ほんまでやすな、お俊坊も魚屋に、いやいや、若旦那の料理茶屋で雇うてもろうたらえぇ」

「女の料理人ならそれだけで売りになるかもしれませんな」お由も相槌を打つ。「けど、ほんまにお俊ちゃんが鯛をさばいてくれたんだすか?」

「魚屋が鱗を取ってるのを見て、うちに貸しって包丁を取りあげての」正朔が説明する。「あっという間に鱗を取ると、三枚に下ろしたらえぇんだすな、と言うが早いか、頭を落とし、胴をさばいて、綺麗に三枚に。わしも呆然と見ておった」

「お義父さん、見惚れていなさったんじゃろ」

「まことだすか?　わいが下りて行ったら、あらかた出来上がっとりましたで。まさか、お俊坊、一人でやったわけではないでっしゃろ?」

「そないに褒められるとは思うてもおらなんだ。いつものことだす」お俊は却って恥ずかしそうに俯いた。

まもなくして筍と若芽の吸物も一段落した。外はすっかり暮れている。難波新地の音曲も一段とにぎやかに聞こえてくる。このまま清太郎とお千の心中事件は忘れられていくのだろうか、それでよいのかもしれないと正三は思う。お俊の兄が何事もなく戻ってくればそうなるかもしれない。それでもまだわだかまりが残っている。五八は新作を途中で打ち切り一旦、京都にもどるという、その真意も不明のままだ。けれどそんな追及は却って何もかも忘れたようにはしゃいでいるお俊を悲しませることになるかもしれない。それよりも三の替りを何とかしなくてはならない。いつまでも怪しげな心中事件に関わっている場合ではないのだ。

四　作者二人

代官屋敷での吟味の後、正朔の家で正三が手直しした釣瓶式の料理盆で数刻、酒飯をまじえて興じながら清太郎とお千の心中事件を話した日からすでにひと月余りが経過していた。正三はわずか二日で打ち切りを命じられた『世話料理鱸包丁』に代わる『今織蝦夷錦（いまおりえびすにしき）』が、今度は不評により十日ほどで打ち切りになり、その後の新作に頭をひねっていた。結局、何も思いつかないまま、座本嵐雛助の父、嵐小六の提案で前年十月竹本座で初演された『太平記忠臣講釈』を角之芝居の五月狂言とすることになった。この新作浄瑠璃はこの春明和四年二月に、江戸の市村座でいち早く歌舞伎化されているものであった。

江戸時代初期には興行は比較的自由に行われていたが、幕府の庶民生活に対する弾圧が厳しくなるにつれ、興行権にも制限が加えられるようになった。興行の機構は江戸と上方で違いがあり、江戸では興行権を与えられた者を座元といい、世襲制であった。座元は興行権の所有者であり劇場の持ち主でもあった。一方、上方では座本と名代が存在していた。座本は芸の実力と人気を兼ね備えた役者であったが、興行師としての手腕のない座本が出て興行不振に陥ることもあった。それに代わって興行権を握る名代が生まれ、名代は株のように売買された。芝居を興行するには、出資者があり、名代・座本・劇場主の三者の提携が成って、奉行所に願いを出し、許可を得て初めて成立したのである。

さて、道頓堀の竹田芝居の名代は竹田近江を名乗る者であったが、この同じ人物が竹本座の座本でもあり、竹田出雲と名乗っていた。その子の一人（一説には弟ともいわれる）に代わり、今は近松半二が実質的に立作者をつとめている。

すっかり初夏らしくなった四月の初め、正三は意を決して半二を訪ねることにした。竹本座は半二を先頭に不振の挽回に奮闘していたが、今年は京都に行ったまま、まだ大坂に帰って来ておらず、いまだ道頓堀の竹本座の櫓は上がらない。しかし今年四十三歳、書き盛りの近松半二は一人竹本座の作者部屋に籠り、新たな浄瑠璃の仕組に余念ないと正三は聞いている。まもなく道頓堀の竹本座では今年の舞台はじめとなる『四天王寺稚木像』の仕上げに掛かるはずだ。

竹本座の芝居の木戸は閉まっているため、正三は法善寺の裏手の横町から竹本座の裏口を通り、二階の作者部屋に入った。半二は机に向かって呻吟している。それでも好物の酒は一時たりと手放すことはない。筆をとる手を休めることもなく、左手で盃を口に傾ける。それでも正三の足音を聞きつけたか、開けっ放しの部屋に正三が入ると顔を上げた。

「興が乗っているようですね」正三はこのまま引き返そうかとも思った。

「よう、この前は残念じゃったな」

「もう三年も前のことをとやかく言われるとは思うてもおりませなんだ」この前とは当然、二月の角之芝居の『世話料理鱸包丁』のことを指しているものだと正三は思っている。

「あ、そら、えらいこっちゃったな。お上の思惑は分からんわい。そなたにはえらい残念なことじゃったのう」

「はい、まったく思いがけないことで……それからはさんざんです」

「聞いたところでは、おぬしの角之芝居は顔見世もその後の間の替りもえらい人気だったそうじゃのう」

「ええ、お由なんざ、二の替りも大入でこれで今年は楽々じゃと喜んでおったのですが……」

正三を立作者とする角之芝居は顔見世の後の間の替りに『ひらかな盛衰記』を十二月十四日から乗せたところ、大入がつづき、年が変わっても見物の絶えまなく、そのせいで正三が満を持して仕上げていた二の替り『世話料理鱸包丁』が二月にずれ込むことになったのだった。

「何でも中之芝居の二の替りも手助けしたとの噂を聞いたぞ」

「いえ、それは十輔が添削してくれというので、少々目を通してやったまでで、手助けなどというものではありません」

十輔とは正三の弟子の並木十輔のことで、今年は中之芝居の立作者をつとめている。

「中之芝居の『傾城睦玉川』の評判はたいしたものじゃ。おぬしが目を通したおかげじゃろ」

「とんでもありません。慶子殿（中村富十郎）の働きもさりながら、歌七殿（中村歌右衛門）が入って引き締まったからで、まったく角は歯が立ちませぬ。これはここだけの話ですが」

正三は力なく笑った。中之芝居が中村富十郎、中村歌右衛門という若女形、実悪の巨頭を表看板に、さらに立役の三枡大五郎に加えて、老齢ながら武道事では並ぶもののない獅子吼中村吉右衛門（初代中村十蔵）を配しているのに対して、角之芝居は嵐小六、雛助父子、中山新九郎、来助父子に若女形の三代目芳沢あやめ、と劣勢はいなめない。それでも二の替りの始まりまでは角之芝居の方が観客を集め、中之芝居の立作者十輔の相談に乗るほど余裕もあった。けれど二の替りが二日で止められてからは一座も正三同様に落胆している。

「まこと慶子の外連はたいした評判じゃったと聞く。あれで怪我せずにすむのは慶子こそとも聞いた」

「あのように高い所から何度も飛び降りたり、転げ落ちたり、一生治らぬ傷ならまだしも、命を落とすのではないかと見物一同、冷や汗をかいたようです」

「それは見たいものじゃった」半二は伸びをした。「時間ばかり掛けてもなかなか思うような仕組が書けぬ。『睦玉川』は伊達騒動の書き替えじゃったの」

「はい、その通りで。今までの十輔は故事来歴や古典の素養ばかりが目立つ堅苦しい仕組でしたが、今回の二の替りはなかなか洒脱で軽妙な台詞廻しばかりか、以前の堅苦しい写実もなかなかの妙となっております。とりわけ慶子の外連の幕は、惣嫁たちの客引きや内輪もめなど見て来たように描かれており、機転や仕組にも格段の成長が見られます。この先が楽しみな作者になりました」

「そなたの入れ知恵じゃあるまいか？」

「なかなか、さようではありません。十輔は年にも似ず子煩悩、子のないわたしと違い、子への思いが芝居にまで生かされ生き生きと描かれております」

「ほお、どういうことじゃ？」

「わたしなんざ、お家を救うために子を犠牲にするのも畢竟、親の勝手としか書けませんが、十輔の場合は子が納得ずくで殺されます。そこにわたしには出来ない哀れさを描き出しており、少々甘いといえば甘く、まだまだ人の評価を受けるまでにはいたりませんが、子煩悩の親なればこそ親子の哀れさが写しだされているようです」

「子のないのはわしも同様、わしなんざ内儀もおらん。……ともあれ、豊竹ももはや道頓堀に戻ることはあるまいし、竹本もこのざまじゃ。大西は消えて久しいし、角ももっぱら休養というわけか。道頓堀は今は中だけで持っているようなものじゃのう」

「それはわしとて同じこと。評判はよくとも客が入らん……それはそれとして、残念じゃったというのは、そないにたいしたことではない」

「え、『世話料理』の話ではないんですか？」

「先日、御大人が皆を呼び集め、ご自宅の茶屋で浄瑠璃の作家連中に盛大に振る舞われてのう。なかなか豪勢な料理が出るわ、堀江の綺麗どころは総揚げ、みな、あっけにとられたが……中には御大人、いよいよ耄碌が、などと申すものもおった」

「御大人が……」

　御大人とは浄瑠璃界の重鎮、三好松洛、この年、七十四歳になる。初代竹田出雲の弟子として助作をもっぱらにしていたが、近松門左衛門の死後、豊竹座から移籍した並木宗輔（竹本座では千柳）を加え、初代、二代の竹田出雲とともに三人立作者体制の一角として、『仮名手本忠臣蔵』等、浄瑠璃の黄金時代を築きあげた。元は伊予松山の僧侶だったが、いかなる理由か寺を追われ、大坂新町の新堀町の茶屋の主人におさまり浄瑠璃作家となっている。

「御大人の奢りゆえ連中もすぐに調子に乗って、芝居の見立て料理の献立なんぞを大はしゃぎで書き上げるわ、まず大序はお仕着せの汁、天王寺の葉つき蕪にへぎ貝、序詰の膾は段切にすべしと鯉を盛り分け、二段目に菓子椀、薄いところに味のある塩仕立てのすましに鶏肉のつみれ、三段目はこってりと鯛の甘煮、詰には愁いのある筍の味噌焚き、一汁五菜というわけじゃ」

「それはそれは……」

「その時、御大人はいずれ正三も呼び寄せたいと申されておった。高砂屋の平左衛門なんざ、すぐにでもおぬしを入れて道頓堀の作者一同、浄瑠璃ばかりでなく歌舞伎作者も集まり、気合を入れ直そうなどと張り切っておるぞ」

「高砂屋平左衛門？」

「宗右衛門町の菓子屋の主じゃ。近頃、浄瑠璃も書いておるらしい」

「あの高砂屋の主が浄瑠璃を？　それは存じませんでした」

「これからのことかもしれん。ともかく、えらい張り切りようで」

「それはまた何故で？」

「当日、たいていの浄瑠璃作家は招かれたのじゃが、一人、御大人が忘れておった方があってのう、名ぁは遠慮しとくが、御城の典医も勤めるお方と申せば……はっはは、名ぁを言ったも同然じゃの」

「笛様ですな」

正三が笛様と言ったのは笛十という筆名の芝居の作家、本職は大坂城に出入する御典医だが、正三の若い頃から浄瑠璃や歌舞伎の作者の一人であり、正三の作も添削したり、補作したこともある。必ずしも正三は笛十によって評価されず、正三が次第に敬して遠ざけていたのは御大人、三好松洛と似たり寄ったりの存在だ。

「笛十が庭先から小手、脛当、大前髪に頭巾という火事装束か戦装束かと見まがう恰好で侵入しおった。さすがに御大人、臆することなく、かかる慮外を働くとは、いかな仇でもあるものか、と耄碌されたにしても大音声を発したには一同たまげたわい」

「して、笛殿はおとなしく詫びられたのですか？」

「そないな心積もりであるわけもない、大時代な恰好じゃ。頭巾を取ると、御大人にも負けぬしわがれ声を張りあげて、お偉方様々のお集まりに不躾ながら、壁をくりぬき、柴垣を折り曲げて、牢破りをいたして罷り越したわいなどと申して座敷に侵入したあげく酔いにまかせてのやり放題。一人忘れられた腹いせはどうにも止まらぬわい。止めに入った寺田兵蔵なんぞは秘蔵の焼桐の腰下げ薬草入れを木っ端みじんにされ憤慨し、ますます騒動が大きくなったところに、これは別室に控えておった高砂屋がぐっと現れ、まことにそなたは作者の現人神（あらひとがみ）、今日より神と敬いもうすと白木の三方に浄瑠璃本二冊を載せて笛十に供え物を行う仕草、これには笛十もさすがに酔いから醒めたようで静まったのじゃ」

「笛殿も近頃はとんとお噂を聞きませんし、松洛様の落ち度とばかりは申せますまい」

「それはともかく、その席で次回は正さんら歌舞伎作者の方も一同に集まろうと高砂屋が申しておった。御大人は大いに乗り気で是非ともおぬしも呼ばねばならぬと申されてのう。有難迷惑かもしれんがのぅ」

「有難迷惑なんて……しかし、何かお望みでも？」

「まあ、浄瑠璃にもどって来てほしいということじゃ。豊竹は道頓堀から退転する、竹本とてたいそう内実は苦しい。わしに二代目近松門左衛門を名乗らぬか、などと冗談のようなことを本気で考えておられる」

「半二さんが門左衛門を継がれるのは誰も異存ありますまい」

「わしは半二で充分じゃ。門左衛門など堅苦しい。おぬしこそ門左衛門を継げばよい」

「とんでもない。浄瑠璃界を飛び出して久しいわたしなんぞ、さような資格はありません」

「そうじゃのう。御大人は少々、鬱屈がたまっておいでのようじゃ。生き過ぎたり松洛などとおおせで、二軒の浄瑠璃芝居、あちらでぽかぽかするかと思えば、しゅーと消え、まるで付け火ででもあるかのごとき白い眼ぇで見られる。子猫が口にもあわぬ鯨を丸のみする勢いあっても、大半は食べ残し、残骸だけが散らばっておる。竹本も道頓堀を出ていく日も近い」

「まさか、そこまで悪うは……」

「いやいや、わしも近々、京都に居を構えねばならんと覚悟しておる」

「そんな……ところで今日は、昨年の『忠臣講釈』をお借りしようとお願いに参りました」

「ああ、江戸ではもうさっそく歌舞伎に乗せたようじゃ。遠慮はいらん。大徳利でも持ってきてもらえば有難い」

「あ、それは気が付きませんでした。後で届けさせます……しかし、半二さんが大坂を離れられると寂しくなります」

「大坂の人間はもはや金儲けにしか目がなくなりよった。浄瑠璃などという辛気臭いことは銭儲けにもならぬ、銭をつぎこむだけ無駄じゃと心底思うておる。いずれ博奕場も白日に正々堂々と開くことが許されるじゃろ。いや、許されるどころか、御役所が胴元になりよるかもしれん。こないな銭の亡者のとこなんざ、早々に立ち去るのが賢明とは思うがのう。いろいろと縁もあり、もう少し辛抱せぇと言うお方もいる。御大人を今、見放してゆくこともできん」

「わたしも同感です。けれどわたしには大坂を離れる度胸は」

「そなたはそう深刻にならずともよい。十輔やら亀輔やら、なかなか有望な弟子もおられるようじゃ。けど、わしもまだ諦めてはおらん。今、相撲狂言を仕組んでおる。以前、話したことがあろう。『関取千両幟（せきとりせんりょうのぼり）』ようやく大筋も出来た。この秋には舞台に掛けられよう」

三年前、京都で顔を合わせた時、半二は大坂で人気の沸騰してきていた相撲狂言を書くつもりだと言っていた。その頃、千田川と猪名川という二人の若手相撲が成長していたが、それにも増して贔屓の熱狂ぶりは年々高まる一方だ。本来、相撲場は男だけにしか入場を許されていなかったが、女にも許されていた稽古場だけでは物足りないと男装して入り込む女性は増加する一方であり、もはや男装でなくとも木戸番は見て見ぬふりをするほどになっている。二年前には難波新地が開発されて広がり、新地の繁昌のため相撲場が設けられ、夏の堀江と並び秋に難波と年二回、勧進相撲が開催されるようになった。猪名川は背が高く色浅黒いのに対し、千田川は色白で太っていたため人気は猪名川に押されたが、力量は少し上だったようだ。この明和四年も夏秋二回開かれ、猪名川、千田川ともに前頭の四枚目に位付けられている。番付ではまだ最上位というわけではないが、猪名川はこの三月の江戸深川八幡宮の勧進相撲にも加わり、六勝一分の圧倒的な強さを誇っている。

「これが当たらなんだら、大坂は見限らななならん」

「半二さんならまた大当りをなされましょう」

「そうなるようにもう少し念を入れななならん」

「相撲狂言が完成すれば、うちの手伝いをしてくれていたお定も喜びましょう。一番に見に来るはずです」

お定は元々、芝居茶屋和泉屋のお茶子だったが、まもなく中居として和泉屋で働いていたが、中芝居（公許を受け櫓を立てることを許された大芝居の下にランクされる）の沢村太吉の妻となり今は堀江に住んでいる。同郷摂津国池田の出身の猪名川の大の贔屓であり、勧進相撲場にも潜り込んで応援している。

「それなら書き甲斐もあるというもの。少々おぬしの『大坂神事揃（おおさかまつりぞろえ）』の筋も拝借するが、なにせ、よき競争相手の猪名川と千田川の達引じゃ」

「なるほど、そのような仕組ですか、それならわたしの『大坂神事揃』など子供だましのようなものでしょう」

「いやいや、雨の天神祭の見物舟の中での凄惨な殺し場は見事なもの、見習いたいと思うておる。

御大人もおぬしも交えて一献差したいと思うておられる。あまり真面目に取らぬでもよいが、機会があれば、老いの愚痴相手でもしてやってもらいたい」

三好松洛に誘われるのは正三にとってあまり嬉しいことではない。そもそも正三が竹本座から豊竹座に移った、というより戻った並木宗輔に弟子入りした時から、時折、道頓堀の通りですれ違う松洛の見る目は冷たかった。もちろん十代の若造に過ぎなかった正三のことをさほどはっきりと覚えているわけではなかろうとは思う。それにしても何を今さらという気がないわけではない。その時、部屋の外から若者の声がした。

「お師匠様、今日は」と言いかけたが、客がいるのに気付いたか、ぴたりと口を閉じた。

「徳三、今日はゆっくりじゃの。ちと、ここらの反故を清書してくれんか」半二は気軽に命じている。

「弟子の徳三じゃ」正三に説明をしたが、正三にも見覚えがある。「坂町の大槌屋の子じゃが、作者になりたいそうでな、数年前から世話をしておる」

徳三は道頓堀の芝居町立慶町（りゅうけいちょう）の南の伏見坂町の置屋大槌屋の息子、十七歳になる。子供の頃から芝居小屋や通りで何度か見かけた。路地裏で遊ぶ子供らと一緒の時もあったが、おとなしいという印象しか正三にはなかった。

「そうか、おぬしも作者を目指しておるのか」

「はぁ」徳三は俯いて小声で答えた。

「なかなか五八のようにはいかん。いつになれば作者の仲間に入れるかのう」半二はあまりこの弟子を気に入っている様子もなく、淡々と述べる。

「五八さんは近々、道頓堀にもどられるのですか？」徳蔵が正三に問いかけた。

「そうか、そうか、おぬし、五八の後にくっついて遊んでおったの」正三ははっきりと思い出した。五八が道頓堀からいなくなって、この徳三も見なくなった。「そうか、半二殿の弟子になっておったのか。知らなんだ」

「弟子といっても」徳三のことばをさえぎるように半二が言う。「まだ、使いっぱしりじゃが、名ぁだけは近松徳三と一人前に名乗らしておる」

「五八もまだまだ先のようじゃ。今は京都で小芝居を作っている。おぬしも焦らずともよかろう。あいつはわしの弟子じゃと公言しながら、一人で好き勝手やり放題、弟子なんぞと言っても、それこそ名ぁだけのことに過ぎぬ。おぬしは半二さんには教わることも多かろう。いずれ五八ともまた顔合わせをしたら、驚かせてやれ」

「はい」と言ってまた俯いた。

　徳三は長年、半二の弟子として修業していたが、結局、浄瑠璃作者になるには至らず、京都に去った半二を追うこともなく、正三の弟子、奈河亀輔の弟子となり歌舞伎の世界に移ることになる。この近松徳三が『伊勢音頭恋寝剱（いせおんどこいのねたば）』で名をあげるのは三十年近くも後、四十五歳を待たねばならない。

この日、正三は半二にお勢の兄、清太郎のことを言いそびれた。そもそも本当に堀江の芸妓お千と心中したのは清太郎かどうかも定かではない。代官所ではあくまでも浪人として扱われていた。正三はそのことにあまり深入りしたくはない。それが半二に事件を知らせることを躊躇した一番の理由だ。竹本座の作者部屋から出ると、ほんの数軒先の父の住まいを訪ねてみた。

意外なことにそこにお俊が来ていた。正朔の話では先日以来、何度か来ているとのことだ。まさかとは思いながらも、正三もからかい口調になる。

「父上、ぼちぼち後添えをお貰いになりますか？」

「お前まで何、言う。お俊坊が気を悪くする」

「そんなことありまへん。うち、ここへ住みましょか」

お俊は正朔に体を寄り添えた。この娘はどこか得体の知れないところがある。ひとり兄がいるにしても、娘一人で生活を切り盛りしている所為で逞しさを身に着けたのか。冗談にしても正三に対してか、正朔に対してか分からない馴れ馴れしさだ。

「ははは、そらえぇ。そしたら三次がさぞかし気をもむことじゃろ」正朔もめったに口にしない大坂言葉で返す。

「三次が気をもむ……やはり、そういうことですか」正三は納得した。どうやら話は進展しているようだ。

「三次も間ものう三十になりましょう。遅いぐらいです。お俊坊は？」

「三次さんって、もう三十歳におなりだすか……」

「聞いていると思っていたが、三次は孤児で年もよくは知らないらしい」

「へぇ、孤児とは聞いておりました。けど……三十歳だすか」

「そうよのう、そないには見えませんよのう」

「けど、そなたには年過ぎるかのう」正朔がつぶやく。

「どうやら、お俊坊は三次を亭主に迎える気があるらしいのう。正三、お前から三次に打診してやってくれ」

「うちなんか」お俊は首を振る。それは否定ともとれるが、あまり実現性のないことだという逡巡がそうさせている。

「まあ、さような役目はお由の方がよろしいでしょう。お由に言っておきます」

「それはそうと、もうひとつ話がある。お俊坊の兄者から手紙が来たそうじゃ」

「それはよかった」

「よかったかどうか、しばらく大坂には戻らんと書かれていた」

「それにしても無事でおられるなら一安心というところ、よかったではないか、お俊坊」

「けど、どうして戻れんのか、何も書いてはないそうだす」

「ああ、親父殿に手紙を読んでもらったのですね？」

「へぇ、少しは読めますけど、あんまり流暢な文字はちとまだ」

「ほう、そなたの兄者はさように書が得意なのか？」

「いえ、兄さんはまったく無筆だす」

　正三は正朔からお俊の兄から来たという手紙を受け取った。

「これは女文字ですな。このおなごは相当な教養があるようです。そなたの兄はどうやらこのおなごの世話になっているようじゃが……やはり魚屋を営みにしている……ふむ、いわば料理人として雇われているらしいが……」

　手紙の奥書には「ちもり」とだけある。

「ちもり……？　人の名でっしゃろか？」お俊がつぶやく。

「千森とでも申すおなごかのう？」正朔にも思い当たるところはなかったようだ。

「乳守ではないかな？」正三にはそれなら女文字でもあり得ると思える。「乳と守と書く」

「乳守？　なるほど堺の乳守か」正朔は手を打った。「そうじゃ、おそらく間違いあるまい」

「その乳守とやらに兄さん、暮らしているわけだすかいな……」

「それにしても、なぜ、さような町に行ったのか、どうして大坂にもどって来ぬのか、何も書かれていない。ただ、心配せずともよい、いつか、会えるじゃろとしか書かれていない。やはり、何か不都合でも」正三はお俊の顔色が変わったのを見て、あわてて付け加えた。「いやいや、父上の思い過ごしというもんじゃろ。お俊坊の兄者が二人を殺したなんて」

「けど、それならそれで兄さんが無実じゃという証がないと」気強いお俊も言葉を失った。「三次さんとは」

「そうよのう」正三も正朔もそれ以上、言うことはできない。この先、どのような展開になるか、このまま何事もなく兄が大坂に戻って来ることができるか、確かなことは今は何一つない。

「そうよのう」正朔がまた、つぶやいた。

「なにわともあれ、三次さんはお役人だす。兄さんがお尋ね者じゃとしたら、わしも同罪、三次さんに顔も合わせられません」

お俊の不安も納得できるし、万が一にもそうした事態が明らかになれば、三次にもかかわりが出来るだろう。正三も正朔にも慰める言葉も思いつかない。

「それはともかく、これは何か分かるか?」

この重々しい雰囲気を晴らすかのように、正朔は正三に一枚の反故紙を手渡した。正三が広げてみると皺だらけながらはっきりと読める。「有節不預竹、三星廻弓月、日下在一人、一人在一星」

「これは?」

「実は時雨庵の書箱の奥にあったのじゃが、漢詩というわけではなさそうじゃが」

「五言絶句の形ですが、特に韻を踏んではいないようですね。これは清太郎殿が書かれたものですか?」

「いや、わからぬ。清太郎の手跡も知らぬ。誰が書いたにせよ、意味がわからぬ」

「そうですね、星、月、日、これは暦法が絡んでいるようにも思えます。しかし……しばらく考えてみましょう」

「そうしてくれ。お前に預けておく」正朔は改めてお俊の方に向き直り、「そなたの兄者はどうやら堺にいるようじゃ」

「へぇ、そうかもしれませんな」

「傾城屋のために魚の買い出しをしているのかもしれぬ」

「傾城屋？」

「さきほど正三が申しておった堺の乳守は古くからの傾城町じゃ。堺には南北に傾城町がある。北は高須、南は乳守。正三の方がくわしかろうが」

「さほどでもありませんが、今は高須の方はよほど衰えているようです」

「一休和尚の馴染んだ地獄太夫は高須の傾城であったそうじゃの」

「それはおそらく後年、粉飾した話も多々ありましょう。それはともかく、乳守は今でもなかなかの繁昌ぶり。揚げ傾城と呼ばれる揚屋に呼び出さなければならない傾城がおります。この手紙の筆ぶりもおそらくそうした傾城ではないかと」

「あげけいせい？」お俊には今まで聞いたことのない名なのだろう。

「そなた堀江や新町に馴染みの知人はおらぬのか？」正朔がたずねる。

「兄さんはそうしたところにも贔屓があるようじゃが、わしは一向にぞんじません」

「昔の大夫が堺にはまだ残っているのでしょう」正三が口をだす。

「昔の大夫？」

「古くは京都の吉野大夫、大坂の新町では夕霧大夫、江戸吉原の高尾大夫、みな才色兼備の持ち主で音曲だけでなく文筆においても一流だったという」なおも正三が説明を加える。

「なら、兄さんはその大夫さんの世話に？」

「どうなのかな？　今、乳守にさように名高い大夫がいるとも聞いてはおらんが……」正三には思い当たらない。「けど、大坂にまでは聞こえておらずとも、おそらく昔の大夫に劣らぬ傾城がおるかもしれんな」

「なら、わし、いっぺん、その大夫さんにたっねて（尋ねて）まいろうかのう」

「お俊坊が一人で堺の傾城町に行こうというのか？」正三は一瞬おどろいた様子を見せたが、すぐに言い添える。「堺か……一度、行ってみるのもいいかもしれん」

「えっ師匠に探しに行ってもらえるんだすか？」

「『夏祭』では団七は堺の魚屋、そなたの兄者は魚屋、堺にも縁がある。五八はそうそうに阿弥陀池を引き払って京都にもどってしもうたが、新狂言は師匠にお任せしたいなどと訳の分からぬことを申しておった。わたしが引き受けると約束したわけではないが、気にかかることもある。堺は初めての土地ではないが、そなたの兄者をたずねて見るのも悪くはなかろう。しかしわし一人ではたよりない。やはり、そなたや……三次にもお伴してもらわなならん。もちろん、三次をお尋ね者の探索に駆り出すわけではない。うまくいけば、義兄弟になるかもしれんから、今から会えるなら会っておいてもよかろう」

お俊は恥ずかし気にうつむいた。やはり三次のことが気になっているのだ。外はいつの間にか雨雲が垂れこめている。

「もう梅雨でっしゃろか」

「梅雨にはまだだいぶ間がある。春雨の名残じゃろ。そなたは雨がつづくと仕事にならぬのではないかな？」

「べっちょありません」

「べっちょないか」正三にもあまり馴染みのない言葉だったが、意味はよく分かる。別段問題ないということだろう。「そなたの方ではそういうのか？」

「兄さんが時々、冗談まじりに変な言葉使うんだす。魚市にはあちゃこちゃの漁師が魚、持って来よりまっさかい」

「そなたも魚市に行くのか？」

「まさか、わてら、女は入れません。昔、兄さんに連れて行ってもろうたことありますけど、もみくちゃにされて、わやされました」

「わやされる？　ああ、わやにされるということかな？」

「そんなこと言いませんか？」

「さあ……そなたの兄者は遊び人と聞いていたが」

「そら……まあ、好き勝手なことばっかりして、食べる物に事欠いたこともしょっちゅうだした。けど、女好きちゅうだけで……」

「ああ、それでお千に入れあげたというわけか」

「わしはぜんぜん知りませんでした。兄さんがそないな人にたのまれて、先生の世話をしてたなんて……けど時々、賭場らしいとこに行っておったようで、朝早う帰ってきたこともありました。やっぱお千とかいう芸妓に入れあげていたのかのう」

正三はお俊をほんのそこまで送って行くつもりだったが、お由にお俊と三次の取り持ちをたのむ必要もある。今、お由と暮らしている芝居茶屋、泉庄にお俊を連れて行くことにした。芝居の打ち上げにはまだ一刻（約二時間）近く間がある。それにもまして道頓堀の通りは先ほど降り出した雨のせいか人通りはさびしい。中之芝居が天王寺天鷲寺で行われた江戸木母寺の秘仏開帳の終了にあわせて三の替りに上演される『粧柳塚（よそおいやなぎづか）』が評判になっているぐらいだ。大芝居や人形浄瑠璃を嘲笑うように竹田芝居、虎屋芝居、松本名左衛門芝居という浜の三芝居が相変わらずの盛況を示している。

「お由、お俊坊に何か出してやってくれ」

「まあまあ、雨の中、濡れて。寒うないか？」

お由はお俊の濡れた小袖の背を木綿布で拭う。芝居茶屋とはいいながら、昨今は芝居客よりも一休みする通りすがりの客の方が多い。禁止されているとはいいながら、二階では密かに色茶屋の真似をする店さえある。そんな噂にお由は渋い顔をしているが、このような天気の日には客といっても四人の親子連れが店の奥で茶を飲み、一組の男女が少し離れて盃を傾けているだけだ。あとはお茶子が二人、やはり店の客とは反対の隅で暇を持て余している。

「これ見て、こないにお客さん、少のうてはやってけん。正さんも半さんも、ちっとは身ぃ入れてほしいわ」

「へぇ、そないに少のうおすか」お俊は首をかしげるが、お由は冷たく言い放つ。

「ま、あんたには関係ないやろけど」

「それはそれとして、少々、おまえに頼み事がある」正三がお由を店の片隅に呼び寄せた。

お由には冗談ならともかく、本気で三次が婚礼を考えているとすれば、意外な取り合わせだったようだ。

「けど、お俊ちゃんがえぇというんだしたら、三ちゃんにそれとのう確かめときます」

「いろいろ、ややこしいこともあるから、そないに急がんでもよい。何かのついでに、三次の気持ちをうかがってもらいたい」

　五月に入って一段と雨の日が多くなった。六日から竹本座が今年、道頓堀で初めて開いた『四天王寺稚木像(してんのうじおさなもくぞう)』も不入りだったが、十二日から角之芝居で始まった『太平記忠臣講釈』もなんとかなる程度であり、それまでの分を挽回するほどではない。正三は不景気な顔をする一座、特に座本の嵐雛助やその父、嵐小六と顔を合わせるたびに、言葉に出さずとも早くなんとか新しい物をと非難されているように思える。返す返すも二月の『世話料理鱸包丁』が二日だけで打ち切りになったことに憤慨するばかりだ。そうした気配を察してか三次もほとんど顔を合わさない。たまに道で逢っても軽く挨拶を交わす程度でそそくさと急ぎ足で御用があると言い訳を言い残して立ち去ってしまう。お俊とのことが気にかかりながらも本人に確かめることもなく過ぎるばかりだ。お由は「確かに伝えときましたで」とは言うが、それからお由も三次と話す機会はないという。

しかし、いつまでも放っておいても、お俊の兄がまた堺からもいなくなる可能性もある。このところ『忠臣講釈』の手直しをするぐらいで作者らしい働きもできない。正朔から預かった反故紙の漢詩のような対句にも目を通しているが、何ら解読の手がかりもえられていない。あきらめて父に返そうかとも思うが、たとえ清太郎の残した物だとしても、いやそれならいっそう急いで返すこともないと思える。竹本座の『四天王寺稚木像』も中之芝居の天鷲寺の開帳にあやかった梅若の二番煎じに過ぎないとひどく不評のまま、すぐにでも看板を下ろすという噂も耳にする。今、苦吟している半二を訪ねる気にもならない。ともに失意を慰め合うだけで愚痴しか出てこないだろう。角之芝居に顔出しする気にもならず、正三はお俊の兄の探索に堺に行く気になった。少し遠出をすれば気も晴れるかもしれない。そう思い立って正朔にお俊に伝えてくれるように頼むと、さっそく承諾の返事があったばかりか、すぐにでも堺に立つ気になっているという。あわてて、三次に使いをやると三次もまた二の句も告げずに旅支度を始めたという。そればかりかお由も一緒について行くと言い出した。

「店はどうする？」

「景気悪いし、くさくさするばっかじゃ、ひと月ほど休業しましょ」

「いやぁ、ひと月も堺にいるわけにはいかん」

「けど、お俊ちゃんの兄さんの探索でっしゃろ？　そないにすぐ、見つかるかいな」

お由の言うのももっともだとは思うが、お俊はともかく三次はそれほど長く御用を離れるわけにはいくまい。

「どうでっしゃろ……何なら三ちゃんだけ先に帰ってもえぇでっしゃろ？」

「わしとて」と正三が言うとお由は笑って言った。

「正さん、このひと月、何かしてました？　もうひと月ぐらい伸ばしてもべっちょないでっしゃろ」

「べっちょない？」

「お俊ちゃんの口癖、うつりましてん」

五　堺へ道行

　この日はめずらしく青空が広がっている。五月晴れだ。ほとんど雲は見えない。昨日までの梅雨のしとしととした雨が嘘のようだ。これは四人の堺行きの吉兆なのか、このまま好天がつづくなら、道頓堀の芝居に客足が戻ってくることもあるかもしれない。しかし、このところの道頓堀を見ているととてもそんなことはありそうもない。

「あねさん、ながもちゃ、いつくるえ、ちょうちん、ともして、いまくるえ」

　梅雨の晴れ間を惜しむかのように、芝居の裏通りでは役者や芸妓屋の女の子たちが毬つきをして遊んでいる。「太平楽府（たいへいがふ）（中国元の時代の端唄、小唄の類を集めたもの）」の一節「姉様長筐何日到、提燈點々今将来」をわらべ歌に言い換えたものだ。一方では男の子たちは竹棒を刀にして殺陣をする。もう少し年が行くと、この中の何人かは役者をめざしてとんぼを切ったり、大立ち回りの修練を始めるだろう。長町裏の畑では寒風であれ酷暑であれ、役者の卵は誰に誘われるでもなく何人かが集まって修練をする伝統が続いている。少しばかりの年長者や器用な子供が指図するまま自然に役者になる準備をするのだ。今、道頓堀の裏路地で遊んでいる子らのうち何人かはそうした仲間に加わるにちがいない。子供らは旅装束の正三たちを見ると嬉しそうに駆け寄って来る。

「お由坊、どこ行くん？」

子供らはもう三十歳に手のとどくお由を平気で「お由坊」と呼ぶ。五八が子供の時分にそう呼んだ名残が今でもつづいているのだ。

「金坊、まだ、こんなとこで遊んでるんか」お由は中にうっすらと髭の生えかけた子に向かってからかうようにいう。

「別に遊んどるわけじゃないわい。みなの世話を頼まれとるんじゃ」

「あんたはもう家業の勉強した方がええんとちゃう」

「わしの勝手じゃ」

四人は子供らに土産を買ってくる約束をして、堺筋に向かった。

「あれは？」正三はお由にたずねた。

「福新の次男坊じゃ。いずれどこぞの茶屋の一人娘の婿にでもなるんじゃろ」

「道頓堀の茶屋の福新の子か、なかなか利発そうに見える」

「どうでっしゃろ、ちんまい子をうまい具合に使うておるがの」

「役者志望ではなさそうじゃの」

「役者になりたいんじゃったら、あの年で子らと遊んではおらん、もうとっくに子供芝居の立役になってもおかしゅうない年頃じゃ」

「なら？」

「さあ、家業にも身ぃ入らんようじゃし、作家にでもなるのかのう。正さん、弟子にしてやるか？」

「向こうから望みもせんのに、いらんこと言うなよ」

「へぇ、わかっとります」

この金次郎は後年、奈河亀輔（なかわかめすけ）の弟子となり、奈河七五三助（しめすけ）と名のる。「洗濯物の七五三助」と呼ばれ、浄瑠璃などの時代物の書き替えをもっぱらにしているが、一場の趣向を面白く見せるのが得意であり、むしろ世話物に見どころがある。代表作『隅田川続俤（すみだがわごにちのおもかげ）』は浅草聖天町に住む破戒僧、法界坊（ほっかいぼう）を極悪人ながら憎めない愛嬌を持つ人物として描いている。江戸が舞台ではあるが、初演は天明四年（一七八四）、道頓堀の角之芝居において四代目市川団蔵が演じた。

道頓堀から堺までは三里（約十二キロ）少々の道のりになる。女連れで休み休み行っても半日で着くことができる。日本橋の袂では数人の駕篭舁きが煙草を吸いながら客待ちをしている。旅装束をした女連れの四人を見かけると、一人の駕篭舁きが、

「安うしときまっせ。どっちまで行きなはる」と、いきなり声を掛けてくる。

「堺だす」お俊が気軽に返事する。

「堺なら百文だす。わいの駕篭は揺れんし、こないなぶ厚い蒲団敷いとりま、おいども痛なりませぬわい」

「百文、そら高い。四人分、出したら一身代だす」お俊は物怖じもせず、駕籠かきと楽し気に話

しする。

「なら、二人乗りで百六十文でどうじゃ、一人、わずか八十文でやす」

「お俊坊、駕篭、乗りたいんか？」

三次が困ったような顔をした。さいわい雨も降りそうにない空を見て、お由もお俊も駕篭に乗らず歩いて行くことを承知している。いつまでかかるか分からない堺行には少々、始末をしなければいけない。いきなり駕篭代に百文も二百文も使えば、肝心の目的の目途も立たないうちに帰る羽目にならないともかぎらない。

「こないな良い天気に駕篭はいらんわい」正三が不愛想に誰にということもなく口にすると歩き出した。

「いとはん、あないなけちにくっついてても、ええ芽、でんで」

「いとはん（お嬢さん）」などと呼ばれつけない言葉で呼ばれたお俊も、もはや駕篭かきが悪態をつくのもかまわず、急いで正三の後を追った。堺筋は合邦（がっぽう）の辻で天王寺道に突き当たり、西に向かってしばらく行くと高札場のところから住吉街道と呼ばれる住吉社への街道になる。今宮村を過ぎると町屋の途切れ目に田畑が現れ次第に広がっていく。

「あこ」とお俊が指差したのは鳶田（とびた）の刑場だ。街道の東の林の中に刑場や焼き場がある。清太郎とお富の死骸は鳶田の刑場に晒されたと三次から正三も聞いている。もう二カ月以上もたっており、二人の死骸はすでに火葬にされている。

「行ってみたのか？」正三はお俊に尋ねた。

「へぇ、先生に御回向もせなならんと行ってみました……けど」お俊はその後、言葉が出てこない。腐乱した二人のむき出しの死体を目にしたのだろう。

「そうか……お俊坊の兄者が見つかれば、すべて終わる」正三の口調はお俊らに言い聞かせるような強い口調だ。

　街道からは淡路島や四国の島影が雲の向こうにかすかに見える。幾艘もの船が帆をいっぱいに広げて水道を行きかっている。街道脇の田圃の田植えはまだこれからだが、数日来の雨ですぐにでも田植えが出来るほど水を湛えている。蛙の鳴き声は雨の季節を待ち兼ねたように街道を行く旅人や馬や駕篭舁きの声を掻き消すほどだ。

　天下茶屋から帝塚山を東に見て粉浜(こはま)の村を過ぎる頃には、遮る雲もない好天のため汗も流れだしてくる。住吉街道の少し西には十三間川が流れ、道頓堀から住吉の浜まで遊山の舟も行き来する。川から砂浜をへだてた海はこの日はほとんど風もなく凪いでおり、大小の帆掛け船が静かに波間を漂うように浮かんでいる。

　まもなく住吉新家と呼ばれる町に入ると人通りが急に増えた。住吉詣の人々がここで一休みするのだ。街道沿いの両側には料理屋が並び、赤前垂れを垂らし、黒繻子の襟をつけた振袖姿の仲居たちが客寄せをする。通りに面して竈(かまど)や調理場があり、魚をさばいたり、様々な料理の盛り付けをする男女が汗を流して働いているのが見える。三文字屋、伊丹屋、昆布屋、等の料理屋が並び、街道からは見えないが瓦屋根の門から入ると植木や置石に飾られた広い中庭があり、幾つもの広い座敷が長く屈曲した濡れ縁沿いにあり、沓脱石（くつぬぎいし）から濡れ縁を通って入るようになっている。

「えぇ匂いしてまんな」三次は鰻の蒲焼にひかれ、吸い寄せられそうにしている。

「こないなとこで散財するわけに、いかん」

「でっしゃろな。わてもそう思うとりま」

「心配せぇでも、もう少し先の茶店ぐらいなら、ええ塩梅でっしゃろ」お由は一刻も早く休みたいようだ。

「えらい人になってきましたで。あの黒い塔は何でっしゃろ?」

三次が指差すのは高灯籠と呼ばれる燈台で、住吉社からまっすぐ海に到った浜辺近くに建っている。古く鎌倉時代に漁民によって献納された常夜燈であり、料金を払って上に上ることができ、晴れた日には東に金剛・生駒の連山、西北に六甲（武庫）・摩耶山、南に紀州や阿波の国々が、そして西には淡路島が滑らかに伸び、青々とした茅渟（ちぬ）の海が眼下に横たわり、幾艘もの帆掛け船が所せましと行き交うのが一望できる。

「ほな、ちょっと、わて上らしてもらいま、お俊ちゃんもどうじゃ?」

三次の提案にお俊も一も二もなく承諾して、二人が高燈篭見物をしている間、正三とお由の二人は十三間川に掛る長峡（ながお）の橋を渡り出見（いでみ）の浜の水茶屋で一服して待っていることにした。幸いすいていた水茶屋の店先の床几に二人は腰を下ろした。正三は蜆（しじみ）の佃煮を肴に酒を注文した。

「こんな真昼間から」とお由はあきれたが、

「二人はなかなか来やしまい。お由も付き合わんか？」

「わてはお茶と団子で結構だす。あれ、三ちゃんだっせ」

茶店の店先からちょうど三次が高燈篭の見晴らしから手を振っているのが見えた。

「何か、言うとります。あんさんー、ちいとも聞こえへんで」お由は大声で呼びかける。

「お由、そないな大声、出さんでもよかろう」

「けど、何か言うとりま。お俊ちゃんに何か、あったんちゃいますか。あっ、お俊ちゃんじゃ、よう見えますで」

毎年、三月の三日には出見の浜は三里（十二キロ）ほどの沖合にまで干潟が広がり、潮干狩りを楽しむ人出で一段と賑わうところだが、この梅雨の季節では茶店から数町しか浜はない。それでも五月晴れの一日を目ざとく見て取った人々が三々五々と潮干狩りを楽しんでいる。

「二人、何してるんでっしゃろ？」

四半刻（約三十分）もあれば、二人はやって来ると見当をつけていたが、すでに半刻もなるのにまだ、姿は見えない。茶店から高燈篭の見晴らしを仰ぎ見ても、もう二人らしい姿を見つけることはできない。

「どこに消えてしもうたのかのう」お由は不安な様子だ。

「ははは、まさか申し子を祈願しているわけでもなかろう。そのうちやって来る」

「申し子じゃと……あほかいな。こないな真昼間に」

　それからまたしばらくしてようやく二人が茶店にやってきた。

「えらい人だす、迷ってまいましたわ」三次はまず弁解口調にひとこと言う。

「ほんまかいな、顔、赤おますで。何か力仕事でもしてたんちゃいます」お由がからかう。

「力仕事って何だす。竹生（ちくぶ嶋）の観音さんの開帳じゃとて、そら拝まなならんって、どこぞの物売りにお札を買わされました。しゃあないから、お札を納めに行こう思うても人がいっぱいだす。お俊ちゃんを見失わんかと心配で、もみくちゃにされてるうち、お札は落とすし、さっぱ、わやだす」

「やっぱり、こん人、観音さんに願掛けしてはりましたな」

「観音さんに願掛けしたら、いかんのんでやすか？」

「俊徳丸みたいな眉目秀麗な子が出来るじゃろ」正三が煙草をふかした。

　高安の長者には久しく子が出来ず、妻女が清水寺の観音に籠って願掛けしてようやく俊徳丸が生まれたという。説経節の古くからの演目である。神か仏か、寺社に籠ると申し子を授かるというのは言い伝えにすぎないともいわれまい。古くからそうした習俗があった。豊臣秀吉は日吉社の申し子という言い伝えもある。

「俊徳丸？　あの継母に呪われる？」お俊もなかなかよく知っている。「なら、わては早死（はよ）んで」

「心配せんでも、三ちゃんに、そないな子ができるわけない。祝言、いつにしなはります？　何ならちょうどええ、住吉さんにお頼みしてきなはれ」

「御寮はん、そら、気が早い。その前にお俊ちゃんの兄者を探さなならん」

「その通りじゃ、明日早朝に乳守に行かねばならん。今夜の泊まりは堺にしよう」

　正三を先にして住吉を後にし、半里（約二キロ）ほど先の大和橋を渡り堺に入った。堺は南北のほぼ中央を東西に走る大小路で北庄と南庄に分かれている。北庄は摂津国、南庄は和泉国に属する。五十年少々前、大和川がつけかえられて大和川の河口が堺の北になった。それまでの小さな川に替わって広い大和川が住吉と堺を分けることになったが、堺と住吉社との結びつきは変わっていない。大小路の少し南の宿院が住吉社の御旅所であり、毎年六月晦日の住吉社の夏祭には神輿は大和川を渡って御旅所に入り、当日の夜、住吉社にもどる。この還御に当たっては堺の漁師や船頭たちが手に手に松明を灯して大和橋の北詰まで送り、神輿は数万の松明に灯され、その灯りは遠く西宮・灘・須磨・明石の浦、また南の貝塚・佐野からも見ることができた。いきなり傾城町に行くのではお俊ばかりかお由にも真意を疑われかねない。また、何も知らない三次にくどくどと説明を付けるのもわずらわしい。できれば馴染みのある鎰町芝居の辺りで宿をとろう、という心積もりを正三はしている。鎰町なら乳守にも近い。

　堺には古くから北庄に高須、南庄に乳守という傾城町があり、室町時代、一休和尚が馴染んだ傾城、地獄は北の高須の珠名長者に抱えられていたという。しかし今や傾城屋は南北ともに寂れており、元禄に十五軒あった北の高須の傾城屋は八軒、二十四軒あった南の乳守の傾城屋は九軒と減じている。しかし、幕末頃になると再び元禄期の数に戻ることになる。南北ともに傾城町の近くには旅籠も並んでいる。例年のことながら、五月二十八日には住吉社の神田では御田植えが行われる。この行事の主役の早乙女は堺の乳守の傾城がなることになっている。この日のために選ばれた傾城はひと月もの間、客を取ることもなしに早乙女としての指導を受けているはずだ。

「なにきょろきょろしとるんだす？」お俊が三次の袖をひっぱる。

「いやあの、高須とはどこかいな」

いつの間にか日が傾いている。日暮れにはまだまだあるが、空には雲もかかり、少しずつ暗くなっている。

「おぬし、高須に行くつもりか？」正三が三次を責めるように言った。

「高須ってなんだす？」お俊がたずねる。

「三ちゃんもすっかり並みの男はんになったようじゃ、あこだす。綺麗なべべ着て」お由は不快そうに口にした。

「高須は地獄の本場じゃ。一休和尚でさえ迷ったという」

正三はもう少しからかおうとしたが、それをさえぎるように、

「あっ、お山屋さんだすか？　兄さん探すのは口実だしたんか？」お俊はさらに詰問口調を鋭くする。

「住吉さんで祝言、あげるいう話はどないなったんかいの」お由も加勢する。

「おやまなんて……そんな話、知りませんで」三次は必死になって抗弁する。

「そういや、三次さん、御開帳の乙姫さんの簪、あないな綺麗もん、あったらえぇな、いうてのぼせてはりましたな。高須の女な子はんに贈らはるつもりだっしゃろ」

「めっそうもない、ちゃいま、ちゃいま。高須を過ぎたとこに御奉行所があるそうだす。堺に行くなら一仕事して貰わなならん、と言われまして、届け物をあずかっとりま」

「乙姫の簪とは何のことだす？」お由は奉行所より簪に惹かれる様子だ。

「若旦那が旨そうに何やら食べてなはる茶店に行こうとしたんだすけど、下に降りたらえらい人ごみで迷うてしもうて、あっちこっち行ってたら、乙姫さんの簪、御開帳とかいうとる寺ありましてん。そいで人ごみ分け分け見に行ったら、ほんまもんの簪が飾ってあったんだす。そらぁえらい古そうで、しかもえらい綺麗だした」

「へぇ、そんなとこ行かはったんだすか？　お俊ちゃんも見なはりました？」

「へぇ何かきらきら光っとりました。簪だけじゃのうて、虎とか犀とか、見たこともない獣の腹中から出たとかいう光る石もありました」

「そないなもん、どこで見たんどすか？」

「あれは何ちゅうお寺だしたかいな……三次はん、覚えてはりますか？」

「うぅん、あちこち迷うて、ふっと入ったお寺だした」

「そや、光林寺とかいうとりませんでしたかいなぁ」

「うぅん、ちょっとちゃうような……鶴林寺」

「何でもえぇわ、正さん、うちらも見に行こ」

「今から住吉に戻るのは」

「当たり前だす、帰りに寄ろってことだす」

「そうか、たよりない話じゃから、確かめななならんな。そもそも乙姫の簪なんて」

「そら、偽物、作り物に決まってます。けど、騙されてみるのも面白いんちゃいますか？　最近のあんさんのお作は真面目いっぽうで」

「うぅん、やはりそうかのう……。なら、三次はまず奉行所に寄らななならんのか、わしらは一足先に宿、探しに行けばよいな」正三は独り言のようにつぶやいた。

　大和橋を渡り、並松町を通り過ぎ、堺を取り巻く壕に掛かった北の橋の南詰にある高札場の前で四人の足は止まった。

「へへへ、お宿をお探しかいな」

　一人の怪しげな風体の男が四人に声をかけてきた。駕篭人足のようだ。

「えぇ宿、知っとりまっせ。駕篭賃、安うしときま」

「さよか、ほなら奉行所まで頼む」三次が気安くいう。

「なんじゃと、わいらが何したちゅうんじゃ」

「ちゃうがな、わいは今から奉行所に御用があるんじゃ。安しとくちゅうから、ほな、えぇ具合じゃと思うてな、一人一文でやってもらおか」

「へへへ、御冗談を」

「いやか？　いやならえぇ」

「あんたら、どこぞの悪宿とぐるになってわてらを女郎屋に売りつけるつもりかもしれませんな。あんさん、せっかく御奉行所へ行かなならん用があるんなら、ついでにちょっとお調べしたらどうだす」口を出したのは気丈なお俊だ。

「ご、ご勘弁を、御寮はん、わい、そないな悪人に見えまっか」男はお由に泣きついた。

周りを旅人や町の人が取り巻き始めている。「喧嘩かいな」「なんか、かどわかしじゃそうな」「あの男がかいな」「いや、案外、あのおとなしそうな方かもしれんぞ」いい加減にしなければと正三も三次も思い始めた。

「あんさん、もうお許しなされ。それより、まこと、御奉行所、行かなあかんのでっしゃろ?」とお由もけりをつけようとした。

「さいだす、こないなとこで油売ってるわけにいけしません。こら、御奉行所はどこぞいな?」三次は居丈高に駕籠かきにたずねる。

「へぇ、この先のも少し先だす」

「なら、高須ってとこも、その辺りになるんだすか?」お由は素直にたずねる。

「高須なら、すぐそこを曲がったとこだ」

「ええ、三次さん、御奉行所へ行くなんて作り事しなはったんか」お俊が鋭く追及する。

「作り事ちゃいま。ほんまにそう聞いて来たんだす。高須からちょっと行ったとこじゃと」

「それなら御奉行所ちがいまっしゃろ」駕篭舁きが安心したような顔になった。「与力衆の御屋敷が高須のちょっと先にありま」

「ほれ見いな、わい、何も悪い考えなんてありません。もちっと信用してもらいたい」

三次はひとりぶつぶつ言いながら、「なら、わい、これから与力屋敷に行て来ます。宿、あんじょうたのんま」

いつの間にか駕籠かきもいなくなっている。宿は南の庄の鎰町芝居の近くの宿をとるので、目印に三次の笠を宿に掛けておくことに決めた。

三人が宿に入ったのは六ツ（午後六時頃）少し前、南旅籠町から西に入った旅籠中浜丁の小さな旅籠だ。

「こないなとこ、三ちゃん、見つけられるかな……」お由は首をかしげた。

「堺は景気よいようじゃ。人出が多くて他に見つけられなんだ。しかたあるまい。ここが見つからなくとも適当な宿を見つけるじゃろ」

「あの人は慣れてはります。きっと遅うなっても来なはります」お俊が取りなすように答えた。

「いつの間にか、お二人、夫婦（めおと）のようだすな」お由が思わず呟いた。

けれども三次は、宿にたのんだ仕出しの夕飯をとり終えてもやって来ず、さすがのお俊も不安になったか、暗くなった町の通りを窓越しに身を乗り出している。ようやく三次が宿を訪ねてきたのは五ツ（午後八時頃）の寺の鐘が鳴ってしばらくしてからだった。

「三ちゃん、どうしたかと思うてたぞ」お由の不安は三次の顔を見ても晴れない。

「へぇ、わてもよう分かりませんねん。山林さんと申す与力の屋敷をたずねたところ、持参した封書を見られても、一向に労いの一言もありまへん。それどこか、えらい怖い顔にならはって、しばらく待っておれって屋敷の一間に置きっぱなしになりまして」

「まさか今まで？」

「みたいなもんだす。屋敷の中には人声もするし、何やら夜食の支度をしてる。焼き魚のやら蕗の炊いたもんやらの匂いもしてくる。いつ出てくるか、いつ持ってきてもらえるじゃろかと、ますますおなかも鳴る、涎も出る、もうぐじゃぐじゃだす」

「けど、何も貰えなんだすか？」お俊がもう一杯、冷や飯をよそってやる。

「へぇ、こないな冷えた飯に冷たい水漬けに萎びた沢庵と雑魚の出し殻みたいなちんまい魚、これなんだっしゃろ？」

「鰯でっしゃろ」

「こないなもんでもご馳走だすわ」

「そいで一刻（約二時間）以上たって、やっとこさ、ご苦労じゃった、の一言だけだ。もうちょっと何かあるもんと誰しも思いまっしゃろ、なんもなしだす。わては暗い夜道を空腹を抱えて、西も東もわからん街を歩き回り、尋ねまわってやっとここさ、ここにたどりつきました。あの封書、なんだったんだっしゃろ？」

「分からんが、どうも只事ではないようじゃ」正三の顔も曇る。

「只事ちゃいまっか？」三次は腹もくちくなってきたか、元気を回復したようだ。「どないなことになるか、気ぃが滅入りましたけど、ま、何事ものうてよかった、よかった」

「能天気なやっちゃ」

「能天気？　えぇ天気ってことだすか？」

「ま、そないなもんじゃろ、毎夜毎夜、家を出ては群がり、大口をたたいて喧嘩を起こし、声高にはやり歌を歌いまくる」

「わい、そないなことしませんで、お俊坊、誤解してもろうたら困りま」

「お江戸の洒落本の類の話じゃ」

「洒落本だすか？　……そら、勉強になりますな。能天気、能天気、おもろい言い回しだす」

「三ちゃん、書いとかな忘れまっせ」お由が冗談のように懐紙を差し出す。

「へぇ、『のう』とはどない書くんでやす？」三次は箸をおいて受け取ると、帯に下げている印籠入れから短い筆を取り出した。

「かたかなの『ム』、下に漢字の『月』、右にかたかなの『ヒ』を上下に並べる」

「ああ、『よしよし』って書く時の字ぃだすな」

「三次、おぬし、そうとう学がすすんでおるようじゃな」

「へへへ、まだ師匠にお誉めいただくほどでは、もちっと覚えま。さっぱり分かりません」三次は首をかしげる。

「いやいや、三次はいまだに無筆と申しておるが」と正三が言いかけたのを、お由は遮って言う。

「三次は無筆、と思われた方が何かと便利なんでっしゃろ。たいがいの高札なんざ読めはります。引札じゃとて、面白そうに見てはりますで」

引札とは商店の一枚刷りの広告のことである。

「へぇ」お俊は三次を感嘆して見ている。「それはそうと、只事ってなんだすか？」

「気の廻しすぎかもしれんが、大坂から堺の書簡というのは、お俊坊の兄者にからんでなければいいのじゃが」正三が答える。

「うちの兄さんのこと、御奉行所がご存じなんだすか？　今まで一度もそないな話はありませんだした。三次さん、そうでっしゃろ？」

「そうじゃのう……代官所でも一言も聞かれなかったし、御奉行所でもお俊ちゃんに兄さんがいて、あの庵に出入りしていたなんて聞いたことありません。若旦那の気の廻しすぎちゃいますか……」

「なら、いいが……」

「三ちゃん、その預かった書簡の中身、知らんのかいな？　こっそり読まはったんちゃうか？」

「めっそうもない、そないなことして見つかったらえらいことでやす。お叱りぐらいじゃ、すんません。下手したら島流し、いや死罪になるかもしれません」

「手がかりになるかどうかも分からんうちに、そんな真似をしでかすことは思いもつかんじゃろ。けど、どうも、五八の狂言が気になる」

「阿弥陀さんの『夏祭』の狂言でやすか？」

「まさか、お義父はんが洩らしてはるように、心中じゃのうて人殺しかもしれんと……そもそも、まことにお二人は殺されたんだっしゃろか……」

「それもこれも、お俊坊の兄者が見つかって話が聞ければはっきりするかもしれんのう」

「三ちゃん、ちゃっちゃと食べなはれ、明日は朝からお俊ちゃんの兄さん探しじゃ」

お由は立ち上がるとせわしなく部屋の隅に畳んである蒲団を敷き始めた。

正三はもちろんのこと、三次にも知らされていなかったが、この頃、堺奉行には落ち度があり、職務が停止されていた。そのため、大坂の東西町奉行が堺奉行も代行しており、三次が長時間待たされたのも必ずしも与力の職務怠慢とばかりは言えなかったのである。

六　乳守

「さあ、ちゃあちゃあちゃあ、鱸（すずき）とすみやき八郎じゃ」

「きりがれん、きりがれん。鱚（きす）は北の間じゃぞ」

「ちゃあちゃあちゃあ」

「ぶりばんどう、どうじゃ。ちゃあちゃあ、なら、ぶりがけじゃ、ぶりがけ、ぶりがけ」

　魚市ではよそ者には訳の分からない符号が飛び交い取引もたけなわだ。「きり」は三、「がれん」は五、すなわち三匁五分、「ぶり」は二、「ばんどう」は八、「がけ」は九という符号である。

「堺の魚市は雑喉場（ざこば）より賑やかじゃのう」

「御寮様さん、そら、あんまりの言いようじゃ。雑喉場はこないなもん、ちゃうわいの」

　お由の言葉にお俊はすばやく反応した。

「こんなもん、ちゃうって、どんなもんなんじゃい」

　お俊の言葉を聞きとがめたのは魚市の魚屋、まだ二十歳に手の届かないような若者だが、ここ魚市では一人前に扱われているようだ。

「なんつうても、大坂は天下の台所（だいどこ）じゃ。品数から言うても、品ぞろえから言うても、堺の比ぃじゃないわい」お俊に加勢するのは三次である。

「なに抜かしてけっかる、魚屋も役者もみんな、大坂から堺に逃げて来るわい。大坂なんざ魚も人もいのうなるわ。あんさんも堺に住み替え、見つけに来たんじゃろ」

「誰が堺なんぞに住みたいもんか、こないな田舎、肥（こえ）臭うてたまらんわい」

「堺の肥やしは値ぇあるぞ、大坂の下痢腹の水みたいなもんとはちゃう」

三次やお俊と魚屋の口喧嘩を聞きながら、正三には気になる言葉があった。「魚屋も役者もみんな、大坂から堺に逃げてくる」

「役者が堺に来る？」正三は我知らず口にした。

「もう間ものう大歌舞伎は堺でしか、見られんようになるぞ。そくさいなん、そくさいなん」

正三の詞を聞きつけて堺に大歌舞伎が来ると言った魚屋は大声で煽り立てる。口論しながらも競り買いに抜け目はない。「そく」は一、「さいなん」は七である。

「そないなこと言わしといていいんだすか」今度はお由が腹を立てる。

「お由、口出さんとけ、ややこしなる」

「かて、正さん、大歌舞伎が大坂からのうなったら」

「そんなこと、なるわけない。いらん心配せんと。それより魚屋が大坂から堺に来ると言っておる。お俊坊、兄さんの姿はないか？」

正三に言われてお俊は思い出したように人込みを見回す。ほとんどが褌一丁の魚屋や漁師ばかりだ。浜にあがったばかりの舟から畚（もっこ）を担いで市まで魚を持ってくる漁師の一団や朸（おうこ）（天秤棒のこと）を担いだ魚屋がぶつかるように行き来する。浜の一角では小魚を塩水で煮る煮魚屋もいる。木綿の縦縞染の襦袢をはいた煮魚売は大坂ばかりか京都にまで売り歩く。魚売りは威勢のいい声をあげるため、毎日のように発声の訓練をしているという。役者の卵、顔負けの修練を積む。

「兄(あに)さぁん」お俊が大声で呼ぶ。

「見つけたのか？　どれじゃ、どれじゃ」三次は飛び上がるように背伸びする。

「おらん、たぶん。あんまり大勢で分からんわい」

「なんじゃ、ややこしいこと言うな」

三次は文句をいうが、浜には次々と漁師舟が乗り上げてくる。そもそもお俊の兄を見分けられるのはお俊だけだ。他の三人が大坂もんをこの中から見分けることは不可能だ。言葉一つとってもさして違いはない。

「おーい、さっき、大坂から堺に魚屋が来るって言うたのう。あら、なんちゅう名ぁの魚屋じゃ？」三次は仕方なく先ほどの口論相手の魚屋に問うてみる。

「なんじゃと？　大坂から来た魚屋を知っとるかって？　人にたっねる時は、それらしゅう聞かんかい」

「知らんのじゃろ、えらそうにすな」

「大坂の魚屋のことかいな」また別の魚屋はぶつぶつ言ってはいたが、三次にも聞き取れない。

魚屋はすぐに競りに気を取られた。

「ちゃあちゃあ、ちゃあちゃあ、太刀魚じゃ、これなんぼ、これなんぼ」

「ぶりろんじ、じゃ。ぶりろんじ」

　魚市の値付けはたけなわだ。

「あらあきまへん。商売に夢中じゃ」三次はお俊の兄のことを聞くのをあきらめた。

「ほたら、もう兄さん探すんやめたんだすか？」

「そじゃない、そじゃないが、今ここでたってねても聞く耳もたん。そうでっしゃろ？」

「いったん町にもどろうかいのう」

　正三はすぐに同意した。このまま三人を宿院辺りに連れて行き、乳守には三次と二人でまず尋ねに行く腹積もりだ。

　四人は昨夜の宿でもお俊の兄のことを尋ねたが、泊り客で混雑していたこともあり、じっくり話をすることもできなかった。これは長逗留を覚悟しなければならないと、宿替えも覚悟のうえだ。四人ともに笠をかぶった旅姿で今朝早く宿を出た。まず乳守とも思ったがさほど事情も知らないお俊を連れて傾城町に行くことに正三は躊躇した。大寺か宿院辺りを巡り近辺の茶店か茶屋で休ませておき、まず三次と二人だけで乳守に尋ねに行くのがよいと計算している。今朝はまず近くの魚市に様子を見に行くことにした。お俊の兄は乳守の傾城町で魚屋を営んでいるわけではないにしても、乳守の傾城屋か茶屋を得意先として魚の買い出しをしているのではないかと推理している。堺の魚市は北の庄と南の庄にそれぞれ一か所ある。北の魚市場は戎島の向かいにあり、とりわけ近年、戎島の賑わいにつれてますます盛んになっており、特に住吉社の夏祭の行われる六月晦日の夜は大魚市が開かれ、一晩中、賑わっている。けれどお俊の兄が乳守の傾城屋を得意先として魚市に行くとすれば、南の庄の魚市にちがいない。そこでこの魚市に来たのだが、しかしどうやら当ては外れたようだ。

「ここはひとまず引き上げるのがよかろう」正三はお由に向かって言った。

「そうだすな、ここで当てものうお俊ちゃんの兄さんを見つけようとしても、今日来るかどうかも分からしまへん」

「さいだ、ほんまに堺で魚屋やってるんじゃったら、もう来てるはずだ。お師匠はんの言う通りした方がいいでっしゃろ」お俊も今日のところはあきらめる気になった。

「帰るんか？」

四人が魚市の浜を立ち去ろうとすると、さきほど口論の相手をした魚屋が追いかけてきた。

「競(せ)りの邪魔してても悪い」三次は憮然とした顔で答える。

「誰か探してるんちゃうんかいな」人懐っこい笑顔を浮かべている。

「けど、あんさん、関わりないこってしゃろ」お由は躊躇しながらも冷たく言い放つ。

「大坂の魚屋とか言うとらへんだか？」

「あんさんが大坂の役者やら魚屋やら、みんな堺に来る、いわはるよって、ちょっと聞いてみただけだす」お俊は弟のような子供には関心がないと言わんばかりに突っ慳貪に答える。

「大坂から来た魚屋、探してるんちゃうかいな」

「すまなんだ、その通りじゃ。そなた存じておるのか？」正三には魚屋がまんざら揶揄(からか)っているわけではないように思える。

「名ぁは何という？」

「団吉と申しま」お俊も丁寧な口調に変わる。

「団吉か……わいの知ってる大坂の魚屋は茂吉と名乗っておった。人違いかのう」

「幾つぐらいの人かいのう？」お俊の顔が明るくなったのは日が差してきたせいばかりではなかろう。

「そうじゃな、わいより七、八歳上かのう。まあ二十四、五といったとこじゃろ」

「それでわしに似ておらなんだか？」

「そないに色は黒うはない。もちっと色白じゃ」

「わいの黒いのは生まれつきちゃう、毎日、川で仕事しとるからじゃ」

「なんじゃ、おむす（娘）は川太郎の子ぉか」川太郎とは河童のことだ。

「おい、ぼんさん、わいの嫁になる娘をえぇかげんに弄(なぶ)ってくれるな」三次は憤怒で手を上げそうな勢いだ。

「なんじゃ、おまはんの嫁はんじゃと？　まだ子どもちゃうんけ」

「あんさんと違うわい。まものう二十歳じゃ」お俊も今度は三次にも増して腹を立てる。

「ははは、あと十年もしたら二十歳になるのかのう」

「こないに失敬なやつに関わるん、もうええかげんにしときましょ。早よ、乳守っちゅうとこに行きましょ」お由がせかす。

「何じゃと、乳守じゃと。お内儀（かみ）はん、えらい稼ぎやるんだすな」

「稼ぎじゃと？」

「傾城は無理でっしゃろけど、どこぞの下働きなら雇うてもらえんでっしゃろな。それとも、この色黒の子供に年季奉公させるんでっしゃろか。今さら禿（かむろ）は無理だっせ」

「これ以上、あほ言うたらどつき倒さなならん」三次はすっかり頭に血が上った様子だ。

「そないに膨れてたら、まるで鰒（まむし）のようじゃ。けど、あんさんは肝ぬいた鰒汁じゃ」

「そら、どないな意味じゃ？」

「死にとうても死なれぬわい」

「何で死ななならんのじゃ」

「子供と心中もなるまい」

「そなたこそ殺しても死なん顔じゃわい」

「わいは魚市の吉三郎と呼ばれておる」今度は魚屋がからかい口調で相手をする。

「吉三郎？　嵐吉三郎のことかいな？」お由が驚いた様子だ。「えらい軽い役者を持ち上げてるの」

「吉三郎とはそない軽い役者か？」魚屋はさして歌舞伎に精通しているわけでもなさそうだ。そう言われてがっかりした様子だ。

「なんじゃいな、嵐吉三郎を知らんのか」三次は得意そうに吹聴する。「子供芝居からようよう大歌舞伎に上がったばかりの役者。とはいえ、まもなく三十歳になる。そこそこの役者になるじゃろが、まだまだこれからじゃ」

「兄さん、えらい詳しゅうに知っておるの。けど色男なんじゃろ？」

「まあ、色男といえば色男、さほどでもないといえばさほどでもなし」実は三次も名前ぐらいしか確かには知らない。

「三十歳で子供芝居から上がったんか？」魚屋の疑問ももっともだ。

「たしかに長い間、竹田芝居の人気立役じゃった。じゃが竹田の子供芝居から大芝居に替わったのはだいぶ前のことじゃ」正三は三次の顔を潰さないように気をつかいながら説明を加える。

「そうか、けどいい男なんじゃろ？」

「あんさんには負けるけどな」お由は揶揄（からか）いとも媚（こび）ともとれる言い方をする。

「へへへ、そうだすか。お内儀（かみ）さん、えぇ女御（おなご）だすな」

「今さら、そないなこと言うても遅い、さっきはどない言うたかおぼえてなんか」

「ま、言葉の綾だす、堪忍したって」

「おい、魚屋、魚売らんでもえぇんか、それともここらの魚屋は油屋か。死んだ魚の滓（かす）を油にして売っとるんじゃろ」三次はなおも憤然としている。

「おおそうじゃ、わい、こないなとこで油売ってるわけにいかん。あんさんら、大坂から来た魚屋、探しとるんじゃろ」魚屋は三次の挑発に乗る気が失せたように真面目に尋ねた。

「ほんまに知っとるのか？」お俊もようやく我に返ったようだ。

「本人かどうかは、会うてのお楽しみじゃ。わいには分からん。けど、今からこの魚、届けななりん。あんさんらもついてけっかれ」

　魚屋はそういうとどんどん先に進んでゆく。声を掛けても振り向きもしない。このまま付いて行っても骨折り損にならないかという考えも頭によぎるが、ともかく魚屋の速足に追いつくのに必死だ。普段なら、この魚屋もよく澄んだ声を張り上げて朸（おうこ）を担ぎ、こうした速足で町中を売り歩いているのだろう。が、この朝は届け先があるという。どうやらそれは本当のことのようだ。時折、町屋の裏戸から声を掛けられるが、「すんまへん、今日は売り切れだんね、また、明日、よろしゅうたのみま」と早口で答え、担いでいる桶には魚が詰まっていることは見え見えながら、下働きの女や男には見向きもせずに先を急ぐ。魚市場から東へと向かっている。歩く正面から朝日が次第に高くなり、眩しく目に入る。この日も五月晴れのようだ。前夜、泊まった旅籠中町も過ぎ、やがて紀州街道を横断したが、なおも東へと進んでいく。前方には南宗寺（なんしゅうじ）の広大な構えや幾つもの寺の甍が朝日に照らされている。

「ここは？」

「さいだ、乳守だす」

町は一見して傾城町とわかる。堺の南の傾城町、乳守である。昼前の傾城屋は泊まり客を送り出した後、多くの傾城はひと眠りする時間帯だ。この当時の乳守には傾城屋はわずか九軒、揚屋は六軒に過ぎないが、北の六間町の傾城町高須に比べるとまだはるかに栄華の残り香が感じられる。高須は傾城屋が軒を並べているとはいえ、その軒には雑草が生い、格子の先には蓼の穂が垂れている。揚げ傾城と呼ばれる茶屋に呼ばれる傾城は一人もなく、端傾城という傾城屋で稼業する傾城しかいない。尤も六間町に隣接する山口町には茶屋も四軒あり、ここに端傾城を呼ぶこともある。このような北の高須に比べれば、南の乳守には揚げ傾城も残っており、隣町の南半町には八軒の揚げ屋がある。それにしてもこの時代の堺の昔からの傾城町は戎島など市内各地の遊所に圧倒されていた。

「やっぱりここへ連れて来るつもりやったんじゃ」お俊が言い終わらないうちに、

「何勘ぐっておるんじゃ。わしは今日の魚をこの店に届けなならん。そのついでに、あんさんらが探しておる大坂の魚屋のこと確かめてみてやろうというだけじゃ」

そう言って魚屋は裏口から入って行く。だまって付いて行ってよいものか躊躇して、四人は裏口の黒塀の前で佇んでいる。

「はよ、来んか」

魚屋に急かされ四人は勝手口から厨房を覗き込んだ。

「長さん、遅おましたな」

厨房から魚屋が声を掛けてしばらくして出てきたのは、普段着の着物を着た二十五、六歳の女だ。背の高い細面の美貌の女性である。道頓堀や堀江、難波の新地、あるいは新町で美貌の女性に見慣れているとはいえ、四人ともに言葉もなく見惚れていた。

厨房では数人の女と男が混じって料理をしたり、洗い物をしたり、口も利かず立ち働いている。この頃では大坂の茶屋でもきちんとした料理人を雇っている店は少ない。客に出す料理も仕出しで片付ける店さえある。この揚屋でも厨房の広さに比べれば、湯気の立つ鍋、釜はあるものの、なにか手際の悪さ、不慣れな様子が感じられ、何よりも料理人同士が急ごしらえに雇い入れられたようである。

「すんまへん。ちょこっと、こん人らと」

長さんが顎でしゃくった台所の戸口で佇む四人を女はちらっと見たが、さして気に掛ける様子もなく、

「そないなことより、注文通り持ってきたんかいな」

「へい、もちろんだす。今日は植女のおやま様ばかりじゃのうて、渡し手の巫女さんも集まるというので、何もかも特上の魚ばかり選ってまいりました」

「どれ、お見せ」

長さんと呼ばれた魚屋は桶を覆う檜葉を取り除いた。女が魚桶に身をかがめると着物の襟もと

から豊かな胸が見える。

「ちと、ぐったりしてはせんかのう」

「ご冗談を。魚市場で今朝の飛び切り一番生きのえぇのを選んで来ましたで」

「まことかのう……この俎板に載せてみなされ」

「ほれどうじゃ、この鱧めは太刀魚の裂いたのを嵩にきて、蛸のように吸い付く。はまちをあちらこちらへ、こづいてこまし鯛じゃ」

「長さんのいつもの地口につい
いつい乗せられて、わしはしびれを切らして北向きに寝てしまう鰒じゃわい」

「お梶様が鰒なら、わしはどないな肝でも食いまする。けど、いつも鮑の貝が閉まりっ切り、食いとうても食えぬ」

「長さんの片思いしてなさる貝はどなたかいな」

「わっしなんぞ。あっ、それより、あん人たちが茂吉っあんに会いたいそうじゃ」

二人でわけの分からない地口合戦をしながら、魚桶の魚を厨房の片隅にある生簀に移し替えていた長次郎は思い出したように言った。お梶も初めて気づいたかのように、

「そうか、茂吉に会いに来たんかいな」

「わいらは茂吉じゃのうて、団吉と申す魚屋に会おうと来たんでやす」三次は憮然とした表情を崩さない。

「団吉？　そないなお人は存じませんな」お梶は面倒だとばかり言い放つ。

「どうも、申し遅れましたが」正三はあわてて自己紹介を兼ねて来訪の目的を告げた。「わたくし、芝居に関っている者ですが、この度はこちらの娘様、お俊と申しますが、お俊の兄上が三月以上、音信もなく心配して探しておられたところ、堺から心配するなとの手紙をいただいたとのことで、大坂から尋ねて参りました」

「そないなら、あんさんが茂吉の妹御かいな？」お梶はお俊にたずねた。

「茂吉じゃのうて……」

「いや、間違いない。こちらでは茂吉で通しているようじゃが、間違いない」正三はお俊の言葉を遮って言った。お俊の言い分を長々と聞かされても埒があくまいと判断したのだ。「お俊坊の兄者に間違いない。この者の兄者は大坂では魚屋を生業としており、今は乳守で働いているとのこと。しかし、手紙の奥書は乳守としかなく、どこを探せばよいかと、今朝はまず魚市場に探しに出かけた次第で」

そして持参してきた手紙をお梶に見せた。

「それはご足労でした。けど、茂吉さんは今朝はまだ用先から戻っておりません。しばらく宿でお待ち願えれば、そちらに伺わせましょう。妹御と会えるのはたいへん楽しみになさっておいでじゃ」

「もしかするとあなた様が代筆いただいた御女中ではありませんか？」と正三は尋ねてみた。

「お梶様、こないなややこしいことに関わらんとちゃちゃと茂吉に会わせたらどないじゃ」魚屋の長次郎がやかましく口を挟んだが、その前にお梶が小さく頭で頷いたのを正三は見逃さなかった。

「遅うなってても戻ってきてもらわんと困る」お梶は何かを考えている。

「どうやら団吉はこちらのお役に立っているようじゃ。わたしは会うたこともありませんが、気のいい若者で気に入られているのでしょう」正三もほっとした。

するとそばから、「ははは」と魚市場から送ってくれた魚屋の長さんが大笑いをした。「どちらがかのう」

「なら、兄さんがこの傾城に惚れとると言うのか」お俊は何が気に入らないのか、さっきからふくれっ面だ。

「兄さんかどうかは知らんがの、お梶様が茂吉に惚れてることがないことだけは請け合う」

「そりゃどうかのう」お梶が今度は長次郎をからかうように口出した。「お前様方は大坂からわざわざここまで人探しに来られたのじゃ。茂吉が帰って来るまでここでお待ちなさればよいわいな」とにっこり笑って言った。

「お梶様はこちらの？」正三は改めてお梶をじっくりと見た。

「太夫をつとめられておられるが、ただの太夫ではないぞ」長次郎が説明をつづけようとしたが、お梶はそれを止めるように、

「折角じゃ。ここからお上がりなされ。それとも昼見世に上がりやすか？」

「三ちゃん、どないどす？」お由が悪戯っぽく言う。

お梶の勧めるまま四人は厨房から傾城屋の二階座敷に招き入れられた。通されたのは眺めのよい座敷で二間の襖がはずされ、大広間になっている。よく見れば畳が黄ばみ、柱の漆塗りもあちこちがはげ落ちているとはいえ、昔の栄華の名残は感じられる。

「こら、えらい立派な座敷だすな」お由もお俊も感嘆の声をあげた。

「眺めも文句なしでやす」三次もあらためて目を見張る。

堺の浦から東方に四半里（約一キロ）近くに位置する乳守の傾城屋の二階からは堺の浦を見晴らすことができた。街道から眺める風景より遥かに遠くの淡路や四国の島も、梅雨の季節でなければ見晴らせるはずだ。この日は薄曇りの光が差しているとはいえ、遠くの島まで見ることは出来ない。それでも海上を四方に走る船の帆が数えきれないくらいに穏やかな波の上を滑るように行き来している。堺の浜では相変わらず魚市が盛んに開かれ、魚を運ぶ舟が浜にひきも切らず泊まったり、浜から沖に漕ぎ出したりしている。堺の浦に戎島が現れたのは百年程前のことになる。そのため水路や町割り、海水の浸入を防ぐための石堤などによる整備が行われたが、その後、五十年程前、大和川が付け替えられ、堺を河口とするようになったため堺の浦には土砂の流入がいっそう顕著になってきた。今では広い浜がかつての堺の沖合いまで続いている。かつて沖合にあった石堤も砂に埋もれてしまっている。町外れの魚市場の取引が終わってからも、遥か先の浜辺では魚市がなおも盛況を示している。堺の壕の外につづく紀州路には旅人の姿も多い。馬や駕篭もさかんに行き来する。ほど近い芝居小屋には幟が翻っており、木戸の前には人だかりもあり、どうやら芝居が始まるようだ。

「芝居が始まるようじゃ」正三は誰にともなく、言葉を発する。

「若旦那、もう大坂に戻りとうなったんちゃいますな」三次は咎めるように言う。

「何を言う、お俊坊の兄者にも逢わずに帰れるわけもない」

しばらくしてお梶が二人の禿を引き連れて二階座敷にやってきた。禿はまだ十歳を少し過ぎたばかりの少女である。広袖に幅広の帯をしている。

「見晴らしの素晴らしい部屋ですね」正三は素直に感想を述べた。

「かよな鬱陶しい空模様でおますけど、今日はそこそこ遠方まで見晴らせます。昨晩はどちらにお泊りだしたんかいな？」

「はぁ、南旅籠町の狭い宿しかとれませんでした」

「それで今夜は？」

「この娘の兄者探しに堺に参りました。もしこちらの厄介になっている茂吉という方が団吉殿であれば、すぐにでも大坂に戻るつもりでおります」

「今日中には住吉さんから戻って来るはずでやんす。それはそうとして、今日はここで住吉さんの御田植の打ち合わせがあります。少々忙しく今はお世話できかねます」

「打ち合わせ？　何か芝居でもあるんでっしゃろか？」お俊がたずねる。

「住吉さんの御田植、ご存じないようだすな」

「知ってま、知ってま、傾城衆が田植えなさるんで、見物人が大勢、集まりますんじゃろ」三次が口を出す。

「由来はそのようでござんすな」

「三次さん、なかなか物知りだすな」お俊が感心したように言った。

「へへへ、一遍見せてもらいたい思うとりまんねん。けど今日はここで拝見できるんでっしゃろ。思いもかけんめぐり合わせだす」

「こないなお座敷で田植えは無理だす」

「そらそうじゃ、あんさん方、何、期待しとるんでやす」

　座敷に顔を出した仲居が嘲笑う。

「お膳の用意できたんだすか？」

「へぇ、今年の調理場は駆け出しの集まりのようだすな。口ばっかで、ちいともはかどりません。それより姐さん方が何人かお出でです。こちらにご案内してよろしまっしゃろか？」

「なんですぐ案内せんのや」

「お客人もおられるようじゃし……」

「すみません、わたしら長居してしまいました。一旦、宿に戻って出直した方がよさそうですね」正三は立ち上がろうとした。

「今年は手際が悪いようじゃ。茂吉が戻って参ればそなた方の宿にお知らせしましょう」

正午を過ぎている。朝方は晴れていたが、五月晴れももうそれで仕舞かもしれない。空はどんよりと曇り今にも雨になりそうな雲行きだ。朝早く宿を出てからまだ朝飯も食べていない。早くも傾城屋では門口に遣り手が招いているが人出は少ない。しかし元より女づれには見向きもしない。路地奥の井戸では遅い朝飯を終えた傾城が顔を洗ったり、口をゆすいでいる姿も見える。紀州街道に出ると駕篭や馬の旅人にまじり、この雨の季節ながら熊野詣の巡礼も三々五々と通り過ぎる。茶店や飯屋も開いており暖簾や旗が重そうに垂れている。飯屋の一軒に四人は入った。

「景気はどないでやすか？」店に入ると三次は店の親爺にいきなり問いかけた。

「ぼちぼちだんな」親爺は愛想なく答える。

「芝居はどうだすか？」今度はお由がたずねる。

「もひとつのようだす」

「ほれ見い、あの魚屋が言うたんは出まかせだす。大坂の大芝居の役者がこないな田舎に来ますかいな」お由は小声で話す。

「でっしゃろ、でっしゃろ。何でこないなとこに道頓堀の大芝居が来るもんだすか」三次も声を合わせる。

「そじゃけど、まことに兄さんはあのおやまはんの世話になってるんだっしゃろか？」お俊にはまだ信じられない思いだ。

「そら、そなたのところに傾城の代筆の手紙が来たからには間違いない」

「そうだすな、あのおやまはんも代筆をしたらしいし、たとえ名ぁが少々ちごうても兄さんに間違いありますまいな」正三の断言を打ち消すことはお俊にはできない。

「どうやら団吉さんが住吉からもどるのは遅なるようじゃ。せっかく堺に来たのじゃから、わしは鎰町に顔を出してから宿にもどる。みなはどうする？」正三の問いに、「どうする言われても西も東も分かりません」とお由がふくれっ面をする。「こないなとこにほっとかれても行く当てなんぞありますかいな」

「まことだす、わてら人さらいにさらわれてもいいんだすか？」お俊も加勢する。

「人さらいはともかく、どこぞの若旦那に声掛けられるかもしれませんな」お由がさらに語気を強める。「うちはともかくお俊ちゃんはな」

「分かった、分かった。なら、今から芝居に行こう」

「芝居は休みだっせ」話を聞くともなく聞いていた店の親爺が口を出す。

「分かっておる。知人に顔を出すだけじゃ」正三が答えた。

「へぇ、あんさん、芝居の方だすか……そないにお見受けしませんで」と三次を値踏みするように見つめる。

「わいはちゃう、わいはちゃうで。けど、こちらは日本一の芝居の作者だ」

「ほなら、近松半二さんで？」

「えっ、あの半二さんが日本一の作者じゃと？」お由が驚いた。

「へぇー、あの半二はそないに知られるようになっとるんか」三次がまた改めて感嘆した。

「ちゃうんだすか？」親爺があらためてたずねる。

「日本一なら正三に決まっとる、並木正三師匠じゃわい」

「並木正三師匠と申しますと」親爺がたしかめるように言うのを、三次が口をはさむ。

「そうじゃ、あの廻り舞台を発明なされたお方じゃ」

「ははぁ、やはり並木五八師匠の親方であられるのでしょうな」

「なんじゃと、親爺、五八を知っとるのか？」

「へぇ、このところ、ちょくちょく鎰町だけじゃのうて戎島の芝居も書いたりま。そら、若うし、ちょっとええ男だっさかい、役者じゃのうても、若いおなごに、えらもてだんがな」

「そらちゃう、五八、ちゃいま。あの五八がええ男なんて、人ちがいだ。あれは」と三次が言い募っているさなかに、お由が口を出した。

「へぇ、五八っあん、京大坂だけやのうて、堺でも修業してるんじゃな」

「うん、そのようじゃ。五兵衛殿も五八はあちこち、忙しゅう飛び回っていると申しておった。そうか、ここにも顔出してるのか、何も言いよらんが、そういや何か隠し立てをしておる様子じゃったの」正三もすっかり感心した。

「若旦那、こないなけたっくそ悪いとこ早よ、出ましょ」

三次は早くも席を立ち、店の外に半身乗り出している。三人も仕方なく三次の後に続いた。

「雨、降りそうだすな」お由とお俊が同時に口にする。

「なに、芝居小屋まで二、三町（二、三百メートル）ほどじゃ。急げばいい」

四人は急ぎ足で鎰町に向かった。

七　鎰町芝居

鎰町は紀州街道（大道）から西へ七筋目、大道と海岸のちょうど真ん中あたりにある。南北に一町の長さの両側町だが、海岸に通じる東西の通りの一部を飛び地として、文字通り鎰状に曲がった町となっており、芝居小屋は飛び地にあった。この東西の通りに面した間口約十間半（約二十メートル）、南北三十八間（約七十メートル）が芝居小屋の敷地である。ただし、通りに面したところに櫓が立てられているが、芝居小屋自体は通りから約十五間（三十メートル弱）奥まったところにあり、櫓の下の芝居道を約十三間（約二十五メートル）入ったところに木戸があり、その手前に札売場がある。通りに面して所有者土佐屋重兵衛の居宅と役者の雑屋がならび、芝居道をはさんだ東端に借家がある。

「へぇ、こないなとこに芝居があるんだすか？　なにやら盆屋（ぼんや）のようだすな」お由はあきれ顔だ。

　盆屋とは出合茶屋のことである。この当時は普通には呼屋と呼んでいたようだが、近松半二の『関取千両幟（せきとりせんりょうのぼり）』では博奕（ばくち）宿を盆屋と呼んでいる。しかし、十年ほど後の安永九年（一七八〇）の半二作『新版歌祭文（しんぱんうたざいもん）』では「ても、素早い奴（略）ようぼん代を喰い逃げしおった」とあり、「盆代」とは盆に載せて出された茶代、すなわち場所代を指すのではないかと思われ、出合茶屋をそう呼ぶようになったと思われる。

「盆屋？　それなんだす」

「お俊ちゃん、そないに突っ込まんといてぇな。あないに奥まったとこに芝居があるなんて、幟がなかったら分かりません」

　しかし、芝居小屋の辺りには人が大勢、群がっている。

「けど、えらい人だすな。道頓堀より人出多いんちゃいますか」お俊は平然という。「こないな天気に景気えぇとは、あの魚屋の言うとおり、大坂から役者さんたち、みんなこっちに来るんちゃいますか」

「何、心配することはない。去年じゃとて、いったんは堺に来たものの、すぐ戻ってきた。たしかに今日のところは賑わっておるが、何というても値が安い。道頓堀の立役者を何人も養えるわけはない」

「そうだす、その通りだす。ええか、お俊坊、見た目は景気、よさそうでも、中味はわかりません。うちが雑喉場、そないに知らんのと同じように、あんさんは道頓堀、知らんのじゃ。普段はあないなことありません。お江戸では魚河岸と芝居と傾城町が万両の稼ぎがあるそうじゃが、大坂でもおんなじだす」

「そうなんじゃ、雑喉場とおんなじなんじゃな……」

前年、明和三年（一七六六）はその前年に引き続いて角之芝居を開くことがなかなか許されなかった。そもそもの発端は、明和二年三月初め、大入の角之芝居に見物に来た大坂城勤番の中間五、六人が木戸番と席のことで口論となり、いったんは収まったのだが、たまたま居合わせた役人に木戸番が話したところ、役人が帰りかけていた中間を追いかけて捕えたのである。中間たちはこの鬱憤（うっぷん）を晴らさんと後日未明、黒の法被（はっぴ）を着た百人ばかりが、鳶口（とびぐち）、棒などを手にして木戸に押し寄せ、看板を打ち破るなど木戸の周辺を荒らし回った。これを受け、手打連中（役者を応援する仲間。顔見世のときには一座に進物を贈り、揃いの頭巾を被って手を打つところからこの名がついた）のひとつ大手連中の集まり所だった道頓堀裏の坂町に住む男が、役所へこの由を訴え出たところ、すでに中間たちは城内に引き上げた後だった。翌日、役木戸と四か所の役人たち大勢が大坂城の馬場に集まり乱暴を働いた中間を引き渡すように求めた。そして城内から出てきた中間、小者を捕らえ西町奉行所へと連行した。当時の城代松平和泉守、東町奉行興津能登守（おきつのとのかみ）、西町奉行本堂伊豆守（ほんどういずのかみ）は仕方なく中間の頭分二十人に入牢を命じた。そのとばっちりを受け、座本の中山文七は町預かりの身となり、角之芝居は停止を命じられたのであった。まもなく勤番交代の時節となり、大坂城内の関係者は江戸にもどり、東町奉行興津能登守は落ち度ありと勤番衆の讒言を受け小普請(こぶしん)入りとなった。小普請とは旗本・御家人の家禄三千石以下の者で編成された組織で、職務に失態のあった者などが配属される部署であった。

この事件の少し前、角之芝居は竹田近江の手代十兵衛の働きで竹田が借り受けていた。これにより竹田近江は元禄以来の竹田芝居と竹本座だけでなく、中之芝居につづいて角之芝居も実質的に支配することになった。東西の芝居町である立慶町と吉左衛門町の町年寄であるだけでなく、多くの借家の家主でもあり、道頓堀をほとんどすべて支配下におさめていたのである。残る豊竹座は、一時は竹田と覇を競っていたが、自火で立慶町の芝居小屋を焼き尽くして以来、回復ままならず、明和元年九月、八十四歳で豊竹越前は没し、翌明和二年八月を最後に浄瑠璃芝居を撤退し歌舞伎芝居に変わっていた。それでも明和四年に一時、豊竹座は堀江から道頓堀にもどったが、それも長くは続かず、若太夫芝居と呼ばれる歌舞伎の中(ちゅう)芝居の小屋として存続することになる。

竹田近江は、すでに中之芝居と角之芝居の座組も出来ていただけにこの事件に困惑したが、両座を合わせる形で明和二年の顔見世を始めた。すなわち座本三枡大五郎の中之芝居に座本中村歌右衛門の角之芝居が加わるという変則的な興行形態を取ることにしたのである。顔見世は『大座(おおざ)附酒賑凱歌(つきしゅえんのかちどき)』として鬼一法眼(おにいちほうげん)の書き替え、初日、立作者並木十蔵とする中村歌右衛門座に中村吉右衛門、嵐小六という老練の立役、若女形に実悪の中村歌右衛門に若手の嵐吉三郎、嵐三勝を配し、後日は立作者並木正三を擁する三桝大五郎座に若手の嵐雛助が加わり「信太妻（しのだづま）」を綯（な）い交ぜた出し物であった。しかし、両座の役者が日替わりで出演するのはまだしも、顔見世の行事手打ちも長々しくなり、混雑をきわめて評判はすこぶる悪かった。正三はここに立作者として加わっていたが、明和二年七月に後ろ盾となって引き立てていた二十六歳の嵐松之丞を失い、失意の中を京都から戻って来ていたところであった。そこへ更に道頓堀の混乱と中山文七の処分などの追い討ちがかかり、落ち着いて芝居に打ち込むこともできないまま翌明和三年を迎えていたのだ。二の替りは合同の座組で開かれたが、混乱と喧騒はいなめず、ひと月ももたずして看板を下ろし、歌右衛門や吉右衛門らは道頓堀を去り、堺の中村亀菊座の宿院芝居に加わったのであった。

「ほんまにあん時は、えらいこっちゃった。やけど、あっしは心配せんでもええ、すぐ帰って来なさる、言うとりましたじゃろ」

「そら、三ちゃんは気楽にできてええわな。わては茶屋がつぶれたら、首くくらなならん」

「なに言うてますねん。親方がいてはりますがな。現にもう一軒、芝居茶屋だけじゃのうて、芝居小屋まで買ったる言うてはります」

「そら、わてに買うてくれるんちゃいます。ご自分で何やら企みをしてるだけだっしゃろ」

「まあ、そらその通りでっしゃろけどな。あの時の騒動じゃ、文七さんが町預かりになっただけじゃのうて、あっしの親方もお叱りを受けて、牢入りになったじゃないだすか。木戸方だけを処分するのは片手落ちじゃと長者様一同が御城代に訴えただけだす。それじゃに御城の中間はお構いなしで、なんでわいらがお仕置されなならんのじゃ。もうわいらみんな、御寮はんとちごうて、まことに首がないかもしれんって身もちぢこまっておりやした」

「三次さんもお城の馬場に出てたんだすか？」お俊がたずねる。

「そらそうだす、さむらいの横暴許しとったら、道頓堀、どないなる。何としても乱暴を働いた中間どもをお仕置にせな、気がおさまらん」

「それで新らしゅう大坂にやってきた御奉行が中間たちを追放にしなすった」

「だけじゃのうて、木戸番は町払い、文七さんは科料の上、名代召し上げ」

「えらい長うかかったわりに、どうもすっきりせん結末やったな」正三も相槌を打つ。

「ほんに、そうじゃ。今年、正さんの芝居、つぶさはったんは、それも腹いせちがいますか」

「御寮はん、そら、あんまりじゃ。わっしらは何とか閉めんように言うとりましたんで」

「ほんまかいな、どうも、今回の堺行もすっきりせん。三ちゃん、なんか隠し事あるんちゃいますやろな」

「そないなもん、あるわけないでっしゃろ。わいは親方に誘われて来てるだけだす」

その時、櫓太鼓が鳴り響き、拍子木もまた木戸口から聞こえてくる。

「入れ替えじゃ、入れ替えじゃ。木戸銭、払わんと入れん。ぐずぐずせんと早いもん勝じゃ。

ええ席はすぐなくなるぞ」

木戸番が拍子木を打ちながら大声を立てている。

「入れ替え時のようだすな」

お由がぽつりと言うと、周りから大声が掛かる。

「そないなとこで、ぐずぐずしてたら迷惑じゃ。さっさと奥へ入るなり、出るなりしてくれんか。ここ、盆屋ちゃうぞ」

「わかっとるわい、今、思案の最中じゃ。こないな役者に百文はちと高い」三次はでまかせを言う。

「こないな役者ってなんじゃい。おんどれ、どこぞの田舎もんじゃの。三国一の美貌の若女形、亀菊丈を知らぬか」

「若女形の惣領は何というても富十郎じゃわい」

「富十郎？　富三郎のことか？」

「富三郎？　それなんじゃい？」

二人の言い合いは噛み合わないまま人だかりが流れ始めた。

「中村富十郎を知らんのか？」人ごみに隠れた男に向かって三次は大声を出したが、もはや雑踏の騒音にかき消されている。

「あんたら、そないなとこ固まってたら邪魔だ、入るか出るかはっきりしてくれ」

木戸番の男が一人、雑踏を掻き分けて正三たちのところにやってきた。

「正さん、どないします？　こないな田舎芝居見てもしゃあないん、ちゃいますか？」お由はもういいかげんうんざりした様子だ。「朝早うから魚市から傾城屋、それから芝居小屋、ややこしいとこばっかりまわって、ちょっと昼休みしよ思うたら、三ちゃん、親爺っさんと喧嘩してゆっくりできんかった。ひとまず宿へ引き上げよやないだすか」

「いやいや、ここまで来たんじゃ。このまま帰ってもお梶殿の知らせを待つだけ、それよりこの芝居をのぞいて行く。お由が帰るなら三次、付き合うてくれぬか」

「はあ、お俊坊、どないしょ？」

「うちはお芝居いうもん、ちゃんと見たことないし、一遍、見てみたい思うとります」

「こないな田舎芝居、見んでも、道頓堀でいくらでも見られるがな」さすが三次は一段と小声でいう。

「そんなら、三次さん、お内儀さんと宿に帰りなさい。うちは師匠と芝居見てから帰ります」

「いや、そない言うならわしも見て帰る。御寮はん、わしも芝居見ますよって、一人で帰って貰えまっしゃろか」

「そうか、わし一人で知らん土地に放り出して、どないなってもえぇん言うんなら、そいでもえぇ。どうせ、うちみたいな婆ぁさんなんぞ、誰も相手にしようらん」

「しゃあないな、ほんなら、わっしがお伴します。御寮はん、宿で一休みしましょ」

「そうか、やっぱり三ちゃん、えぇ子じゃな、そこへ行くと正さんは」

「えぇ子なんて、こないな爺をとらまえて」

四人が芝居道で人だかりもかまわず、わいわい言っていると、芝居雑屋の奥から一人の若女形の役者が顔を出して四人を見た。その若女形に気付いた見物は一斉に声をあげる。

「富三郎じゃ、綺麗じゃの。芝居が楽しみじゃ」

「けど、看板にはなかったぞ」

「何でも急に決まったそうじゃ」

「まことにえぇ色子じゃ、今夜にでも」

「あほぬかせ、芝居中にそないなことしたら、お縄に掛かるぞ」

「けど、色子じゃろ」

「色子は色子じゃが、一応、若女形の役者ということになっておる」

「道頓堀をしくじったのは、そないなことがあったらしい」

「けど、もったいないぐらいなえぇおなごじゃ」

「まことのおなごならもっとえぇがの」

すぐに富三郎が顔をひっこめた後も見物たちは男女入り交じり喧々囂々と贔屓自慢や噂話は絶えない。まもなく表から一人の男が芝居道にやって来た。

「これはこれは、正三師匠ではありませぬか。こないなとこで立ち話なんぞせんと、小屋にお入り下され」

「あなた様は？」

「申し遅れました。わたし、この芝居の主、土佐屋重兵衛でございます。さきほど富三郎から注進を受け、あわてて出て来た次第で」

「あの若女形は市山富三郎でしたか？」

「さよで、大坂ではどうも具合が悪いようで、先月からここで働いております。立ち話も見物衆の迷惑でごわそ。ひとまず、わたしの居宅にお出で下され」

表の通りは細かい雨が降り出しているにもかかわらず、芝居小屋や向かいの芝居茶屋には傘もささずに見物衆が行きかっている。幟にも市山富三郎の名はない。

「市山富三郎とは、あの？」お由が土佐屋の門前でたずねる。

「振付師の市山七十郎殿の御子息じゃ」

「あないに幼い子じゃったかいの」

「長男はもう二十五歳は過ぎておろう。けど富三郎の美貌はただものではない」

「と申しますと？」お俊も興味深げにたずねる。

「さきほどの噂のこと、まず土佐屋殿のお招きにあずかろう」

土佐屋は茶屋の隣の門口で四人を出迎えている。そのまま茶屋の奥座敷に通されると小さいながらも数本の植木、南天や金木犀のある裏庭が設えてあり、その板塀に芝居小屋に通じる戸がある。間口は三間半（約六メートル）の狭いたたずまいながら、芝居主の仮住まいとしてはまずまずの作りだろう。茶屋はあるいは正三のように妻に営ませており、本宅は別にあるのだろう。

「狭いとこですんません。もうすぐ二場が始まります、一口、口拭いしてもろうたら、桟敷にご案内します」

土佐屋みずから茶と羊羹を差し出した。

「いや、そんな……今日は芝居見物というより、ちょっと立ち寄っただけで……」

「何を何を、正三師匠に見てもらえたら一同、また明日からの気張りになります」

「それで二場の題目は？」

「『夏祭』だす。今の時節、『夏祭』を入れんことには見物が承知しませぬわい。三段目を少しばかりと七段目でごわす」


三段目というのは住吉神社鳥居前の場、牢から解き放たれた団七を妻お梶と釣舟三婦が出迎えに来ている。まもなく悪人佐賀右衛門に言い寄られている傾城琴浦を床屋で牢姿を一新した団七が助けるが、佐賀右衛門の手下の一寸徳兵衛が現れ、団七と徳兵衛との立て引きとなるのをお梶が止めに入る。団七と徳兵衛は義兄弟の契りを交わす。七段目は長町裏の場、団七の義父義平次は琴浦を売り払おうとするが、団七はだまして琴浦を救い出す。だまされたと知った義平次は団七をなじり下駄で団七の額を打つ。義父の悪行に堪忍袋の緒が切れ団七は長町裏の田圃で義平次を切り殺す、という場面である。

「市山富三郎は琴浦でも？」

「とてもとても、富三郎にはまだ、そないな力量はありませぬわい。二場の後の所作事に出させます。演技はまだまだじゃが、踊りはなかなかいける。まだ十六歳、これでもう少し地芸が上がったら、相当の女方になるじゃろう。けど残念ながら、いつまでも堺においとくわけにはまいりますまい」

「さいだすか……兄の七蔵は地芸も所作も今一つ、伸びませんけど、富三郎はいけますか？」お由がたずねる。

「お内儀様は富三郎をご存じで？」土佐屋がたずねる。

「ほんの二、三年前まで、道頓堀の裏で悪たれにまじって遊んでました。もっとも富三郎は殺陣やらとんぼ切ったりするよりも女の子らにまじって芝居の真似事ばっかりしておりました。あの子は生まれながらの女方のようだす」

　これより少し後の話になるが、市山富三郎は嵐雛助に自分の名を継ぐ気はないかとたずねられたが、富三郎は自分は女形だけを身上にしており、立役も兼ねる雛助の襲名は受ける気がないと断ったという。まもなく、おそらく兄七蔵を通してであろうが、江戸の二代目瀬川菊之丞の知るところとなり、一度も会うこともなく菊之丞に名跡の継承を約束させられ、二代目の没後、江戸に下った富三郎はすぐに三代目瀬川菊之丞を名乗ることになる。そして文字通り江戸歌舞伎の立女形となった。

四人は土佐屋に導かれ、裏木戸から芝居裏手を回り、二階桟敷に案内された。一階の土間席はすでにほぼ満員の盛況である。東西八間（約十五メートル）、南北十間少々（約二十メートル）になっており、三百坪弱、詰め込めば千人近く入れただろう。道頓堀の大芝居とさして変わらない規模をもっている。柿葺きの屋根で芝居小屋全体が覆われ、雨の心配もない。舞台上手に二幕目「夏祭浪花鑑・住吉鳥居前の場」と書かれた紙が立てられている。二階桟敷はまだまだ余裕があり、土佐屋は四人を売れ残っていた桟敷席に案内した。土間席では火縄売りや番付売り、芝居茶屋の仲居らが忙しく立ち働いている。まもなく、桟敷の後から土佐屋の女房らしき女が盆を持って現れた。盆には徳利、盃、小鉢がのせられている。小鉢はホタルイカに分葱の白味噌和えである。

「つまらんもんじゃが、芝居見物の合間につまんでくだされ。わたしは店もありますし、失礼させてもらいます。芝居が終われば手代を差し向けますので、ゆっくりしていてくだされ」土佐屋は膝たち姿で桟敷を立つ。

「あ、こないなお心遣い、困りました」

正三が恐縮するが、三次は早くも箸に手をのばしている。

「ははあ、どうやら北山時雨のようだすな」土佐屋の内儀が袖口で口を隠しながら言う。

「北山時雨？　また、時雨だすか」三次はむっとしたが、意味が分かっていない。

「時雨はお気にいりませんか？」

「蜆の時雨煮は好みでやすけど、時雨にはさんざ、迷惑しておりやす。けど、北山時雨ってどないな食いもんなんでっしゃろ？」

「ほほほ、よっぽど北山なんだすな」

「家内は京都の出ぇで、腹がへって来たの『来た』とかけて、北山とか北野天神とか言うそうじゃ。ただのつまらん駄洒落だす」

「なるほど、腹がへって来た山だすか」

「へぇ、それで腹が北山」

「けど、北山時雨って？」お俊もつられて思わずたずねる。

「へぇ、京では秋から冬にかけて北山の方から曇って来て時雨が降り出しま。北山時雨とはそないな京の時雨を言うんどすえ、食べもんとはちょっと」お内儀にはいつの間にか京言葉が混じりだす。

「三ちゃんは何でも食べ物に結び付けはるんだす」お由が注釈を入れる。

「腹が北山時雨、これも書いとこ」三次は懐から懐紙を取り出して書き付ける。

「ほほほ、それでは後で、何か美味しいもんでも」

「そら有難い。京のお公家さんの出ぇの方はやっぱり気遣いがちゃいまんな」

「どなたはんがお公家さんの出ぇなんどすか？」

「お内儀さん、ちゃうんだすか？」

「いややわ、うちは京は京でも祇園のお茶屋の娘どす」

「そいでも大坂もんとはちょっと」

「ちょっと何だすか？」お由がふくれっ面をわざとする。

その時、柝がならされ、住吉鳥居前の場がはじまる。

「芝居が始まります。ほな、あとでまた」

団七も徳兵衛も、琴浦、お梶、それらを演じるのはみな馴染みのない役者ばかりだが、それぞれに堺では贔屓もついているようだ。

「琴浦なら富三郎でもいけまっしゃろに」お由は先ほどちらっと見た富三郎を早くも贔屓している。

「そうじゃのう、先年、歌七殿（歌右衛門）の一座に加わった時、すこし見たが、まだまだの観はあったが……おそらく座組の関係で割って入ることが出来なんだのじゃろ」

「加賀屋の親方（歌右衛門）はまだまだ使えんということで富三郎を座ぁから追い出さはったんだすか？」お由が正三にたずねる。

「いや、そうではないようじゃが、詳しゅうは知らん。歌さんは座本とはいえ、何から何まで思い通りにはならん」

四人が土佐屋の差し入れを飲み食いしながら雑談をすすめるうちに芝居はテンポよくすすんでいく。長台詞は少しカットしたりして全体に短くし、場面も簡略にしているせいか、あっという間に団七、徳兵衛の達引をお梶が「曽根崎心中」の絵看板で止めに入り、二人が義兄弟の契りを交わす場になり、終了の柝が入った。それを合図とするかのように桟敷後の幕が引かれ、土佐屋の内儀が仲居とともに現れ、膳が運び込まれた。土間席の見物は木戸番や芝居裏方にせかされるようにして土間から追い出されている。

「お芝居どないでした？」

「面白かったわ」内儀の問いにお俊は逡巡なく答える。

「そら、えぇ塩梅だした」

「お俊ちゃん、ようしゃべってはったけど、筋わかったんだすか？」お由は疑わし気な目つきをした。

「そら分かります。あの九之助さんと歌三郎さんが大喧嘩になるとこ、姉菊さんが止めに入らはったんだっしゃろ。九之助いうお人、腕っぷしも強いし、えぇ男さんだすな」と三次の方を覗き見て、「三次さんにはかないませんけど」

「そないに気ぃ使うてもらわんでもえぇわい。あっしは役者になんぞなる気ぃはない。なるんじゃったら、若旦那みたいな作者がえぇ」

「そうだすか……三次様は師匠のお弟子さんになられるつもりなんどすか」内儀が感心した顔をした。

「ちゃいま、ちゃいま、たとえの話だす」

「それはともかく、このお膳、うちらが頂いていいんじゃろか」お由が正三をちらっと見た後、内儀に向かってたずねた。

「へぇ、お粗末さんどすけど、お召しあがられませ」

銘々膳には鱧の湯引きの小鉢、鱧の潮汁の椀、それに穴子の押し寿司が平皿に載っている。

「もう鱧が……」正三が驚きの声をあげた。

「へぇ、走りだす」

「そら、値ぇはりまっしゃろ」お由も正三に相槌を打つ。

鱧は天神祭の頃になると値も手ごろになり、祭魚といわれるほど盛んに出回って来る。その頃になると鱧の卵巣も真子（まこ）と呼ばれ、しっとりとした味わいも深くなり醤油と酒、味醂で煮物にされ珍重される。

お俊は何も言わず湯引きに箸をつけた。顔は満足げな表情が浮かぶ。

「どないどすか？　お口に合いますじゃろか」

「へぇ、しっかり骨切りもしていなはるし、この梅肉の酢味噌によう合うてます」

「お俊坊がいうなら間違いない」正三も箸をつけた。

「こちらのいとはんはどこぞの料理屋のお馴染みなんでっしゃろか？」

「いとはん、なんて、そないな上品なもんちゃいます。ただの漁師の娘だす」お俊が恥ずかし気に答える。

「けど、魚料理なら一流の包丁使いに負けませんで」三次がうれしそうに言いながら箸をつけた。

「このお椀も美味しいわ」お由は鱧の潮汁を口にする。

鱧の潮汁は鱧のあらを昆布だしで煮、だし塩で味を調えたもので旨味がことのほか豊かだという。

「そうでっしゃろ、阿波から来た包丁人が田舎の名物じゃと作ってくれてるんどす。うちの茶屋の娘らにも殊の外の人気です」

「あの茶屋に調理場があったのには気づきませせなんだけど」お由が首を傾ける。

「表筋をちょっとはずれたところに本式の料理茶屋があります。これは芝居のお客さん方にはお出しするもん、ちがいますけど、折角の道頓堀一の作者のお越し、運んでまいりました」

「道頓堀一ちゃいますで、日本一だす」三次が自慢げに訂正する。

「そうだしたな、こちらでも並木正三師匠といえば、十年以上前から評判のお方、お目に掛かれるとは思うていませんどした」

「十年以上前？」お由は思い出そうとつとめる。

「へぇ、かしくさんが兄さんを殺っしなされた芝居どす。すぐに堺でも芝居になり、大当りどした。たしか荻掃部丈が座本だしたな」

「それは古い芝居じゃ、正さんがまだ豊竹座に入る前のことだしたな」

お由は思い出すように言うが、噂で聞いただけで、見たことはない。『恋淵血汐絞染（こいのふちちしおのしぼりぞめ）』という外題で、寛延元年（一七四八）角之芝居、坂東豊三郎座で初演されたが、かしくという曽根崎の元遊妓が兄を殺した事件を二カ月後に芝居にしたいわゆる一夜漬け狂言である。まだ本格的に作者として迎えられていない十九歳の正三の作だったが、翌年の二の替りには曽根崎新地芝居で続演され、京都やここ堺でもすぐに上演された。十七年前のことになる。

「そうどす、まだ二十歳にもならんお方がお作りになられたと聞いて、二度びっくり、それ以来、堺では並木正三と言えば芝居の神様みたいなもんどす」

「そうでっしゃろ、そうでっしゃろ、並木正三を知らんで五八を知ってるなんていうあの親爺は見る目のないやっちゃ」三次はまた、勝ち誇る。

第三場の木戸が開いたのだろう。大勢の見物が土間に先を争って入りはじめ、二階桟敷でも賑やかな声が聞こえだした。

「いよいよ、富三郎の出番だすな」お由は期待にみちている。「間幕所作事　娘道成寺　市山富三郎」と書かれた紙が下がっている。

まもなく三味線の賑やかな音楽がはじまり、富三郎が登場した。見物からはやんやの喝采が起こる。

「たいしたものよな、道頓堀を追われても行き場をみつけておる」正三がつぶやいた。

「そらぁ、あんだけの美貌なら、どこもほっときませんわい」

「道成寺」は安珍・清姫の説話を能が取り入れ、恋に狂った女の執念を描いたものである。歌舞伎には早くから種々の作品の中に取り入れられたが、中村富十郎が宝暦三年（一七五三）に演じた『京鹿子娘道成寺』がその集大成といえる。宝暦九年の近松半二による『日高川入相花王（ひだかがわいりあいざくら）』も安珍・清姫物である。

「うむ、華やかさは慶子（中村富十郎）に負けぬようになるかもしれぬな。しかし、少々軽い」

正三が批評するのを、お由は恨めし気に声を高める。

「そら、あんだけ若いし、体も軽うおす。軽いのは当たり前だす」

「そうじゃな、もう少しすれば優雅さも生まれるかもしれん」

しかし、後年、富三郎五十四歳の評に「とんと幽玄体の所作なく、拍子づくめばかりにて、舞子のようなといいましたぞ」（文化元年（一八〇四）「役者寿」）とあり、上方での富三郎の評価はさほど芳しいものではなかった。それにもまして、同じ評判記に「とかく、瀬川氏（三代目瀬川菊之丞、元市山富三郎）は色情を専らにせらるるゆえ、（略）一寸、尻眼づかいのような心持がしきりにしられたが、其時、大分見物ががやがやいひました」とあるように幽玄さはなく、むしろ華やかな媚態が持ち味だったのだろう。

「娘道成寺」が終わると本幕が引かれ、『夏祭浪花鑑』の七段目「長町裏」が始まった。団七による親、義平次殺しの場である。この舞台でも本水が使われている。終演は七ツ時（午後三時頃）だった。

「どないだした？」

終演とともに現れた土佐屋がそう尋ねながら、入って来た道を通って居宅の座敷に案内してくれた。

「思いもかけないおもてなし、恐れ入ります」正三はぎこちなく答える。「して」

土佐屋は正三の困惑顔を察し、すぐに取り成すように言葉を続けた。

「なになに、こちらからの押し付けでごわす。御気に入られたかどうか分かりませんけど、堺の土産話にでもしてやってくだされれば」

「お気に入るなんて、とんでもない。こないなお招きならいつでも大坂から飛んで来よりやす」

三次はおどけ顔だ。

「ははは、そらよかった。それはそうと、富三郎が師匠に挨拶したいと申しております。ちょっとだけでも話を聞いてやってもらえませんか？」

「富さんがこの座敷に？」お由は早くも髪の毛を手櫛でととのえる。

まもなく富三郎が奥木戸から入って来た。すっかり身なりも若女形から若者の着流し姿をしている。十六歳とはいえ、若者というよりまだ少年のように見える。前髪がないのが不思議なくらいだ。

「あんさんが富三郎だすか？」三次はずけずけと尋ねる。「ちょいちょい道頓堀でお目にかかりましたな」

「三ちゃんも知ってなはったんか？」

「そういやぁ、こんまい時分には声かけた気ぃもしますな」

「まさか、富さんがそないな悪さするはずありません」

「悪さじゃのうて、路地裏で一人ぽつんとしておるんで、いじめられてるんかと聞いただけでやす。もうずいぶん昔のことでやすけど」

「あ、あの時の親方さんでございましたか。わたし、めったに外で遊ぶことなんざありませなんだよって、仲のいい友達は作れませなんだ。たまに声掛けられても、みなが恐ろしい大人に見えて仲間入りなんて、とてもとても。それにいろんな稽古でいそがしく、めったに外で遊ぶことはありませなんだ」

「それでも時々、兄さんに連れられて茶店で甘いもんなんぞ口にしてはりましたな」お由が嘴を入れる。

「はあ、ようご存じで。兄が御内儀さんに話をしてるのを横で聞いてるだけで」

「その御兄弟ももう立派に一人前の役者さんにおなりでようございました」

「兄はともかく、わたしはまだまだ半人前です。一度は色子ながら大芝居に入れてもらえたのに、とんだしくじりをいたしまして、このざまでございます。大芝居はなかなか難かしゅうございます」

「しくじりって何だすか？」お由がたずねる。

「いやあ、お話しするのもお恥ずかしいことで」

富三郎は躊躇していたが、お俊や三次も束になって聞き質すため、仕方なく、

「実は楽屋で色事を仕掛けられまして……お相手のお名前はご勘弁願いますが……それを頭取様にみつかりまして、すぐに出ていけとえらい剣幕で……その時は座本の親方がとりなしてくだされ、なんとか一座にとどまったのでございますが」

「座本の親方というのは？」

「加賀屋の親方（中村歌右衛門）でございます」

「正さんは一緒じゃなかったのだすか？」

「角之芝居がなかなかお許しが出ずに、結局、角は中之芝居に合流して一座を組んだ時のことでな。わしは中の京桝屋（三桝大五郎）の座に入っておった。合流したとはいえ、それぞれ二座が好き勝手に芝居をするんで、歌七の一座とはめったに顔を合わすこともものうての……多少、噂は耳にしたが、詳しゅうは知らなんだ」

「そういや、歌さんは大坂に戻ってから、あんまり正さんと仲がようないようじゃの」

「お由、それは誤解じゃ。そないな邪推はせんでくれ。そのうちまた、一座を組もうとは常々話

してはいるが、なかなかその機会がないだけじゃ」

「そうだすか……それはそうと、富さんは何でここにおるんじゃ？」お由は土佐屋の顔を窺い、

「土佐屋さんに引き抜かれたのか？」

「とんでもございません。わたしごときに、今度の芝居では一枚看板で所作事をさせていただいておりますが、身に余る扱い、有難く思うております」

「それでは？」

「その後、加賀屋の親方が幾人かの一座を組まれ、堺に旅芝居を行ったのでございます」

「先ほどもその話をしておりました。もう大坂には戻って来はしないのかと、ひやひやしましたぞ」お由が口を出す。「その芝居はここの芝居だしたんか？」

「いえ、うちではのうて宿院の芝居でございました」それまで口一つ出さないでいた土佐屋が言う。「ぜひ、次はうちにと加賀屋の親方に話も持って行ったのですが、結局、ひと月も経たないうちに大坂にもどられてしまいました」

「それでは富さんもその一座に入っておったのか？」

「はい、そこまではまだよかったのですけど……堺でも同じようなことになり、一座が大坂にもどられるのを指を咥えてみているばかりで、わたしは堺にとどまることになりました。今年はこちらの土佐屋様にようしてもらい、何とか一座の端くれながら勤めさせていただいておりますが」と富三郎は土佐屋の顔を窺いながら、「できることでしたら、また、大坂にもどれるよう師

匠にお口添えいただければとお願いに上がった次第です」

「まあ、わたしとしては富三郎に出て行かれるのは残念なことでごわすが、いつまでも堺にいるよりは本人も望んでいることでもあり、生まれ故郷の道頓堀にもどるのが自然なことではないかと思うております」土佐屋は殊勝にもはっきりと明言した。

「分かりました。いつになるか分かりませんが、富三郎殿のことはどなたかに相談いたします」

「いつになるなんて、そら、若旦那、頼りないことじゃ。明日にでも連れて帰りましょうや」三次が口をだした。

「ははははは、いくらなんでもそら、殺生な。この芝居が終わるまでは帰しはしませんで」

土佐屋も笑いながら言った。そして今夜の夕飯はここでしていくようにすすめたが、使いを宿で待たねばならないと断り、四人は外に出た。雨も止んでおり、夕空には薄く夕焼けさえかかっている。

「さて、今夜、お俊坊の兄者に逢えるといいんじゃがな」

「そうなれば、兄者と富三郎さんを連れて六人で大坂に帰れますな」お俊が本気とも冗談ともつかず笑いながら言った。

八　秘密

宿にはすでにお梶からの伝言が届けられていた。今朝の揚屋に来てくれとだけの簡単なものだ。日暮れにはまだ少し間もあり、夕飯を食べる時間もあったが、芝居で思いがけずもてなしを受けたため、四人ともに食欲より、早くお俊の兄に会いたいという気持ちが強かった。その後のことは行ってみないと分からないので、荷物は宿に預けたまま取るものも取りあえず出かけることにした。

夕刻の傾城町は朝とは一変した世界となる。傾城屋や揚屋の灯りが曇り空の夕焼けにも増して明るく町を照らし出している。朝方、通り過ぎた街並みの共同井戸や厠は暗闇に隠れて見えなくなっており、門や軒下の提灯が光の河を作り出しているようだ。通りには三々五々連れだった着流しの男連中が形ばかり手拭で顔をつつみ、扇子で口元を隠しながら傾城屋の格子の中を覗き込む。格子の中からは三味線の音色とともに傾城たちの呼び声が一段と高くなる。道行く男には、傾城屋の格子といわず門口に座る遣り手といわずたちまち声が掛かる。茶屋や揚屋の門口には次々と駕篭が乗りつけられ、覆面をした裕福な商人らしき男や武士たちが店の仲居や遣り手にいそいそと手を引かれて入ってゆく。

「三ちゃん、鼠に引かれなさんや」お由がからかう。

「それより、お俊ちゃん、変な男に騙されてあないなとこへ入ったらあかんで」

「あほらし、何でうちが」とお俊が言う間もなく、三人の男連れがお俊にしなだれかかる。

「なにさらす、手籠めにしたら承知せんで」

三次と正三の間にお俊をはさんで廓町の通りを抜けて行く。

「あれ、太夫さん、ちがう？」

傾城屋の門口から出て来た傾城に気付いたお由が指さした。

「太夫って、お梶さんのことか？」正三が首を傾ける。「化粧が濃いし、わからんな」

枕をかかえた一人の禿と引舟と呼ばれる付き添いの傾城をともない、中間が傘をさしかけ、下男が大風呂敷で包んだ布団を背負い、一行はゆっくりと傾城町の大筋を通っていく。通りを行く客の男たちも商人や男女の下働きの者、あるいは仲居や端傾城も通りの端によって傾城の道行をしずかに見守っている。それでもひそひそと話す声が耳にはいる。

「今井屋の光江じゃな」

「近頃、はやらんらしい。こないな時間に茶屋に呼び出されるとはのう」

「けど、横顔は数年前とさして変わらんぞ」

「ちょっと前までは高根の花じゃったけど、今ならわしでも買えるかもしれん」

「そら無理じゃ、太夫はたとえ半日じゃとて、一日分、払わなならん。お前のとこの魚みたいに、切り売りはせんからのう」

「やっぱりお梶さんとは違うたか」お由がつぶやく。

傾城一行は四人が行こうとしている揚屋とは別の店に向かっていった。

朝、魚屋の長次郎に連れられて行ったのと同じく、裏木戸から裏口に入った。声をかけると、さっそくにお梶が現れた。朝と同じ普段の着物姿だ。化粧気もないが、鉄漿（おはぐろ）をつけている。上方の娼家では太夫、天神などの傾城は鉄漿をするのが普通であり、禿も十二、三歳になれば鉄漿をし始める。

「遅かったのう。先ほど茂吉はまた使いに出て行きましたぞ」

「えっ、兄さんはいないのか？」お俊が詰め寄った。

「一目会うてから行くように勧めましたけど、今回の使いはちょっと遠方になるし、もう待てんと」

「そない殺生な、わしらは大坂からわざわざお俊坊の兄者に会いに、こんだら田舎まで来てるんじゃぞ。何で強う引き止めてくれなんだねん」今度は三次が非難の口調だ。

「すみませなんだな。けど一刻も早うにせなあかん使いでのう。すみませんけど、茂吉の言付けやら何やらゆっくり話したいこともおます。ここでは何なんで、わたしの内に来てくれもうさんか。そちらに夕餉も用意します」

「お梶さんはどこぞの置屋におられるのではないのですか？」正三がたずねた。

「一応、大治さんとこに身をおいています。けど住まいは別にありますんで、これから男衆（おとこし）に案（あ）

内(ない)させます。わたしは後ほど参ります。いかがでござんしょか？」

　四人は仕方なく男衆に連れられお梶の家を訪れた。乳守の傾城町から北に五町（約五百メートル）ほどしか離れていないが、閑静な町屋の一角だ。黒板塀に松が数本枝を垂らしている。格子戸を通り四つほどの踏み石を踏んで行けば、やはり格子戸があり、正面には掛け軸が垂れ、大きな花瓶に紫陽花の切り花が飾られた床がある。叩き石から上がり、板敷の廊下にそって左にすすむと、明かり障子のある畳の部屋に案内された。この家まで案内した男衆は中に入ることなく、奥に声を掛けるとまだ二十歳にもならない女が現れ、この部屋まで案内した。部屋は書院造になっており、片方には丸い明かり障子の窓があり、その横の床にはやはり掛け軸が掛けられている。玄関の掛け軸は彩色のほどこされた二羽の鶏の絵だったが、こちらの掛け軸には墨で大きく夢と書かれた色紙が貼ってある。

「ここでお食事なさってくださいい。太夫は少し遅くなるかもしれませんが、必ず参られます。それでお宿の方はもう引き払われているのですか？」少女は傾城屋の禿とはとても思えない丁寧な口調でたずねた。

「いいえ、宿にまだ荷を置いたままです」

「それなら、荷をこちらに持ってくるよう使いをやります。今夜はここにお泊りねがいますか？」

「それはまた、思いがけない事で……この家で茂吉殿の帰りを待てということですか？」

「さあ、茂吉さんの帰りがいつになるのか、わたしには分かりかねます。そうした事は太夫とご相談なさればよろしいかと」

　四人は呆然と顔を見合わせた。すぐにでもお俊の兄に会い、大坂に連れ帰ろうとしていた目論見が、いつ帰ることになるのか分からなくなっている。

「こりゃ、芝居で長居しすぎたの。すまん、すまん、わしのせいじゃ」正三は三人に謝った。

「ところで、そなたは傾城屋のお身内か何かですか？　どうも禿のようにはお見受けしないし、御新造にも見えません」

「わたしは京都の者でよんどころない事があり、太夫の世話になっています。そうした事情は一言でお話しすることも出来ませんし、お耳をけがすだけでしょう」

「いやいや、無理に聞き質す気はありません。ただ、堺や大坂の方には見えませせなんだので、お聞きしただけです」

「今晩だけのお付き合いでもなさそうじゃ。せめて名ぁぐらいは教えてくれんかの」お俊がずけずけと問い詰める。

「これは失礼いたしました。富子、いえお富と申します」

「富子？　それでは公家の？」正三が思わずたずねた。

「その名はお忘れください。ただ富と呼んでいただければと存じます」

　事がなかなか思い通りに運ばない焦燥感が募る。何か、あるいは誰かの力に振り回されているような気さえするが、かと言って、今、堺を発ってしまえば、堺に来た甲斐がなくなる。

「それでは今夜はこの部屋で夢でも見させていただきましょう」正三が言った。

「それはようございますが、近頃の男衆さんは何を夢見ておられるのでしょうね……わたしには一向、分かりません」

「あの掛け軸はどなたの書なのですか？　時雨亭々主と花押されているようですが」

「近頃、お亡くなりになられた方の書とお聞きしています」

「というと、まさか清太郎殿？」

「清太郎殿？　そのようなお名ではなかったと思いますけど、ご存じのお方ですか？」

「ええ、一度もお会いしたことはありませんが、昔の知人の兄上ではないかと思います」

「そうですか……わたしも直接、お目にかかったことはありませんが、太夫とは親しい間柄だったようです」

その時、奥の台所口から呼び声がかかった。

「お膳が参ったようです。用意いたします」

刻一刻と夕闇は深くなっている。座敷に面した庭先から見える曇り空にはもう日の光は残っておらず、夕映えさえ一条もない。星も月もない。もうすぐ暗闇で覆われるだろう。ただ、南の方の傾城町の灯りがこの家にまで弱いながらも届いている。

「あの書は先生が書かれたものなのか？」お富が立ち去った後、お俊が正三にたずねた。

「さあ……しかし、時雨亭々主と書かれているところから見ると、まず間違いないじゃろな」

正三は突然、父正朔に託されていた謎めいた文書を思い出した。しかし、残念ながら道頓堀に置いて来たままで、今、手元にはない。もし持って来ておれば、掛け軸の書と照らし合わせて、あの謎の文書が清太郎の手になるものか確かめることができたのにと無念に思った。照らし合わせるためには、一度、道頓堀に戻ってからまたここに来るか、それともこの掛け軸を借用できればいいのだが、親しくもない太夫に頼んでも承知してくれるかどうか自信はない。それにしても清太郎とお梶が親しい間柄であったとは驚きだ。もし清太郎が心中死などではなく、殺されたのなら、お梶から多少の材料を手に入れられるかもしれない。今夜は遅くなってもお梶から話を聞き出すことはお俊の兄の消息についても重要な手がかりになるかもしれないと正三は思いはじめた。

正三たち四人は一汁三菜の銘々膳を囲んだ。お富にも一緒にどうかとすすめたが、婆やと食べるので気にせずにいてくれといわれた。

初更（午後八時頃）を過ぎてもまだお梶は現れない。暑くもなく寒くもない快適な座敷にいてもただ人を待つだけでは話も尽き、退屈と苛立ちだけが増してくる。茶を替えにやって来たお富に正三は思い切ってたずねた。

「お梶さんは今夜は揚屋にお泊りなんではないですか?」

「太夫はめったに泊まりはなさいません。それに今夜、御贔屓を相手になさるとはうかがっておりませんし、おそらく御田植えの打ち合わせに手間取っておられるのでしょう」

「そうなのですか、お梶さんは自前の傾城でおられるのですね」

「めったにお客様の相手はなさいません。もうちょっと気を入れて商売をしてくれるよう、傾城屋からはさんざ言われているのですが、自分持ちで借り切られており、一向に聞き入れなさいません」

「それでは傾城は身稼ぎのためにはならないんじゃないかの」お由が口を出す。

「その通りです。元々、京都の裕福な商家の出でもあり、一度なされた結婚のお相手も大商人だったようです。お相手が亡くなられた後、何かの気まぐれにふと、難波の堀江の茶屋に芸妓つとめをなさったようで、本来ならこの堺で太夫をなされるなどあり得ないことなのですが、一度、大治様のお世話になると、たちまち乳守一の傾城として評判におなりになり、離れられなくなってしまわれたようです」

「ふうん、そないな結構な身分の傾城もいるんじゃの」お俊も感心する。

「容姿、教養、技芸、どれをとっても今の堺には太夫にかなうものはおりません。世が世なら吉野太夫や夕霧太夫にも劣らぬものとなられたに違いありません」

吉野、夕霧ともに傾城屋（置屋）林家の太夫であり、吉野は京都の二条柳町の時代に初代、六条柳町の時代に二代目、そして島原の時代に三代目と受け継がれた。もっとも有名な吉野太夫は二代目であり、林家の又一歌舞伎の文字通りの太夫として圧倒的な評判をとり、退廓の後、京都の有力商人灰屋紹益の妻となったが、後陽成天皇の第二皇子と灰屋の間で取り合いされたとも言われている。夕霧は林家が京都から大坂の新町に移転して扇屋と屋号を付けてからの太夫であり、夕霧伊左衛門の芝居で名高い。

まもなくお梶が家に戻って来た物音がした。お富は身軽に座敷を立って迎えにでる。

「えらい、遅うになってしまいすみませんでしたな。さぞ、気に病んでおられたろう」

お梶の服装は先ほどと変わらない着物のままであり、確かに客に侍っていた様子はない。とはいえ、着替えて来るのでもう少し待ってほしいという。亥の刻（午後九時〜十一時）にはなっていよう。お俊は何度か欠伸をする。今朝は早くから魚市に行き、乳守にまわって鎰町芝居を見物、さらに乳守からこのお梶の家に来て二刻（約四時間）以上が過ぎている。夜空に浮かぶのは相変わらず傾城町の灯りばかりで星ひとつ見えない。明日は雨にちがいない。お梶は麻の涼しそうな着物に着替えている。化粧気一つないにもかかわらず、その着物姿がお梶をますます妖艶に見せている。

「お梶さんって、ほんま綺麗だすな」お俊が羨望の声をあげる。

「こないなお婆さんをからかわんでください」

「お婆さんなんて、うちより十歳はお若くいらっしゃる」お由もまた羨まし気に褒める。

「御内儀様はそないなお年で？」

「そないなお年とは……」

「年の話はもうやめましょ。ここだけの内緒ですけど、わたしは来年は大台に乗ります」

「大台？　三十歳ということでやすか？」三次がおずおずと尋ねる。

「あい、えらい婆々でっしゃろ」

「そしたら御寮はんとはたった」

三次が言おうとするのをお由は怒った顔をして口をはさむ。

「もうよろし、うちとたいして変わらんのに、見た目ぇはえらい違いじゃと言いたいんだっしゃろ」

「こんな話を夜中しておく気かいな。本題に入ってくれませんか」

正三はお俊の兄の消息を一刻も早く知りたい。それに掛け軸の書も気になる。

「そうじゃのう、何から話せばよいか」

「兄さんは今、どこにおるのじゃ？　会わそ、会わそ、口ばっかで一向に教えてくれん」必死の形相がなければ、お俊の口調だけ聞くとまるで喧嘩を売っているようだ。。

「茂吉さんは昼過ぎにもどられ、あなたさんらの宿に出向かれたのじゃが、まだお帰りにならんということで、宿院やら大安寺やら、あちこち探し回られたようじゃが、結局、お会いになれず戻って参られました。その間に緊急のお使いが参りまして、他に人がないわけじゃなかったのですけど、以前、一度行ったところだから間違いのう行けると申され京都まで出かけられたのです」

「京都へ？　兄さんはそんなところへ行ったことがあるのかいな」

「その使いの中身は後にして」と正三は話をもとに戻す。「団吉、いや茂吉さんが急に大坂から堺に来られて一向に知らせもなく帰っても来られなかったのには何か訳でもあるのですか？」

「その日、茂吉さんは右京様のところに使いに行っておりました」

「右京と申されるのはどなたなのです？」

「あの書にある時雨亭々主のことです」

「時雨亭々主が右京？　清太郎と申されるお方ではないのですか？」

「さあ、どうでしょう。右京様の昔の名ぁはきいておりませぬ。大坂は生まれ故郷だとは聞いております。けど大坂のどこで何をされていたのか、まだ伺っておりませぬ。右京様と顔を合わせたのは一度切りのことで、ゆっくりと身の上話をお互いに語り合うまでには至りませなんだ」

「では、右京殿は一度、ここに来られたのですか？」

「その節、あの書を書いていただきました」

「こうして話をうかがっていると、お梶殿、右京殿、それに富子殿はどうやら京都の縁で繋がっているようですし、また、お梶殿とお千は堀江の芸妓としてお知り合いであられたことは察せられます。この繋がりがどういう繋がりか、清太郎殿、すなわち右京殿の過去の因縁を結び合わせると、おぼろげながら分かるのですが、右京殿が大坂にもどられ隠棲生活を送られるようになった事情や今なぜ、清太郎殿がお梶殿と密事らしきことを企てなされるのか、わたしには見当もつきません」正三はますます真剣度を増している。

「右京様が大坂に戻られたのは二、三年前のことのようです。当初は東町奉行所の中間屋敷にお住まいとのことですが、漢籍や日本の古籍の講釈を武家や商人にされていたそうです」

「それでは清太郎殿は奉行所の肝煎りだったというのですか」正三は驚いてたずねた。

「わたしも右京様の来歴をお聞きしまして、てっきりそうかと思いました。ご存じかとは思いますが、まだ弱年の時分、京都の国学者、三宅尚斎先生の培根堂（ばいこんどう）で学ばれておられたようですが、二年も経たない頃、京都所司代の手で捕縛されなさり、さらに江戸の評定所に送られたそうです」

三宅尚斎は播州の生まれ、初めは医学を志したが、十九歳で京都に出て、山崎闇斎（あんさい）の門下となった。山崎闇斎は京都の貧しい鍼灸師の子として生まれ、比叡山に小僧としてはいり剃髪して僧となったが、やがて朱子学を学んで還俗し、激しい反仏教思想を抱くようになった。明暦元年（一六五五）三十八歳の時京都に出て家塾を開き、多くの門弟を得た。やがて寛文十一年（一六七一）五十四歳にして吉田神道の伝を受け、神儒一致とする垂加神道を唱えた。京都二条猪熊の寓居において天和二年（一六八二）六十五歳で没した。三宅尚斎が入門したのは闇斎の晩年のことであるが闇斎門下の三傑と称された。三宅尚斎は元禄二年（一六八九）江戸に下り、翌年、武州忍藩（おしはん）に仕えるがしばしば藩主を諫めたため宝永四年（一七〇七）、忍城に幽閉されたが、宝永七年、五代将軍綱吉の死にともなって大赦され、京都にもどり、まもなく培根堂を開き多くの門弟をかかえ、元文六年（一七四一）八十歳で没した。

「清太郎殿が京都に上られたのが何時かは存じませんが、尚斎先生の晩年であり、さほどの影響は受けてはおられなかったと思います。それよりも古くから大坂の懐徳堂で学ばれており、初代の学主、三宅石庵は陽明学を始め古義学、医学など何でもかんでも容認し、鵺学問（ヌエとは頭が猿、胴体は狸、尾は蛇、手足は虎と言われる伝説上の怪獣）などと呼ばれておったそうです。そうした中でまだ若い清太郎殿は身軽に大坂と京都の間を師匠の命を受けて、いわば連絡係をなさっていたのではないでしょうか……。若い右京様が元気に飛び回っておられる姿が目に浮かびます。お年を召されてからも、体に不自由はありながら、決して病弱というわけではなく、むしろ身の軽さ、速さは人並み以上と思われました」

「そうでしたか……。清太郎殿が捕縛されたのは、わたしがまだ子供の時分であり、当時は詳しいことは何も教えてもらえませんでした。しかし、国学の復古主義に影響なされていたとしても、まださほどの力もなく、ましてや影響力などほとんど皆無ではなかったかと思います。ただ、若くして越後から上京し、徳大寺家に仕えていた竹内式部が山崎闇斎門下の弟子となって垂加神道をおさめ、まもなく公家衆に大義名分論を唱えて尊王思想を教授しはじめた時期に当り、幕府の嫌疑の目が向けられ出したのだと思います」

「それで右京様は江戸に送られ、小伝馬町の牢屋で厳しい拷問を受けられたそうですね。式部門下の公家衆の名前を聞き出そうとしたものらしいです。けれど、どうやら右京様はそうした事にはまるで無関係だと分かったのでしょう、まもなく牢屋から放たれたそうです」

「どうしてすぐに大坂に戻られなかったのでしょうか？」

「牢から放たれたとはいえ、いわば幕府の監視つきであり、右京様を糾問された幕府御用の学者の中に右京様の見識を認めた方がおられたようです。そうした方々の肝煎りで儒学や古学の修得に励まれたそうです」

「幕府としては清太郎殿にいっぱしの学者として身を立てさせる腹だったのですね」

「そして、ある時点で京都に送り返された。その時、山崎右京という名を与えられたとのことです」

　正三とお梶の間ではそれぞれの知識の断片を披露し合い少しでも疑問を解明して行こうと、真剣な問答がつづいていたが、三次やお由、お俊は退屈さと眠気に襲われている。なかでもお俊は二度、三度と欠伸を止めることができない。

「いとさん、すみませんな、こないな話、御退屈でありましょう。なんなら別室でお休みしていただきましょう」

「そんなことより、兄さんは何で大坂に戻らんのか教えて下さい。もしかして、お二人を殺めたのが兄さんやなんてこと、あるんかどうか。それがわし、心配で……」

「そうですね、まず、そこから話し始めるべきでしたね。わたくしと右京様の間は茂吉さんに取り持って頂いておりました。あの日も、右京様は秘密の連絡を茂吉さんにお頼みなされたのです。右京様から託された密書を手に時雨亭を離れようとなされた時、たまたまお千様が右京様のご様子を伺いに参られました。そもそもお千様の推薦でそうした役目を茂吉さんにお頼みしましたので、何も恐れることはありません。しばらく御三人で四方山話に興じておられましたが、密書を早く届けてほしいとの右京様の頼みにより、茂吉さんは一人、隠し場所に泊めている舟にもどろうとなされたのです。あの小島から堺へは尻無川から十三間川を通って堺に参られます。その日も泊めていた小舟の艫綱（ともづな）を解いていると庵から女の悲鳴が聞こえたそうです。あわてて庵に戻ると、草の陰から庵の中の様子が見えたそうです。ちょうど覆面姿の屈強な侍二人が右京様の首を絞め、右京様も激しく抵抗されておりましたが、ついに息絶えたご様子だったそうです。その後、二人はひそひそと話をしていましたが、どうやらお千様も絞め殺そうという算段だったようです。お千様はその時はまだ当て身をくらい気絶されていただけだったのですね。二人が即席に書き上げた筋立てはご承知の通り右京様とお千様の心中でした。お千様をくびり殺すと右京様を梁に吊るし、お千様を殺した右京様が自死するという無理心中の筋立てを完成したのです。茂吉さんは覆面の屈強な侍に手も足も出せず、怒りに震えながら成り行きを見守っていたのですが、二人はその後、庵内を探し回り、おそらく密書を奪い取ろうとしたものと思われます。茂吉さんは気づかれないうちに庵から離れようと、小舟の隠し場所に戻られたのですが、一瞬、葉擦れの音に一人が気付き、茂吉さんを見つけたのです。茂吉さんは必死に小舟まで走り、追っ手から辛くも逃れて舟を出し、堺まで漕ぎつけたとのことです。その二人の侍が何者かは分かりません。おそらく大坂の奉行所の与力か同心の腹心の者かあるいは京都所司代の手の者かもしれません。どちらにしろ茂吉さんがお俊さんのところに帰るのは命を危険にさらすことでもあり、すぐに連絡することもできなかったのです」

「これはまた、何ということじゃ……、三ちゃん、あんさん、まことはお俊さんを見張っていたのか？」

「御寮さん、お俊坊、そら、えらい誤解だ。あっしはそないこと一つも知りませなんだ」

「というと、こちらの方は？」お梶がたずねる。

「へぇ、たしかに大坂西町奉行に仕える役人でやす。けど、右京様とかお千様とか、一切かかわりありません。わいは何にもしてません」三次は泣きださんばかりだ。

「けど、最初にお二人の死骸を見つけたのは三ちゃんだしたな。それにずっとお俊坊にくっついて堺まで付いて」お由が言うのを聞いて、三次は声を上げて泣き出した。

「そないに、わいが信じられませんか。十年以上、お仕えしてるのに、わいのような捨て子は腹の底で何考えているか分からんってお思いのようだすな。なら、わいはこのまま大坂に帰ります。顔合わしても、人非人の三次が歩いてる、って指差してもろうてもかまいません。どうせ人の情けなんてものには縁のうに生まれて来た男だす」

ますます大粒の涙を流し、とぎれとぎれに嗚咽を交えて三次は今にも立ち去る気配だ。

「いやいや、三次、おぬしの心底は分かっておる。お由にしてもそこまで本気で思っているわけではないのじゃ。わしからも謝る。お俊坊、今のお由の言葉は気にせんといてくれ」

「まことすまなんだ。本気で疑うていたわけじゃのうて、ただ、なんかひっかかるもんを感じただけだす」

それから何度もお由は謝罪しつづけ、ようやく三次の涙も止まった。

「へい、はっきりさせとかなあかんのは、お二人を見つけた時雨亭には和泉屋の親方に誘われ、というより、荷物運びを手伝えと無理に連れて行かれたんだす。わいはそれまで時雨亭も右京とかいう方もまったく知りませなんだ。今回の堺行にしても、御寮はんについて来るように言われてついて来ただけだす」

「そうじゃ、そうじゃ、三次さん、自分から謀り事するような人ちがいます。この人はまっすぐなお方だす。世帯もってもかまいません」お俊はきっぱりと言った。

「そら真の気持ちか？」三次は驚き、目が輝いた。

「本気だす。何なら住吉さんでも、こちらのどこぞのお社にでも誓うてもかまいません」

「そうか、そうか、そらええ、そうして貰えたら、うちの気ぃも休まりま」お由の曇った顔も晴れ晴れとしている。

「お俊、ありがと。お前の気ぃはよう分かった。けど、世帯を持つとなると垣内の長者にもお知らせせならんし、御役所にも届けなならん。気持ちだけ住吉さんにお参りしてもええが、ほんの結納は大坂に戻ってからにしてもらえんか？」

「分かっとります。けど、すこし遅れても世帯持つのは御承知だすな？」

このやり取りに、お由もほっと安堵の溜息を吐きながら言った。

「わしの軽率な言葉で三ちゃんを傷つけてしもうたけど、お蔭ですっきりした気持ちで大坂にもどれます」

もう三更（おそよ午後十一時頃）も近づいていよう。四人が朝からせわしなかったことはお梶も承知している。

「まだまだ、確かめなならんことはありますけど、もう夜も更けてまいりましたし、また、明日にでもゆっくりお話ししませんか？」

「それでかまいませんが、一つだけ、つまり清太郎殿は奉行所の密偵ではないのですね？」

「御奉行様は御公儀から、そのような役目を果たすように命じられておられたと思います。けれど、右京様の本心はあくまでも垂加神道にあられました」

「つまり御公儀の密偵を装いながら尊王派のために働いていたと？」

「あまり大きな声では言えません。けど、そのことが知れて葬られなされたのではないかと思います」

「もう一つ、これはお願いですが、あの掛け軸をお借りして大坂に持って行くことはできないでしょうか？」

「右京様の形見ということですか？」

「いえ、そうではなく、実は時雨亭から父が奇妙な文書を見つけ出したのです。今は手元にありませんが、散乱していた様々な文書やら書籍の中から一枚の文書を見つけて来たのです。それがたいへん謎めいており、意味がとれず難儀しております。もしその文書が清太郎殿が書かれたものか、それとも別人から送られたものなのかが分かれば、多少、謎解きの手立てにもなるかもしれません」

「つまり二つの書を見比べたいということですね。分かりました。お持ち下さい。堺をお立ちになる時、お渡しいたしとう存じます」

夜になると雨が本格的に降って来た。お俊の兄、団吉には会えずに堺を立つことになりそうだが、正三にはもう少し、清太郎が時雨亭に来ることになった顛末を知りたいという気持ちは強い。道頓堀の芝居の様子も気にはなるが、一日、二日、ゆっくりしたとてさほどの心配はないだろう。芝居茶屋泉庄は正朔に頼んでいる。正朔は自分が働けることは何でも喜んでする。泉庄の若いお茶子を相手に毎日、面白おかしく暮らしているはずだ。

朝になってみると、雨は一段と激しくなっている。住吉社の御田も充分に水をたたえ田植えを待つことができる。正三が目をさますと、お梶はすでに揚屋に出かけた後だった。若い傾城たちに神事のあらましを伝え、舞や踊りを伝授しているとのことだ。お由ら三人はまだ床の中で寝入っている。

「今は何時ですか？」雨のため時刻を測ることは出来ない。

「もうすぐ正午です」お富が答えた。「昨日はよほどお疲れのようですね」

「特に用もありませんので、もう少しゆっくりさせていただけますか？」

「この雨ですし、太夫のお帰りは申の刻（午後三時～五時）になられるようです。皆さま方はまだお起きにならないようですし、一服いかがですか？」

「喜んで」

お富は正三を庭の片隅にある茶室に案内した。物腰はやわらかながら縁の先から踏み石に降りる動きはまるで忍びの者のようにさえ見える。まさか公家の女忍びではあるまいとは思いながらも片手に傘を差しかけ庭石伝いに茶室に向かう姿はとても公家の姫には見えない。傘は大粒の雨音をたて、南天の木の横の開き戸を開けて茶室に招き入れる。正式の茶会なら庭に面した小さな臆病口から入るのだろうが、この雨でもあり、わざわざそのような形式ばったことをする気はお富には毛頭ない。茶釜を囲んで座るお富の横顔を見ていると二十歳をすでに越えているように見える。化粧気もなく丸髷に鉄漿もつけていないため、昨日は若く見えたのかもしれないと正三は思う。しかし、肌艶はまだ十代の少女のようにふっくらとして薄紅色に輝いている。

茶の支度はすでに整えられてある。もともと、この茶室に案内して時間をつぶす予定だったのだろう。少し炭を熾すと茶釜はたちまち湯気を立てた。もう一度、炭火を弱くしてからお富は茶碗に抹茶を入れ、茶釜から柄杓ですくった湯を注ぐ。軽々とした何げない所作だ。天目茶碗はおそらく伊万里か備前であろう。一杯目は薄茶だったが、寝起きの腹には心地よい柔らかさだ。

「お富様はここに住まわれてどれくらいになるのですか？」一杯飲み終えると正三は何げなくたずねた。

「もう十年近くになります」

「それまでは京都に住まわれていたのですね」

「ご推察の通り下級公家の娘です」

「十年前といいますと、竹内式部殿が処罰された事件の頃ですね」

「はい、わたしの父も追放だけは免れたのですが永蟄居を申し渡されました。母はすでに他界しており、事件の成り行きもまだどうなるか予断を許さない状況でしたので、縁を伝ってこちらのお梶様のお世話になることになりました」

十年前の事件というのは宝暦八年（一七五八）に起こったいわゆる宝暦事件のことである。竹内式部が重追放になっただけでなく、時の桃園天皇の側近の若手の公家の多くが処罰された。幕府と摂関家による朝廷支配に対して山崎闇斎の門下の薫陶を受けた式部は大義名分論による尊王思想を説き、自らが仕えていた徳大寺家とのつながりから若手公家に講義するようになった。その中には時の将軍家重を追放しようと企てる者もあらわれた。やがて式部自ら天皇に侍講するにいたり、幕府をおそれた摂関家は徳大寺公城などを追放し、やがて式部が公家に武芸を伝授していると所司代に訴え、式部は重追放となった。

「それは清太郎殿が江戸に送られてから十年以上が経った頃です。その頃、清太郎殿は何をしていたのでしょうか」

「わたしにはよく分かりませんが、父が処罰される数年前、江戸から来た若手の有望な神道家がいると聞いたことがあります。それがもしかすると右京様であったかもしれません。その方の橋渡しでわたしは堺のお梶様に引き取られたとも聞いています」

「ではお梶様はそんなに昔から堺で傾城をなさっていたのですか？」

「というより、わたしだけでなく、何人かの公家の娘たちが一時、こちらに身を潜めておりました。そうしたことのため、自前の傾城を看板に掲げわざわざ堺に家を持たれたのかもしれません」

「他の方々はどうされたのですか？」

「京都の騒動も落ち着いて来たのでしょう、京都に戻られたり、嫁いで行かれたりもしました。わたしは一番年下でしたので、今でもこうしてここに残っております」

「でもいずれは京都に帰られるか」

「父は追放の中で没しました。京都に帰ることはありません」

表で人声がする。お梶が戻って来た。

「今日はえらい雨じゃ、どこにも行かれず、さぞお退屈なされたであろう」

「いえ、今までお富様からここに来られた経緯（いきさつ）を伺っておりました」

「そうですか、お納得いただけましたか？」

「おおそよのところは……それにしても団吉殿が人殺しの現場を目撃され、しかもその下手人に姿を見られているとなると、うかつには大坂には戻れませぬな」

「はい、当面はここを離れないようにして頂きたいのですが、ご本人はいたって暢気にあちこちに出歩かれるので心配しております」

「して今日、戻ってこられるのですか？」

「いえ、実は昨日、京都にまで密書を届けに参られました。時雨亭の下手人が大坂の人間かは確かでなく、もしかすると京都の手の者かもしれないと引き止めたのですが、今まで何度も行っていることで心配いらぬとおっしゃり、飛び出していかれました」

「ではいつ戻るかも分からないのですか？」

「二、三日中には戻られるとは思いますが……あなた方はどうなされます？」

「そういうことなら、本人の意向も確かめねばなりませんが、お俊坊だけでも団吉殿が戻って来るまでこちらでお預かり頂けないでしょうか？」

「お三方は？」

「それぞれ道頓堀でしなければならないこともあり、いつまでもこちらのご厄介になるわけには参りません」

まもなく三人もようやく起き出してきた。少し遅い昼餉を簡単にすませると、その日は取り立ててなすこともない。お俊はお梶の勧めるとおり兄の帰りをこの家で待つことにした。

「お二人はもうしばらく一緒になれませんな」お由はからかう。

「御寮はん、そないに気楽に考えてもろうたら困りま。兄さんに万一のことがあったら、このお俊だけでのうて、こちらにも迷惑がかかるかもしれぬわい」三次は話を聞いて冷や汗をかいている。

「ほんに、三次の言う通りじゃ。団吉殿は身軽なお方のようじゃが、相手とて必死で探索しているかもしれぬ。今となってみれば、代官所の取り調べが簡単すぎたのも不思議じゃったが、どうしても清太郎殿とお千殿を心中と見せかけたかったのかもしれん。しかし、団吉殿がどこまで見ていたかは分からずとも、人殺しの目撃者であることが知られていたとすれば、なかなか安穏にしてはおられぬ」

「そうかもしれぬな……わたしもつい、気軽に茂吉さんをあちこち、お使いに出してしまい、取り返しのつかぬ事になったかもしれませぬな」

「時雨亭の事件からもう二カ月以上が経過しておりますし、大坂では代官所も奉行所も心中として決着をつけたようですから、ほとぼりは冷めているかもしれませんが、まだまだ油断はならんでしょう」

「分かりやした。大坂にもどったら、それとのう、事件のことも探りを入れやしょう。特に下手人が誰かがわかれば、対処する手立ても見つかるじゃろ」

「三次さん、まことに探索の親方のようになりましたな」お由がつと改まった口調で言った。

「けど、気取られぬようにされぬと、ご自分の身も危うなりますぞ」

「御寮はんに初めて誉めてもらえましたな。お俊ちゃん、わしらのことはしばらくお預けじゃ、よいな」

「もちろんだす。兄さんやわしだけじゃのうて、三次さんまで危うい目に巻き込むことはできません」

　こうして明日、お俊を残して三人が大坂に戻ることは決まった。しかし、清太郎が何故、殺される羽目になったのか、公儀の密偵を装いながら実は討幕までとはいかないでも天皇に実権を取り戻そうとする大義名分論の尊王主義者の密偵を務めていたことが発覚しただけなのだろうか？竹内式部が重追放になり、多くの天皇側近の公家が処罰されてもう十年近く経っているとのことだ。こうした動きは当事者や知るものは知っていたにせよ、一般の庶民の知ることではなく、まして関わり合いのないことだ。正三が知っているのは宝暦事件を遡る十年以上前に清太郎が公儀への謀反の企てに関わり捕らえられ、清太郎の実家、道頓堀の芝居茶屋は潰され、一家が離散したことだけだ。その底にあった国学者の尊王思想が表面化して多くの公家に類が及んだことなど断片的な噂で伝わって来ただけであり、清太郎と関わりがあったことなど夢にも考えたことはない。そしてそれから十年、まさかまたそうした流れが渦巻き始めたなどとは知るよしもない。しかし、お富やお梶は身近な出来事として些細な事にいたるまで、いや些細な事だけを断片的に、その故に深く記憶に刻んでいるのだ。

「清太郎殿が時雨亭に住むようになられてまだ、日は浅いようですが、どうして奉行所の中間屋敷を出ることがお出来になったのか不思議です」正三には分からないことがまだ多々ある。「そもそもあの庵は松前屋の寮だったそうです」

　昼餉の席から離れて奥の間に移ったお梶の後を正三一人が追って来て言った。

「このところまた、勤皇家の国学者や神道家の動きが大きくなって来たようです。どうやら昨年末、お江戸の方で軍学を講じておられたお方が御公儀転覆の疑いで捕縛されたそうです。その時、その軍学者に庇護されていたお仲間の一人が以前の竹内式部様が処罰された事件で京都を逃れて潜伏しておられ、軍学者ともども捕縛されたそうです。そこで京都にはまだそうした企てが残っているのではないかと、厳しい詮索がなされたようです」

「それに清太郎殿がひっかかったというわけですか」

「おそらくそうでしょう。最後にわたしに届けられた文書にも御公儀の密偵が宮中にまで入り込んでいるという知らせでした」

「そうでしたか、今回、町奉行所の手下を務める三次を連れて来たのは、間違いだったかもしれませぬな。三次がこちらのことを洗いざらい奉行所に知らせるとは信じたくないのですが、そのような懸念が起こること自体、三次とわたしらとの仲を裂くようなものです。もちろん十年以上も付き合っていた男を急に邪慳にすると却って怪しまれますし、難しいところです」

「なんなら今宵、いずれかの茶屋で遊びませんか？　そうすれば三次さんもただ堺に遊びに来たと言い訳もできるのではないでしょうか？」

「しかし、三次は垣外の手下ですので、茶屋への登楼は見つかれば三次ばかりかその茶屋にも迷惑がかかることになります。三次もそのことはよく知っておりますので、承知せんでしょう」

「分かりました。では今夜、この家に何人か植女を呼びましょう。御田の儀式の稽古をするといえば、さして目立つこともなく言い訳もできましょう」

その晩、二人の植女がやって来た。御田植の神事では五人の植女が奉仕するが、その内の二人をお梶は選んだ。植女は乳守の傾城から毎年、選ばれるが、選ばれた傾城はひと月の間、神事を前に身を清めるという理由で客を取ることはない。奥の間で植女が舞うのを座敷から覗き見するという形がとられている。

二人の傾城は雨の中、禿一人と傘を差す男衆に付き添われてやってきた。別室で丁寧に植女の装束に着替えた。紋服の上に萌黄色の生絹の水干（糊を使わず板に張って干した絹）を着し、緋色の襷がけをしている。頭には草綿の花を模した黄色の造花で飾った萌黄更紗の花笠、その周囲には金銀の蝶があしらわれている。この頃には御田植に仕える傾城は六人程度になっているが、昔はもっと大勢の何十人という傾城が仕え、自ら田植えを行った。何時の頃からか実際に田植えをするのは替植女となり、傾城は神前で早苗を受け取り、それを替植女に手渡す役目となり、実際には田には入らなくなった。御田植の神事では田植えの間、田舞、鉦や太鼓を打ち鳴らし、ほら貝を吹きながら風流武者が紅白入り乱れた合戦を行うなどの賑やかな行事が繰り広げられる。今や傾城の植女は象徴的な役割でしかなくなってはいるが、美しく着飾った植女は「早乙女や祭のように揃い出る」と発句に詠まれている。

この夜、植女の衣装に着替えた傾城は「ほととぎす、おれかや、おれ鳴き鳴きこそ、われは田植れ」と歌いながら田楽舞や住吉踊りを披露した。

九　三星廻弓月

道頓堀に戻って来た正三はまず、お梶から預かった掛け軸と父正朔が時雨亭で見つけたという意味不明の文書の書体を見比べた。

「うーん」

「正さん、何うなってはりますねん？　どこぞ悪いとこでもあるんだすか？」二階の部屋に上がって来たお由が心配げにたずねた。

「いや、どこも悪うない。やはり、これは同一人の手になるもののようじゃな」

「たった一文字の掛け軸ですか。それに署名がありますな」正三の手から両品を奪い取るようにしたお由はやがて突き放すように言う。「分かりませんな。同じといえば同じ、違うといえば違う。どっちにしたところで、謎々みたいな文は解けません」

「その通りじゃ。謎が清太郎殿の手になるとしたところで、意味不明のままじゃ」

「あんさん、謎を作るのは巧いのに、解くとなると皆目だすな」

「面目ないが、その通りじゃわい。有節不預竹、三星廻弓月、日下在一人、一人在一星」

　正三は何度か謎の句を繰り返した。

「意味はともかく、この文はどないに読むんだすか？」

「節ありて竹に預けず、三星弓月をめぐる、日ノ元に一人あり、一人ありて一星あり。まあ、こないに読むことは出来る」

「最初の一節は一番の難だすな。せつありて、ちくにあずけず。うーん、さっぱりだす」


　角の芝居の方は幸い、半二の昨年の新浄瑠璃『太平記忠臣講釈』を歌舞伎化したものが好評のまま、未だに掛かっている。時折、正三も顔を出すが、励ます程度の声を掛けるだけで、座本嵐雛助を父小六が十分に補佐しており、中山新九郎、来助父子も二人とはさほどの繫がりは今までなかったものの、嵐父子を座本として立てているようで、波風も立っていない。その様子を見て正三も安心し、数日大坂を離れ堺に行くことが出来たのだ。

数日後、お梶から正三のもとに手紙が届いた。

「やっとお俊ちゃん、帰って来るのかのう」

手紙をのぞきこむようにしていたお由はさっそくお俊の帰坂の祝いでもせんという勢いだ。

「まあまあ、そう焦るな、ほら、お前も読んでみるがいい」

「『先かたは遠路はるばるお越しいただきながら、おもてなしもできずに懺悔、もうしております』」

女の人、太夫さんにしては硬い文章だすな」

「まさか、前の手紙の手と違うなんてあるまいな」

万が一にも偽手紙だと気づかずに信じてしまえば、お梶ばかりかお俊やその兄の団吉にもいかなる迷惑がかかるかもしれない。古手紙の山の中からあわてて、団吉の代筆をしたというお梶の手紙を探し出した。さいわい、お俊宛てのその手紙も正三が預かっていた。

「これじゃ、これこれ、どうじゃ」

二人はさっそく見比べてみた。

「やっぱり間違いなさそうだすな」お由がまず言った。

「うん、お梶さんの手跡に相違ない」正三も更にあらためながらうなずいた。「なら、つづきを読んでみるぞ」

『堺からお立ちなされて、すぐに団様がもどられ、妹御との再会をたいそうお喜びなされております。ところでこの度、団様が堺を離れられたのは、さるところからお呼び立ちがあり、詮ないことでございました。さるところには、すでに幾度もお使い立ていたしておりましたが、この度の思わぬ凶事の一報を急いでせんと、御身の危うさも顧みずお立ちなされ、無事、おもどりになられてから、ふた月あまりが経っており、なにゆえ、今またお呼び立ちになられるのかと不審ながらも、もはや一件も落着したのであろうとの見込みもあり、再度、お出でになられ、つい今しがた戻られたのでございます』

「お俊ちゃんの兄さんという人、お梶さんにえらい信用されておられるんだすな。魚屋さんなんだしょ？」

「そうは聞いているが、わしも確かめたわけではないし、もちろん会ったこともないのはお前と同様じゃ。父上とてお会いされてはおらんようじゃし、三次も見知ってはおらん。知っているのはお俊坊のみということで、魚屋ではないと言われれば、そう聞いたとしか言いようがないな」

正三は頭を掻いた。どうやら本質的な事をまだ何一つ知らないように思えてきた。

「それはそうとして、はよ、つづき読みましょ」

『団様によりますと、以前、もたらされた中身はたいそう重大なことのようではありますが、まだ、欠けた文書があるようで、未だにその意味が解けないと申されているのです。そこで先にお目にかかりました折、なにやら謎の文書があるとのこと、その文書を是非とも手にしたいとのことでございます。重ね重ねのお願いになりますが、できればその文書の写しではなく、本文をお送りいただければさいわいかと存じます。お梶』

「謎の文書がほしいそうじゃ」

「そらぁ、はよ、送ってあげなされ。今、手元にお持ちでしょ」

「たしかに、お俊坊のところに来た兄者からの書状と一緒にあずかっておる。写しとて本文と変わらぬとは思うが、もしかすると手跡からもまた探ろうということかもしれん。まず、清太郎殿の手跡に間違いないはずじゃが、わしよりももちっと見る目のある方もおられるかもしれん。早速、お送りしよう」

正三は急いでお梶から預かっていた掛け軸とともに返書を信頼できる使いに持たせ堺に発たせた。まもなく、中之芝居の立作者、並木十輔が正三を訪ねて来た。お由は久しぶりに会ったと大喜びだ。お由は十輔が正三の弟子の頃、十輔の妻とも親しくしており、女の子が生まれた時には自分の子のように可愛がったものだ。

「へぇ、お栄ちゃん、もう喋べれんだすか。そらぁますます可愛いならはったじゃろな」

「はい、御寮様のお蔭でございます」十輔は相変わらず固い口調で生真面目に答える。

「まだ、二つじゃにしゃべれるなんざ、お父上の血ぃ受け継いでよっぽど頭えぇんでっしゃろな」自分で子を育てたことのないお由には子供、特に乳児の成長具合は分からない。

「とんでもございません。特に遅いということはございませんけど、もっと早いことしゃべれるお子はようけおられます」

「ふぅん、そうかいな。たまにはうちで昼ご飯、食べられまっしゃろ？」

「とんでもありません。夏芝居を何とかせぇって座本殿から厳しいお達しで、四苦八苦しとります」

「ふうん、加賀屋（中村歌右衛門）はん、そないにきびしいこと言わはるんだすか」

「師匠にならしそないなことはないでっしゃろけど……わたしはまだまだ書生のよなもんだす」

「書生？」

「あ、いや、寺子屋の弟子のようなもんだす」

「ほほほ、えらい、ふけたお弟子さんだすな」

「まったく、師匠ならわたしの年には、弟子の二人や三人、いはったでしゃろに」

「あん人、弟子、弟子、いうても、何んもかまいはらへんし、あんまり教えるなんてこと出来はらへんのちゃいます？」

「口で事細かく言われるわけ、ちゃいますけど、直さなならんとこは、きっちり指摘さなれます。頼りにしております」

　そう話しているうちに正三がもどってきた。角之芝居に行って作者たちに今後の日程の打ち合わせをする連絡をつけるよう、芝居小屋の下働きに頼んできたのだと、言い訳のように十輔に向かって言った。

「それはそれは、いよいよ夏芝居の？」

「夏だけじゃのうて、これからのことの日程もおおよそ立てておきたいでな。ところで今日は？」

「お栄ちゃん、もう二つになるんだっせ」お由が口をはさむ。

「そないなこと、今に始まったわけちゃうやろ。もう半年も前から二つじゃろ」

「そうだすけど、かいらしいそうでっせ」

「まさか、そないなこと十輔がわざわざ話しに来るわけなかろう。例の謎文のことじゃろ？　解けたのか？」正三は目を輝かせている。

「へぇ、合うてかどうか、その保証はありませんけど、一応」

「へっ、あの超ぅ難解な謎、解かはったんだすか。さすが十輔じゃ。頼りになりますな」お由も早く知りたい様子だ。

「ということは、御寮様もお考えなされましたか？」

「へぇまぁ、お鍋で石、煮ても一向にやわらかなりません」

「ははは、そらそうじゃ、お由の喩えは分からんことはないにしても無茶苦茶じゃのう」

「あきませんな。それで、謎文の意はいかに？」

十輔は預かっていた謎文の写しともう一枚の紙を取り出した。

「まず、有節不預竹、これはさほど難しもございません。『節』という文字から『竹』をのぞけばよいわけで、『即』という文字ができあがります」

「へぇ、おれにはいちばん、難解じゃと思うた句がすらすらと解けたのだすか。正さん、どないじゃ？」

「いやいやまったく、お由の言うとおり」

「正さんが十輔様のお弟子にならなぁなりませんな」

「次の句はかなり難解で自信はないのですが、三星廻弓月。まず、星を三つならべます。その下に弓月ですが、これは弓張の月を引くと解釈しました」

「弓張の月を引くんだすか？……」

「まあ、ちゃうかもしれませんけど、一本線をすこし窪ませた月という字、すなわち「心」ではないかと」

「なるほど、点三つに弓張り月で『心』だすか。そう見えます、そう見えます。それで次の日下在一人は？」

「御寮様、見んでも浮かぶんだすか？」

「そらぁ何百回となく、ためつすがめつ、しましたからのう」

「いやいや、たいしたものだす。日下に一人、すなわち『是』ではないかと」

「なるほど。そうだす、間違いありません。是だす」

「それなら最後の一人在一星は、もしかすると一と人で『大』、一星を付ければ『犬』というわけか」正三が最後に口をはさんだ。

「はい、そうではないかと」

「そんならあの謎文はたったの四文字を示しているだけだすか?」

「即心是犬」

「へぇえ、即心是犬? どういう意味だす?」

「わかりません、はははは、画龍点睛を欠くってことだすな」十輔は大きく笑った。めったにみせない屈託のない笑い声だ。

「それは十輔のせいではない。これはそもそも何らかの文書の一部にすぎぬようじゃ。すべてが集まれば分かるかもしれぬが、これだけでは察することしかできん」

「しかし、何らかの企てに裏切り者がいると察することはできます」十輔がいつもの真剣な表情にもどった。

「忠義面をしながら心は即ち犬、と」

「なるほど。それが清太郎さん殺害の?」

「清太郎? どなたです」

「その謎文の書き主らしいが、先だって難波村で心中事件があったであろう、その事件がなにやら関わっているのではないかとずっと察しているのじゃが……しかし」

正三はふと言葉をとめた。今まで清太郎が殺害されたのは勤皇思想と関わりがあるとばかり思っていた。しかし、その謎文にしても、もう四カ月以上も何ら事件らしい事件を示すものはない。今頃、謎を解いたとて、時期を逸しているはずだ。たしかに清太郎は心中でなく殺害されたことは間違いない。けれどこの殺害は京都の公家たちのあいだで広まっている尊王の動きに関わっていると思っていたのは間違いであったかもしれない。自信を失った。もし違うなら、別の何らかの動きを予兆しているかもしれない。それはまだ起こっていない。あるいは起こらないかもしれない。見当はつかないが、その動き、もしかすると非常にたわいのない子供の遊びのようなものに過ぎないかもしれない。それゆえ、お梶が使いに出した京都でも謎文をようやく今になって解こうとしたり、謎の手がかりを探し出そうとしている。それはおそらく京都の周囲ではその謎にあたるような陰謀や企みはないのであろうとしか思えなくなってきた。これは新規まき直し、一から考え直さねばならぬぞ、と正三は自分に言い聞かせた。

「では、お役にも立てませなんだけど、私はやらなぁならんこともありますので失礼します」

正三がそのまま何も言わないのを見た十輔は立ち上がった。お由もともに階下に降りていくが途中で「正さん、すいか、一切れいかがだす？」といつものように大きな声を出す。下には客もいるようだ。「おお」正三も負けずに大声を出すと、下から客らしき数人の笑い声が聞こえる。

正三はもう一度、お梶に手紙を書き出した。

『書き残したこともあり、先ほど、謎文も一応解けたようなので、急ぎ追伸もうしあげます。謎文に関して種々検討いたしておりましたが、肝心の謎は深まるばかりで確かなことは何一つ申し上げられませぬが、一つ御考慮いただきたいのは、今まで清太郎殿は京のことに関わり合いを持ち、無残な最期を遂げられたと考えていましたのが、大きな誤りであるという可能性です。今回の件は京には関わりなく、この地だけの問題という可能性を今、真剣に考えています。さすれば、まず、申し上げたいのは、かの地が安穏であったにせよ、団御兄妹が安心してこの地に戻られるのは時期尚早ではないかということです。今、あるいはこれからこの地では何かが動いている、あるいは動き出そうとしているのではないかと、今はまだ予感にすぎませぬが、わたくしには感じられるのです。ここの三もお二人の早期の帰還を願ってはおりますが、下手に動くと、今はまだ静まっていることに良からぬ影響を与えるのではないかと恐れています。これがわたくしの杞憂であれば、すぐにでもお二人の帰還をお願いすることになりますので、それまでどうかよろしくお世話いただきたく、お願い申し上げる次第です。正』

この書を書いている途中にお由が一切れのすいかを皿に載せ上って来た。正三の真剣な表情に気付いたのか、お由は一言も言わずに正三が書簡を書き終えるのを待っていた。

「お由、お梶様にもう少しお俊坊をあずかってもらうことにした。三次はがっかりするであろうが、おぬしからもようねぎらってやってくれ」

お由は正三の書を読み、仕方ないとそれ以上、聞き質すこともなく、

「十輔さんのお子さんに玩具をやりました」

「そうか、そうか、十輔はさぞ喜んだであろう。すまなんだな」

「十輔さんは立作者といいながら、まだまだ余裕はないようだすな。袖口やら裾のほころんだ着

物を着ておいでだしたえ」

「それはお由の気の使い過ぎじゃ。あいつは昔からさようなものには頓着せんわい」

「そうですか、それならいいんじゃが……」

「すまんが、三次に来るよう使いを立ててくれんか？」

三次も今回は深く関わっている。お俊がすぐには大坂にもどれないとなるとがっかりするに違いない。しかし、その理由を説明するだけでなく、三次が奉行所から手に入れる情報は貴重なものだ。今、清太郎の事件について、奉行所では新しい動きがあるか、それともないばかりか、もはや解決済みとなっているのか知るだけでも推測の根拠になるかもしれないのだ。

三次が喜色満面にやってきたのは、それでももう日が暮れかけた頃だ。店はまだ客でいっぱいだ。水茶屋でもあり、料理といえるものは出すわけにはいかないが、それでも簡単な蕎麦や饂飩類、酒や酒のあては出している。それは正三の母、お絹の時代からの習わしでもあるが、お由も料理に腕を振るいたい気持ちもある。しかし、正面切って料理茶屋の真似をするわけにはいかない。六月下旬のこの時期、暑さもあり、冬とは違って料理といっても冷たい一品を考えるのは却ってむずかしい。豆腐一丁にしても、万が一、食中毒でも起こせば今までの苦労は水の泡となる。それでも道頓堀川に面した川岸の暗所には氷だけでなく、食品類を貯蔵している。子供が好む冷たい菓子は大の人気である。お由にはいずれ本格的な料理茶屋を出すという長年の夢がある。

「お俊坊、帰って来るんだすか？」

「三ちゃん、御苦労さんじゃな、まあ、冷たい水でも飲んで、汗を流して、ついでに頭も冷やしなされ」

三次は氷で冷やした水を茶碗から一息で飲み干し、「もう一杯」と美味しそうに差し出した。さらに一杯飲むと、厨房の叩きから勝手知ったる階段を駆け上がって行った。

「いつ帰って来るんだす？」

正三の襖を開けっぱなしにした道頓堀川に面した書斎に飛び込むとさっそく大声を出す。

「まっ落ち着け」

「落ち着いてま、落ち着いてま。で、いつなんだす？」

「この手紙を読んでくれ」

正三が差し出したのはこの日、書いたばかりのお梶宛ての書簡だ。

「へっ、わい、読めまっしゃろか？」

「別に難しいことは書いておらん。ともかくも目を通してくれ」

「これ、お梶さんの手ぇとちゃいまんな」

「それが分かるだけでも、もう無筆とは申せんぞ。わしの手じゃ」

「はぁ若旦那の手ぇだすか」

三次はしぶしぶながら読みだした。これは何ちゅう字だすかいな？　としばしば尋ねる。

「なぞじゃ」

「えっ、若旦那は知らん字ぃも書けるんだすか？」

「まさか、謎々の謎って字ということじゃ」

「なるほど謎だすな。この右っ側は『まよう』ちゃいますか？」

「その通りじゃ。迷子のまようじゃ」

「つまり言葉に迷うって意味だすかいな？」

「なかなか学が進んでおるようじゃのう」

　また、すぐに尋ねる。

「これはなんでっしゃろな？」

「ついしん、じゃ」

「そらぁ意味深だすな」

「知らぬかのう、書き忘れたことを書き足す時に用いる言葉じゃ」

「なんか、書き忘れなはったのか？」

「その手紙はもう出してしまったし、ちと説明しにくいから忘れてくれ」

「忘れるんだすか、忘れなならんのだすか」

　と、ぶつぶつ言い、また何度も漢字を尋ね尋ねしてようやく読み終えた。その間、正三は謎文をもう一度、考え直していたが、わずか四字からは何も浮かぶはずもない。

「へぇ、京は関係ないんだすか」三次は驚いたように声を高めた。

「まあ今のところ、わしの推測にすぎんがな。おぬし、どう思う」

「さすが芝居の作者だすな」

「作り話にすぎんと思うのか？」

「そないなこと……うぅん、わいには思いつかなんだということだす。なら、お俊坊が大坂に戻るんは京に出るより難しいってことだんな」

「なんじゃと、お俊を京に住まわすってことか？」

「いくらなんでも、お俊坊一人を知らん土地に住まわすなんて出来ますかいな、わいも付いて行きま。なら、安心でっしゃろ」

「いやいやいや、そないなこと思いもよらなんだ。けど、ようぅ考えてみろよ。京が安全じゃというのはわしが思い付いただけ、しかも、今日、たったの今、思いついただけじゃぞ。おぬしが賛成してくれるのはありがたいが、それには裏付けがいる。たとえお俊が京に住むとしても安全じゃという裏付けをとらなならん。さもなくして、清太郎、つまりあの心中事件の片割れじゃがの、清太郎と同じ目に会うたらどないする？　おぬしが言うことはお俊を墓場の穴に入れに行くことかもしれんぞ」

「さいだすな……あっしも大坂でこそ、親方なんぞ呼ばれる身ぃになりましたけど、京では物乞いかなんかせな、あきませんじゃろな」

「そら分からんが、よう考えてから行わなならん。そもそもお俊が京に行くことに同意するとは限らんではないが」

「ほなら、いつになったらお倹坊を呼び寄せられるんじゃろ」

三次はほとんど涙声になっている。よほど思い詰め出したようだ。

「それは今は言えぬが、いずれその日は来る。けど、それは大坂がお倹にも安全じゃと確信が持てるようになってからじゃ」

夏の終わりとはいえ、すっかり日も暮れた。川面には対岸の宗右衛門町の茶屋や宿屋、傾城屋の灯りが赤く映し出されている。開けっぱなした茶屋からは三味線や酔っぱらった男の歌声や芸妓のしんみりした歌さえ聞こえてくる。

「宗右衛門町の高砂屋はどの辺かな……」

三次がいつまでたっても沈んだままでいるので、正三は話しかけるのも躊躇われ独り言を言った。

「高砂屋？　それが悪い奴だすか？」

正三の独り言を聞きつけた三次は顔を上げ詰問口調になっている。

「いや、今回のこととは関係ない。菓子屋じゃそうな」

「別に御菓子やって慰めんでも結構だす」

「うん、そうか……それはそれとして、おぬしに教えてもらいたい」

「へぇ何でっしゃろ？」

「手紙にも書いておるが、あの事件からすでに三カ月以上がたつ。謎文を手に入れてからもそうじゃ。その間、もしあの謎文がまことに重大なものであれば、もっと大きなことが一つや二つ起こっていても不思議ではない。京都のお方にしても今頃ようやく謎文を解こうという気になられたようじゃ。わしには何の噂も耳にはせぬが、おぬし、このところ、京でも大坂でも何か気になる動きを耳にしたことはないか？」

「動きでっか……さよだすな……あっ、一つありま。先月のことだすけど、よろしまっしゃろか？」

「何じゃ、何じゃ」

「京へ雌鹿が一人でやって来て子ぉ産んだそうだす。そいで、わいらが堺へ行くちょっと前に鹿の親子を奈良の大乗院に大きな檻に入れて送り返したそうだ」

「雌鹿？　奈良にぎょうさんいる鹿のことか？」

「へぇ、さいだす。そないなこと珍しいんちゃいますかいな」

「珍しかろうな」正三はがっかりして言葉を継いだ。「珍しかろうが、今回の一件には関わりはなさそうじゃ」

「さいだすか……ありませなんだか」三次はなおも思い出そうと努めている。「さいだすな、これは去年のことらしいし、お江戸のことだすから関わりはあらんと思いますが」

「うん、何じゃ？　何でもいいから教えてくれ」

「なにやら織田様の家内で騒動が持ち上がったそうだす。下手すると織田家断絶するかもしれんって、だいぶ前のことだすけど御同心方がお話ししているのを耳にしましたな。これも関わりなさそうだすな」

「うぅん、関わりないじゃろけど、織田家とはどちらの織田家かな？」

「何でもあの馬盥の光秀を苛め抜いて手ぇにかけられた織田様の末裔じゃそうだす」

「ふーん、信長公の末裔？　そないな大名、いたかいな？」

「師匠でもご存じありませんか？」

「もちろん信長公の直接の血筋ではないんじゃろ？」

「すんません、あっし、そこまで学すすんどりませんねん」

「父上ならご存じかもしれん。明日にでも確かめてみよう。それはそれとして、どないな騒動なんじゃ？」


三次の聞きかじった騒動とは、明和事件として知られている事件である。明和四年（一七六七）江戸幕府が山県大弐、藤井右門、竹内式部ら三十余人を謀反を企てているとの廉で処罰を行った。山県大弐は江戸で儒学・兵法を教えていたが、幕府を批判したと密告され、その結果山県大弐は死罪、藤井右門は獄門に処せられた。この事件の発端となったのが、小幡藩織田家であった。小幡藩の財政が危機に瀕していた時、藩主信邦は若い吉田玄番を抜擢して藩政改革に当らせたが、領民の課税を軽減するなどの改革が家老などの反感を買い、玄番の失脚が画策された。この吉田玄番と交友のあったのが山県大弐で、大弐は織田家の菩提寺で月三回兵法の講義を行っていたが、その講義の中で箱根山の攻守軍略を説いたのを幕府への反逆の意思あり、と密告した者がいた。それがもとで玄番も有罪となり禄及び屋敷を取り上げられ蟄居を申し渡された。事はそれだけで収まらず、大弐と親交があり、過激な言動で知られる藤井右門を恐れる小幡藩出入りの医師・僧などが、大弐の関係者の名を記した書類を作成、幕府に訴え出た。この関係者名簿は出鱈目であり反逆の事実はないと判定されたにも拘わらず、幕府は大弐らの処刑を決定した。さらに、小幡藩にも処罰が及び、それまで織田家に認められていた破格の特典がすべて取り上げられた。三次が最後に言及したのはこのことだった。具体的な事実関係は知らされぬにせよ、幕府の思想弾圧の苛烈さだけは、三次のような末端の役人にも洩れ窺うことが出来たのであろう。

十　竹田近江

その数日後、お由が正三に言いに来た。

「あんさんに竹田の親方が一度、お目にかかりたいって申されてるそうだす」

「竹田か……わしの方からも頼み事がある。早々にお会いする段取りをつけてくれと伝えてくれんか」

お由が正三の伝言を伝えに下に降りると、竹田の使いの者はまだ律儀に店の戸口の前にかしこまっていた。

「えらい、遅うなって、すんませんだしたな」

お由は小僧に五文の駄賃を出した。小僧は思いもかけぬ小遣いであったのか、目を輝かせて礼をいい駆け出していった。

「なんじゃいな、あの子は。五文じゃと少ないかと思うたに、あないに喜んでる」

「御寮はん、竹田はんとこに奉公に入ったら難だす。日々の食べ物ん代からケチるってことだす。丁稚どんだけやあらへん、番頭はんでもそうらしいどす」お茶子の一人が給仕の手を休めて注釈してくれた。

「へぇ、そらぁ初耳だす。正さんに気ぃつけて会いなはるよう、しっかり言うとかなあきませんなぁ」

「あないに贅沢三昧する人に限って、細々したところではケチりまくるようだすな」

「何年か前には『雪月花』の宴とか称して、大勢の御役人の接待をなさり、贅沢が過ぎると牢屋に入れられはりましたな。そないなお方がなぁ、分からんもんや」

お由が何年か前というのは宝暦十一年（一七六一）のことで五年前のことになる。竹田近江と豊竹越前がともに興行師として辣腕をふるい、両者の勢力が拮抗していた時のことである。しかし、明和元年（一七六四）豊竹越前が八十四歳の高齢をもって没すると、豊竹座の座本を継いだ息子豊竹甚六が放漫な道楽三昧の日々を送ったことにより越前の金蔵は見る見るうちに減ってゆき、明和二年（一七六五）、豊竹座は浄瑠璃芝居の小屋から歌舞伎芝居に代り、明和三年、越前の弟子豊竹此太夫が北堀江市の側に豊竹座の再興を図った。こうした豊竹座の衰退を尻目に竹田近江は中之芝居も手中におさめ、さらに角之芝居の興行権をも手に入れていた。

「雪月花」の宴は宝暦十一年の冬十一月に竹田近江の高津新地の屋敷に与力、同心数人を集め鉄屋庄左衛門という有徳の商人とともに催された。座敷には大きな火鉢に炭火を山のように熾し、春のような暖かさであった。座敷の障子を開けば庭の木々には雪が降り積もっていたが、それは綿でこしらえた雪であり、飛び石の合間にも庭一面、綿を敷き詰めていた。盃事、吸物にも雪と花の風情をあしらい、そこにこの宴の主、近江と庄左衛門がまかり出て、「水の面に照月なみを数うれば、今宵ぞ秋のもなかにて、げに月ごとに月を見て、月見ぬ月もなけれども、空冴えわたる月の色」と歌い奏でて座を取り持ち、その後、塗師屋、三原屋などの置屋に抱えた白人（新町以外の傾城稼業をする女）・芸妓・仲居なども多数集まって歌や舞踊り、ことのほか賑やかな中を善美を尽くした料理が振る舞われた。この大掛かりな振舞は江戸表にも伝わり、賂があるのではないかと二人は厳しく吟味され、三十日余の間、牢舎されたが、大枚の過料とともに釈放された。しかし、近江にとってはさしたる痛手を受けたわけではなく、その後も平然として何やら大商人たちと企てているとの噂も聞こえてくる。

それから数日間、梅雨の終わりを示すような大雨が降った。角之芝居の五月狂言『忠臣講釈』は評判も良く六月中もつづけられる、という過剰な期待がこの大雨で流れ去るのではないかと恐れられたが、なんとか月末まで持ちこたえている。一方の中之芝居も五月二十五日に始めた『恋(こい)女房染分手綱(にょうぼうそめわけたづな)』もまずまずの入りであり、大芝居二座の体勢はほぼ固まりつつあった。両芝居を支配している竹田近江の顔も緩んでいるだろうと正三は想像していた。

六月になってまだ梅雨はあけない。しかし、日一日と暑さは増してくる。まもなく梅雨空に代わって真夏の日差しが照りつけるだろうと思われた。竹田近江から自宅に来るように言われた正三は雨の中を傘を差して道頓堀から堺筋を南に折れて歩いていた。長町一丁目には長年、角之芝居を持っていた福永太左衛門の邸宅があった。数年前、この屋敷で中山文七と太左衛門が顔を合わせ、以来、一昨年の木戸での悶着が起きるまで文七は角之芝居を七年間にわたって座本として大坂の歌舞伎の大黒柱の役割を担ってきた。その文七は蟄居を命じられていたが、昨年八月にようやく許され、その後、中(ちゅう)芝居となっていた角之芝居に入っていたが、未だ拭いきれぬ失意を抱いたまま今年は京都に上っている。この福永の屋敷も静まり返り、もはや角之芝居を取り返そうとする意欲も失われていることが表からもうかがわれた。

「御隠居様が健在ならお見舞いせなならんところじゃが」

正三は独り言をつぶやいた。御隠居様というのは太左衛門の母でしっかり者だった福永せいのことだ。十年ほど前、この女性の一言で文七と豊竹越前が和解したのだった。それに比べて竹田近江はまた増長しているのではないかと、正三にはその自慢げな顔が浮かんでくる。それでも是非とも頼まねばならないこともある、と気を取り直して長町三丁目まで下って行った。

近江の屋敷に着くとさっそく奥の間に通された。その部屋にまず驚かされた。畳の代りに敷物が部屋いっぱいに敷かれている。その模様も花や枯草をあしらったもので、一歩進むごとに足が絨毯（じゅうたん）に吸い込まれそうに思えた。「こちらでしばらくお待ちください」小女は部屋の真ん中に置かれた四角形の大きな机の前にある椅子を指している。

「これは椅子ですね」

まるで子供のような感想だと思いながら、正三は思わず口にした。芝居でも小道具として使われている。この阿蘭陀風（おらんだふう）の部屋が特に珍しかったわけではないが、その部屋で話し合いをするということは予想もしていない。小女が引いてくれた椅子に深々と座り、ますます居心地の悪さを感じた。椅子の背も高く、椅子の肘には皮がはってある。小女が部屋から出ていくと正三はゆっくりと部屋の中を眺めることが出来た。

部屋の一方は大きな窓があり、そこには色付き硝子（ガラス）がはめ込まれている。窓と窓の間はどうやら扉になっているらしく、その扉もまた上半分には色付き硝子がはめ込まれ、扉の外の庭には棕櫚（しゅろ）や見慣れぬ植物が植えられているのが見える。正三の座った正面の壁には大きな竈（かまど）が設えられ、竈の上の台には人形や時計などの舶来物がぎっしりと並べられている。孔雀（くじゃく）の羽根や阿蘭陀の女性を描いた大きな扇も広げて飾られている。どの一つをとっても、もし手に入れようとすれば、家計はたちまち破綻するようなものだろう。以前、一度招かれた豊竹越前も贅沢三昧な屋敷を手にしたが、壺にしろ掛け軸にしろ、高価な品とはいえ馴染みの品々ばかりだった。それに引き換え、この近江の屋敷の一室はまるで阿蘭陀に来たかのように思える。正三の背後の壁の棚には地球儀やからくり人形など比較的大きな品が並び、その壁には人の背丈ほどもある時計の振り子が揺れている。

ぼーん、ぼーん、ぼーん、その時計が鳴った。十二回だ。すると時計盤の上の窓枠が開き、手に駕篭(かご)を持つ小さな女の人形が飛び出してお辞儀をしてすぐに引っ込むとまた窓は閉まった。

「ははは、驚かせましたかな」

正面の扉の一つが開いて近江が部屋に入って来た。予想通り上機嫌だ。増長しているとも言えるが機嫌のいい者を相手にする方が気は楽だ。

「今、ちょうど午の刻でごわす」

「来るのが少し早すぎました」

「いやいや、何のお構いもなく失礼しましたわい」

まもなく先ほどの小女が盆を手にして入って来た。そして皿の上に茶碗をのせ、そこに水差しのようなものから茶色い液体を流し込んだ。あまり経験のない甘い香が立ち込めている。

「これは？」

「ティだす。阿蘭陀では始終飲んでいるそうじゃが、わが国の茶とさしては変わらん。この砂糖を一つお入れなされ」

「茶に砂糖ですか」正三は首をかしげた。

「奇妙に思われるかもしれんが、それがなかなかいける。余り病みつきになれば、少々高くつきますぞ」

一口飲んだ正三は思わず顔をしかめた。しかし、しばらくするともう一口飲みたくなった。二口目には早くも美味を感じている。

「なかなかのもんでごわそ」

近江も口にすると、やはり阿蘭陀風の皿にのっていた菓子を口にした。

「これはクッキーと申す。わが国の煎餅(せんべい)のようなものじゃが、味わいはまた格別でごわす。口に入れれば口の中で溶けるようじゃ」

これらの品々はすべてが阿蘭陀で作られたものではなく、色々な国から阿蘭陀の会社が入手したものだという。

「この時計はのう、先だって招いた阿蘭陀会社の大使から頂いたものじゃ。こないに小さい金枠の中に時計に必要な部品がすべて入っておる。時計は珍しくもないが、阿蘭陀ではここまで小さな時計を作る技術を持っているらしい」

近江が袖口から取り出したのは懐中時計だった。

「して、あの大きな時計もやはり阿蘭陀人から頂いたものですか？」

「いやいや、あれはわしの曽祖父が見よう見まねでこしらえたものでごわす」

「ああ、竹田の芝居を開かれたお方は元は時計師であったと聞いています。しかし、あの時計はどうやら一から十二までが子午をあらわしているのではなさそうです」

「阿蘭陀に限らず西洋では一日を二十四の刻に均等分に分けて時刻をあらわしてござる。したがって、あの時計の短い針は一日に二周、時計盤の上を廻っており、長い針は二十四周することになっておるのでごわす。子午の刻はわが国の刻と同じじゃが、後の刻は少しずつずれておるのでごわす。不便なようじゃが、季節によって一刻の長さが変わるわが国の刻より便利なことも多々あるので重宝いたしておるのでごわす」

そしてこの部屋に飾られた品々は阿蘭陀商会から手に入れたものばかりではなく、近江の代々が工夫したからくりもあると誇らしげに言った。阿蘭陀商会の江戸参府の帰路にはほとんど常に大坂の住友の銅の鋳錬所とともに竹田の芝居を見物して帰る。竹田の芝居では毎年毎年、工夫を重ねたからくりを上演しているので、いつまでも飽きることなく見物することが出来る、とますます近江は臆面もなく自慢の鼻を高くする。

「ところでそなた」と近江はひと通り自慢を終えるとようやく本題を切り出した。「なんでも亀谷芝居を買い取りたいそうなと聞いてごわす」

「いや、それはまだ当分、先の話とお思い下さい」

「しかし、そういう意図があるなら、なぜ一番にわしの所に来んのじゃ」

近江は急に言葉遣いを変えた。いままでは来客として敬意を表していたが、芝居小屋の話となると、実質的に手に入れている近江は対等どころか元売りの大店と小店の関係でしかないことをはっきりと示さねばならないと思っている。

「そこまではっきり言われるのでしたら、近江殿にはわたしに譲る気はないと？」

「そうは申してはおらぬ。わしは業突く張りの狒々と皆が陰口をたたいているのは知っておる。大芝居は二座ともに手に入れた。古くからの竹本芝居や何軒かの浜芝居も皆わしの配下になっておる。あとは豊竹芝居が残るだけじゃ。けど豊竹も今は風前の灯なのは今年の体たらくを見れば一目瞭然ではないか。みなわしが手をまわして弱らせてから買い叩いて手に入れたと当て推量をしておるが、それは僻み根性から生まれた根も葉もないことじゃ。わしはこの道頓堀で生きておる。道頓堀が廃れれば、わしとてもはや野良の鼠のようなものじゃ。芝居は一つでも多い方がよい。大西の芝居が撤退した時、余裕があれば買い取っていたものを、あの火事で竹本も中之芝居も浜の何軒かの芝居も焼けてしもうた。大西が没落するのを手をこまねいて見ているだけでは歯がゆいことじゃった。豊竹の豊前殿も全盛であったが、その豊前殿をしても大西を助けるほどの余力はなかったのじゃろう。そもそもあの久宝寺屋が値ぇをふっかけよるんで、いい加減いやになってはいたがのう。大西芝居の久宝寺屋新左衛門ほどの業突く張りはおらん。芝居の跡地を体よく料理屋や宿に貸し出して、芝居に気ぃ入れんでいいことほど楽はない、なぞとほざいておる」

「それは仰せの通りで。大きな芝居が一つ潰れれば少なくとも百人は職を失いましょう。浜芝居なら数十人かもしれませんが、それでも潰れた後、仕事にありつけるかは分かりません。道頓堀の茶屋や宿屋が繁昌しているのも芝居町であるからこそのことで、芝居のなくなった道頓堀なんざ梁の欠けた御堂のようで、いつ崩れ落ちるかわかりません」

「つまりそなたは亀谷も小屋を畳んでしまうと見ておったのか？」

「あなた様が手を伸ばしているという噂は耳にしましたが、どれほど本気でおられるのかは、まったく知りませなんだ」

「確かに亀谷豊後も今少し気合を入れて続けてみるようじゃが、そういうことなら、わしがおぬしと豊後の間を取り持ってもよい。ただし、豊後とて欲はある、ちょっとやそっとでそなたと折り合えるかは分からんぞ」

「分かっております。わたしの方でも今すぐ手に入れたいと思っているわけでもなく、廃業の時には是非、小屋自体を潰したくないと願っております」

とは言いながら、正三の言葉はすべて本心というわけでもない、茶屋と一体になった芝居小屋という組み合わせで何か面白い出し物を作りたい、とまだ朦朧とした状態ながら構想を描いている。近江は横目で正三の意図を透かし見ている。

「ま、ええ。それならわしの方は亀谷芝居の肩入れは控えるようにしておこう」

「今日お招きいただいたのはこのことだけのためですか?」

「いや、わしの小屋のからくり芝居は、先ほど大口を叩いてしもうたけど、新たなからくりを作るのは簡単なことではない。今まで先祖代々、工夫に工夫を重ねて来た何百というからくりを少し作り変えたり組み合わせを変えたりしてなんとかやっておる。それはそれでなんとかなるのじゃが、子供芝居の方がのう、以前に十五歳以上は子供とは見做せんと取り決められ、当座はその通りに行っていたのじゃが、ここ二年ほどは実は十五歳を過ぎた子供もなお竹田芝居の舞台に立っておる。これは他言無用じゃぞ」

「分かっております」

「そこで皆が皆というわけではないが、数人は子供芝居の座組から外さねば、わしに対する風当たりはますます強うなるばかり。それでひとつこの数人を中心にした芝居を一つ書いてほしいのじゃ。もちろん並木正三作と公言することはできん。架空の名義か、誰かあまり知られてない作者を仮の作者としておかねばならん。その名ぁさえ公言できぬがのう」

「その時期はいつ頃でしょう?」

「この月内に、といっても無理じゃろ。ひと月ほど間をあけて七月早々には開きたいと思うておる。どうじゃろ?　角之芝居の方はまずまずの入りをつづけておるし、もうしばらく『忠臣講釈』を続演して、しばらく骨休めをしててもえぇ」

近江の自信満々の口調に、角之芝居も表立ってはいないものの、この男の手中で操られているのか、と正三は改めて思い知らされた。これは実質的な芝居主のいわば業務命令のようなものなのだ。もちろん断ってもすぐには近江との仲がどうこうなるというわけではないだろうが、角、中という道頓堀の大芝居二座は近江の意向を無視できない。もし二人の仲が完全に壊れれば、半二が洩らしたように京都に逃げるしかなくなるかもしれない。その前に亀谷芝居を手に入れていたとしても、亀谷は浜芝居に過ぎない。そこで大芝居の役者を集めたり、大芝居並みの新作を堂々と打つことはできない。断れないと覚悟したが、すぐに返答する気になれず、ぼんやりと庭を眺めた。

「雨は止んだようですね」

「庭に出てみるか？」

近江は立ち上がり硝子の扉を開いて外に出た。正三も近江の後につづいた。庭もこの阿蘭陀風の部屋の前を除いては普通の屋敷の植え込みと変わらない、松や檜、樫などの木が隣地との境にぎっしりと植えられており、置石があり池がある。この部屋の前の庭だけは一面に背の低い草が敷き詰められ、茶室の代りに阿蘭陀風居間があるだけなのだ。今の近江は代々の遺産をうまく活用はしているが、自ら新たな工夫を仕上げるということは出来ないだろうと正三は思う。まだ四十代だが、肥満した体つき同様に手に取る物は何でも食い、それでもまだ足らずに芝居にしろ長屋にしろ、手当たり次第に腹に入れてしまう。世評の通りの業突く張りの狒々であり、このような人物に道頓堀が支配されているのかと、正三は改めて慄然（りつぜん）とした。しかし、今は頼るしかない。

「秋に新作を一つ書きましょう」

部屋にもどった近江に正三は返事した。しかし、近江に会ったこの機会にと、

「その一座に一人、入れていただきたい役者がおります」

「ほう、誰かいな、おぬしの甥か？」

「いえいえ、市山富三郎という役者をご存じでしょうか？」

「ああ、あの男たらしの役者じゃな。いくら注意しても聞きよらん。今は堺に流れていると聞いている」

「仰せの通り、何度か不埒なことを仕出かしたようですが、美貌だけでなく芸も確かなものがあります。先日、堺に宮参りに参りました時、鎰町芝居で会い、道頓堀に戻れるよう頼まれました」

「ふうん、そうか……もう十五をまわっていよう」

「今、十六歳のようですが、今度の竹田の芝居では十五歳を過ぎた子供役者も数人、交えるそうなので」

「まあ、えぇけど、また先のようなことを起こしたら二度と道頓堀の芝居には出られんとしっかり伝えてくれ。ところで七月狂言の外題じゃが、実はもう決めておる」

「ほう、外題もすでに？　それでは何人かの役者には役も振り当てておられるので？」

「いや、そこまでは考えておらん。ただ『宿無団七時雨傘（やどなしだんしちしぐれのからかさ）』としてほしい」

「えっ、『宿無団七』ですと」

正三は驚愕した。三月に阿弥陀池の開帳に合わせて俄芝居を五八が書き上げた、それと何か関係があるのだろうか？

「その外題の芝居を阿弥陀池で見ました。五八が作ったものですが……」

「あの親は宮芝居の名代をもって、今まで座摩でやってきよったが、今年は銀不足で手を引きよった。それでわしのところに泣きつきに来よったんで、俄芝居でよければ手伝ってやろうと承知した。もちろん五八の作じゃが、『宿無団七』という外題と簡単な筋立てを与えてのことじゃ。うまくいけば五八を道頓堀のどれかの芝居の作者にしてもえぇという約束までしてのう」

「それではあの『宿無団七』は五八の思い付きではなかったのですか？」

「わしの入れ知恵じゃ。けど、五八のやつ、わしの筋立てを変えるわ、途中でほっぽり出して京都に逃げていくわ、けしからん奴っちゃ。わしの目ぇの黒いうちは道頓堀に立たすわけにはいかん」

五八が口を濁し、詳しいことは一切話そうとしなかったのも、この近江の意図を受けて作ったからかもしれないと正三は思った。それにしてもどうして近江が『宿無団七』にこだわるのか理解できない。

「それでやはり今回も筋立てが決まっているのですか？」

「うぅん、そうじゃな、『夏祭』はまもなく竹本で行う。角でも『夏祭』にしてもいいじゃろ。

たしか今年は藤川平九郎の七回忌に当たるはずじゃ。平九郎の子ぉの八蔵に団七九郎兵衛をやらせたらどうかのう」

「団七九郎兵衛なら以前、大当りをとったことがありましたから申し分ないでしょう」

「一時は中山文七と並び称されたほどであったがのう、このところ今一つ元気がないようじゃ。このあたりで昔の花形の自分を取り戻させるええ機会じゃごわせんか」

口調がまた戻っている。影の芝居主と立作者という関係に考慮しているのかもしれない。正三が推察しているうちに、近江はまた言葉をつづけた。

「角之芝居については、後はおぬしにまかせる。『宿無団七』の方じゃが、今回は先ほど申した理由以外、なんの所存もごわせぬ」

「それならそうでよいのですが、五八に与えた筋立てとはいかなるものだったのでしょう?」

「『宿無団七』では団七九郎兵衛はあくまでも実悪じゃ。もちろん気持ちの中には善の意志もないではないが、父親殺しをする悪党じゃ。その悪の魅力が昔の仁左衛門によって見事に演じられたと聞いておる。そこのところを父親殺しでなく、もうちっと別の、たとえば傾城殺しにしてくれと申したのじゃが、五八はわしの意向を無視して心中物にしてしまいよった。お蔭で上演最中に起こったあの鼬川での無理心中と似た筋書になりよってからに。五八は自分の仕組を目にした誰かが心中を仕立てたのじゃないかと、ふと、恐れたのじゃろうな。あの事件から幾日も経たんうちに芝居を放り出してしまいよった。芝居を放り出したのは許されんことじゃが、それはそうとして、折角のわしの筋立てがわやになってしもうたのじゃ」

「それでは先ほど近江様が申された筋立てにはなにか意味があるのでしょうか？」

「そやない、そやない。けど、あの心中はまことの心中であったのかのう？」

「そのようにお役所は決しておられるようですが……」

近江が何らかの意図で五八に芝居をやらせたことは間違いない。うまく行けば道頓堀の大芝居の作者連に名をつらねてもよいという餡をちらつかせている。して、その意図とは何か、これはいくら聞き質しても本音には行き当らないだろう。

「そうじゃ、幾年か前、島の内の置屋で若い男が傾城を切り殺したという事件があったじゃろ、一夜漬けという名目でその事件にすればどうかのう……」

「ああそうですね。しかし一夜漬けというにはかなり昔のことになるのでは」

「そないなこと気にせんでもえぇわい。『宿無団七』とて当時、一夜漬けと称していたにせよ、実は五年もの前の事件じゃったではないか」

「あの事件は蝋燭風呂（ろうそくぶろ）で起きたことです。しかし蝋燭風呂は今も健在ですし、その名をそのままにするわけには行かんでしょう」

「その辺のことはおぬしにまかせるし、筋立てもあの事件を匂わすぐらいでえぇ。ただ『夏祭』とは違う筋立てで大いに筆を奮ってくれ。なあに、何年か前にあったにせよ、なかったにせよ、そないなことで一夜漬けじゃと通らんわけはない」

「は?」

「まことに起こったことばかりがまこととは人は思わんわい。むしろ嘘の方が信じやすい。それも嘘が大きければ大きいほど人は信じるもんじゃ」

「そうでしょうか?」

「おぬしがこれまで好評を博した作とてまことのことは少ない。いや、嘘が大きいほど好評じゃったではないか」

「それは芝居ですから」

「じゃから芝居の外題に嘘もまこともない。ただ一夜漬けと銘打つだけじゃ。それが嘘であればあるほど、人はほんにあった気になる。ほら、あこで、ちょっと前にあった、と言えば、忘れたのを恥じるようにさえなる。嘘の効用というか、もし事実なら却って人は信じぬことが多い。些細な間違いともいえぬ違いを目くじらを立ててあぶりだす。そいで嘘じゃ嘘じゃと騒ぎ立てよる。そこへ行くと元が真っ赤な嘘なら、それわしも知ってるで、と言わんばかりに信じるもんじゃ。人は事実じゃのうて、信じたいことを信じるだけじゃ」

正三は唖然とした。これがこの男の作ろうとする芝居の背景にあるのだ。いや、もしかすると芝居だけではないのかもしれない。この部屋のすべて、屋敷のすべても、そうした嘘で塗り固められた世界かもしれない。しかし、先代まではそうではなかろう。本人も言っていたが、からくり一つ造るにも寝食を忘れて没頭していたはずだ。しかし今、そのようなことを申し立てたとてこの男は聞く耳をもつわけもない。
「わかりました。筋立てが出来上がれば、またご相談にまいりましょう」
「そしてくれぃ」と近江は満足げに「嘘がまことかぁあーまことがぁああ嘘かぁあ、嘘てふ里に住みながら、嘘をおぉまことと言いふくめ」と義太夫節のように歌っていた。

それからの正三は大忙しになった。角之芝居で七月から始める『夏祭』と竹田芝居の『宿無団七』の一切を仕組まなければならない。もっとも『夏祭』の方は誰もがよく知っている芝居であり、『忠臣講釈』の切（きり）であり、座本の嵐雛助と合意して役割を決めた後は、二枚目作者、為川宗輔らにほとんど任せてもよかった。それに反して竹田芝居の方は配役からしてほとんど知らない役者ばかりであり、一々、竹田芝居の細工人、竹田小左衛門の助けを借りなければならないだろう。その前に筋立てを早々に作らなければ始まらない。二、三日は部屋に籠って仕組んでいた。

大筋は島の内の置屋、岩井風呂の芸妓小たみを恋慕する丸亀藩の大坂蔵屋敷に住む家老高市数右衛門の悪だくみに対して、小たみが堺の乳守にいる時から、密かに言い交していた魚屋団七が阻止し、岩井風呂から請け出そうと試みるというものだ。一段目は堺の魚市の場であり、威勢のいい魚屋たちの売り買いから始まり、そこに小たみが傾城数人とともにやってくる。高市数右衛門もまた小たみを見つけ、一刻も早く請け出したい旨を告げるが、今すぐといっても手元には請け出すだけの金は用意できない。小たみの置屋、大文字屋治兵衛は団七の気持ちは知ってはいるが、早く請け出しの金を持ってきた方に請け出しさせるという。団七は、実は丸亀藩の重臣の息子だが、殿よりあずかりの名刀二字吉光を奪われたため追放され、堺で魚屋をしている。陰に日向に団七を助けている島の内の置屋、岩井風呂の義兵衛もまた、小たみが堺から大坂に仕える（遊女が勤め先を変えること）ための手付金を持って堺に来ている。慌てた数右衛門は一刻も早く小たみを身請けしようと贋金を使い、身請け証文を手に入れる。その証文を手にした数右衛門は強引に小たみを連れ去ろうとするが、小たみはその手から逃げ出し、団七に出会う。団七と数右衛門の手下、千人力の市兵衛が争ううち身請け証文は井戸の中に落ちてしまう。喧嘩でずぶ濡れになってしまった団七が団七縞の帷子（かたびら）（単衣ものの着物）を脱いで乾かしていると、小たみが井戸縁に脱ぎ捨ててあった市兵衛の帷子と取り換えて着せる。井戸から証文を拾い出して上って来た市兵衛は不思議に思いながらも団七の帷子を羽織る。団七を叩き殺すように命じられている数右衛門の下男嘉兵衛は団七の顔を知らず、ただ団七縞の帷子を着た男と教えられており、行き当った市兵衛が団七縞の帷子を着ていたため、団七と思い込んで市兵衛を叩き殺してしまう。高市数右衛門から手にした身請け金が贋金であることを知った大文字屋治助は小たみを岩井風呂の義兵衛に渡すことを承知する。義兵衛は団七の勘当が許されるまで預かると小たみを大坂に連れて行く。

次の場は岩井風呂の段とした。「盆のご祝儀なにからもいわい入り升」と口上をまずつけた。岩井風呂は悪くない、と思わず独り言ちした。芸妓小たみは市山富三郎に当てたいと思いながら書いている。一段目を書き終えた正三は少し骨休みをしようと角之芝居の楽屋に入って行った。もう申の刻（午後三時頃~五時頃）になっており、まもなく『忠臣講釈』が終演する。その後で切狂言『夏祭浪花鑑』の打ち合わせをするつもりだ。頭取部屋で楽屋番をしていた岩井春五郎に入り具合をたしかめた。

「いやぁ、ここまでよう持ったもんじゃ。次の狂言を早うせんと潰れましょう」

このまったく目立たない頭取は意外にもはっきりとものを言う。まだ年の端はいかないが、花車方をつとめている。若女形でなく老女を演じる女方である。評判記には、どうにか「上」と位付けされているが、そこから一歩も上がれないと本人も覚悟して、頭取という特に大部屋役者のまとめ役を買って出ているという。頭取はこのほかに毎日の祝儀銭の配分もおこない、地味ながら芝居小屋には欠かせない存在である。

「そうか、早うせんと潰れるか」正三も思わず同じ口調につられ苦笑した。

「けど、師匠、もう次の狂言は決めていなはるのでしょう?」

「まだまだ、みなに申し訳ないが、一向に頭が回らんわい」

立ち話をしているうち、芝居も打ち上げになった。柝の音だけは景気よく鳴り響いているが、見物の声も気のせいか沈んでいるように聞こえる。何人かの役者が正三に挨拶してそれぞれの楽屋に入っていく。

「正さん、今日は何かえぇ話、持ってきてくれたのじゃろな?」

嵐小六が少し皮肉っぽい表情を浮かべながらも愛想よくたずねた。小六はこのところ機嫌がよい。今年の春の評判記で「惣巻軸　極上上吉」と位付けられ、「何と申しても地芸なら所作なら今での女形」と評され、その息子雛助も初めての座本をこなして贔屓筋から一方ならぬ祝儀を受けるばかりか、評判も「近比は自分ンの思い入れをせず、狂言の筋を立てての仕様故、どなた様も面白がってございます」と極めて良い。二人ともに一座の顔として落ち着いた態度で悠然とあたっている。

「いやいや、ただ切狂言の打ち合わせをしようと」

「もう『夏祭』と決めておるし、先日、持ってきてくれた書き抜きをみなに配っておいたゆえ、取り立ておぬしを煩わせることもないぞ。六段目、釣舟三婦(さぶ)の内の場で充分じゃ。ここは雛助の儲け場、雛助も張り切っておる」


『夏祭』の六段目、釣舟三婦の内の場とは一寸徳兵衛の妻お辰が若殿磯之丞を泉州に引き取りに来たが、その色気を三婦に指摘され、顔に焼き鏝を当てて醜くするという、ある意味では一番の見せ場、衝撃的な場である。雛助はこのお辰の役をする。三婦女房にはまだまだ一人前の若女形とはいいがたい嵐三勝が演じる。一座の中心、嵐小六や中山来助に出番はない。

　そうは言われても正三は雛助と最後の打ち合わせをした。後は総稽古をすればよいだけで、確かに何も気にすることはない。しかし、雛助にもきちっとした新作を、と頼まれた。

「ところで最前、竹田近江様が尋ねて参られました。師匠と何か企んでいるのではないですか？」

「どうせすぐ見つかることじゃし、おぬしには申しておいた方がよかろう。実は竹田芝居のために新作を書くことを承知した」

「竹田にですか？　しかし、それでは……」

「もちろん、わしの作者名を出すわけにはいかん。それでもこの際、近江殿に貸しの一つでも作っておく方が何かと都合がいいと思っている」

「では、うちの新作は？」

「うぅん、申し訳ないが八月まで待ってもらいたい。小六殿にまた臍（へそ）を曲げられても困るが、八月は必ず新作を持ってくると、そなたからも口添えをたのみたい」

「どうも竹田の話、納得はいきませんが、お二人の間でそう決められたのなら、無下に反対はできかねましょう。親父殿も気を悪くされるでしょうが、仕方ありますまい」

　雛助ももう二十七歳になっており、まだ若女形ながら体躯は次第に肥えてきており、ぼちぼち立役で行くことになりそうだと正三は感じた。

焦りながらも筆を急がせることなく、六月も中旬を迎えた。もうすぐ市山富三郎が堺から戻って来ると聞かされた。お梶から何の知らせもない。団吉とお俊は無事に再会できたのか、いやどうしているのか気になりだしていた。しかし、今こそ仕事をほっぽりだして堺に行くわけにいかない。気をもむうちにお梶から一通が来た。六月下旬の始めのことだ。不思議な手紙だった。内容は取り立ててたいしたこともなく、お俊も団吉も堺で日々、愉快に暮らしている。このまま堺にいてほしいくらいだが、時折お俊は三次のことを口にするところをみると、やはり一人、大坂に残していることは気がかりのようだと書かれている。問題は同封の数枚のものだった。

「ふうん、えらい冷とうすな」お由は手紙を見せられ、がっかりした様子だ。「三ちゃん、えらい気ぃもんでます。このまま会わずに終わるんちゃうかって最近はとみに元気なくしてます。もう一回、しっかりとそこのとこ確かめる手紙、出したらどうでっしゃろ？」

「そないなことより、この同封のもん、見てみぃ」

正三が示したのは二枚の印刷物のある紙だ。

「引き札のようだすな」引き札とは宣伝チラシのようなものである。「なになに、『〇天下困窮先生相伝浪花香』ふんふん。『一、しゃく銭つかえ　一、腹しめくくり　一、諸払せんき　一、気せいなくなり　一、むねのさはり　右之外、ほうしゃ手のうち、法事・祝言・藪入り、又は普請方・芝居行、あるいは物参り等やむること奇妙なり。江戸本家調合所　津国屋小右衛門　大坂弘め所松屋町住吉屋丁　紙屋利兵衛』」

お由は首をひねる。

「こいつは、もひとつ分からんぞ」

「また謎文だすか……『道行　よどの山ぶき　太夫　金本巽太夫　ワキ　金本銀大夫　三味線　否沢町中郎』　これは義太夫だすな」

「さてな」

「『〇竹田新からくり口序』竹田のからくりの子供芝居のようだす、『先（まず）れん台にかざり置きましたるわづか方寸の箱の内ゟ（より）山崎のはなをつき出しまする。扨（さて）、大川がせまります。橋は段々、小さうなりまする。梅田の道に砂を持たせまする。やがて北へ現銀店が出来まする。さて台を飾りかへて御覧にいれます。この台に飾りおきましたる小判五十両ゟ五右衛門の金十郎があらわれます。しかし手くだにて首をくくります』……ふう、これが竹田の新からくりだすか？　正さん、知ったはりましたか？」

「知るわけもない。お由、これがまことの引き札と思うか？」

「違うんだすか？　鬢付け油の浪花香に竹田芝居、どっちもよう知られてます」

「けどな」

「あっ、もしかして、この二つがえらい繁昌してるよって、陥れようとする偽札だすか？」

「それならそれでいいのじゃが……こないな札を清太郎殿が団吉に預けたとはとても思えん」

「ということは団吉さんが命がけで京に伝えられたのが、この奇妙な引き札と？」

「引き札だけじゃのうて、ほかにも謎文のような文もあったらしいが、こないな札と一緒に預けるとは……清太郎殿が間違われたか、それともどこぞですり替えられたか……わしには一向に分からん。じゃが、先日、察したように、どうもあの事件からはまともな筋書がまだ見えておらん。やはりあの事件は大坂に関わっておるような気がしてならん」

「さいだすな、引き札の二つともに大坂で知らん人ない店だすしな……」

二人はこれ以上、引き札を見ていても何ら思いつくことはない。

「ほなら、わても考えときま。けどまさか、近江はんが人殺しまでしなはるとは、思えませんわい」とぶつぶつ言いながらお由も引き上げていった。

正三はしぶしぶながら『宿無団七』を書き進めた。第二段は岩井風呂の内である。岩井風呂の小たみはここでもたちまち売上一番になった。岩井風呂の亭主義兵衛には小たみを悪漢から守るという名目はともかく、繁昌していくのも小たみのお蔭だとひとかたならず感謝している。そこへ魚屋団七が訪ねて来る。小たみがどうしているか気が気でない。もしや他の御大尽にでも身請けさせまいかと疑っている。義兵衛は自分を主君だと口では言っているが、それは小たみを手に入れる口実にしただけかもしれんとの疑惑が団七の胸に日に日に強まっている。義兵衛は何よりも団七の手に二字吉光を持たせ帰参させたいと思っている。それまでは小たみを預かっているのだが、九寸五分の名刀はすでに大文字屋治兵衛が刀屋から偶然に手に入れ、義兵衛があずかっている。しかし、折紙がなければ帰参はかなわない。その折紙を高市数右衛門が手にしており、小たみと交換に渡そうと言っている。小たみと団七の仲が絶たれなければ、折紙を破り捨ててしまうとおどされ、小たみにも今は団七に冷たくしなければならないと説得し、団七に離縁状まで書かせ送っている。詰め寄る団七に義兵衛は二字吉光の折紙を手に入れるまでの辛抱と説得し、団七も承知する。岩井風呂を出た団七は顔見知りの芝居作者片砂屋清左衛門に出会う。清左衛門は、髪結をしたいが今、床屋に人がいないので団七に髪結を手伝ってくれと頼む。髪結が終わるころ役者が二人訪ねて来て、今度の芝居の役回りを尋ねる。その芝居は、裏切られたと思った男が置屋に乗り込み手あたり次第、包丁で切り付ける場面があり、聞いている団七は身につまされる。

片砂屋「お前の役を随分、阿呆らしくなけりゃ悪い。そうしておいて女形の方からどっさりと退き状が来る。女形が水臭い、えぐい事いうて突き放つ」
役者○「わたしゃいっそ、△さんも□さんも殺そうかと存じます」
片砂屋「いやも殺すからじゃによって、そこらあたり滅多殺すがよい」
役者▲「それならわたしゃ蘇枋襦袢（すおうじゅばん）でいたしましょ」
脇で聞いていた団七は無念さがこみ上げ、岩井風呂に乗り込んでゆく。

二場形式の新作がある程度まとまると、近江に見せに行かねばならない。六月下旬、夏の暑さは頂点に達している。七月の秋狂言の頃には少しは涼しくなるだろうか、正三は本水の場を設けたいとも思うが『夏祭』のように田圃での殺しでなく、岩井風呂という置屋での殺しだ。元は家来ながら今は父親のように気を使ってくれている岩井風呂の義兵衛を殺すことになる。時雨とは何の関係もないが、一夜漬けという名目をつければ、思い出す事件も一つや二つはありそうだ。

「お出かけか?」店をでようとするとお由に声を掛けられた。

「近江殿のところに打ち合わせに行く」

「あのお方、近頃、ますますご機嫌がよろしますな。何かえぇことでもあったんでっしゃろか?」

「さあ、わしには分からんが、機嫌がいいか、それならこちらも気が楽じゃ」

道頓堀の通りの反対側にある竹本座ではもうすぐ夏芝居『夏祭浪花鑑』が始まる。来月七月には角之芝居でも『夏祭』、そして竹田では『宿無団七』、いつまで経っても『夏祭』に背負われて道頓堀の芝居は何とか息をついている。七月といってもこの明和四年(一七六七)は閏年にあたり、九月に閏月、閏九月がある。すなわち秋は七月から閏九月までの四カ月という長い季節になっている。七月一日は太陽暦の七月二十六日であり、旧暦の七月十日が立秋にあたっている。従って七月一日は夏の土用の最中であり、まさに暑中の最中といえる。夏芝居が行われても誰も不思議に思わない暑さなのだ。

「これでえぇ、これで行こ」

「近江様は何故、団七にこだわるのですか?」

「なあに、ふと思いついただけで特にといって訳があるのではない。五八がこないに書いてくれてたら、五八を大芝居に引き上げてやるつもりじゃった。それでおぬしに手本を見せてもらおうと思うてのことじゃ」

正三はあの鼬川での清太郎とお千との心中が実は誰かに仕組まれた殺人事件だと堺のお梶から耳にしている。それを目撃したお俊の兄、団吉はいまだ大坂に戻って来れないでいる。今度の竹田芝居の『宿無団七』にはそうしたことを匂わすことは一切触れていないつもりだ。まさかこの芝居で心中事件が蒸し返され、殺人事件として再審議されることなどありえないだろう。とはいえ、近江の胸中は分からない。ただ堺でお梶に会ったことなどは近江には知らせない方がよさそうだと判断している。五八が急に小屋をたたんだことがますます気になっている。

竹田芝居は開演に向けて順調にすすんでいる。近江との話し合いを終えた後、多少、書き直しも入れて仕組を仕上げた。その頃には角之芝居も中之芝居も打ち上げて夏のひと休みに入っている。竹本座と二、三の浜芝居が寂しくなった道頓堀の見物人を吸い上げている。春先に多発していた心中事件もこのところ鳴りを潜め、諸寺社の開帳もひと段落終えて、夏祭の季節になっている。毎日のようにあちこちから鉦や太鼓の音が響いている。

正三は仕組上げると役割を振り当てるため、竹田芝居の座付作者、竹田治蔵の手を借りた。治蔵は一時、正三の弟子となっていたが、同座することなく、竹田近江の下で正三と並び称される作者となろうとしている。正三より少し年下だが、宝暦九年（一七五九）には角之芝居の正三と対抗するように中之芝居で舞台一面せり上げて九十度回転させ、舞台面を背景にするという「がんどう返し」を工夫している。

「下に酔っ払いが来て正さんに会わせろ、言うてはりまっせ」お由が眉を吊り上げて正三の部屋にやって来た。「あれ、もしかしたら、竹田の師匠でっしゃろか?」

「ああ、治蔵じゃろ、こないな昼間から酔っぱらっておるのか」

「うちのお茶子やらにちょっかい出さはって、みんな気味悪がっとります」

「今日はわしが来るようにたのんでおる。二階へ上がるよう伝えてくれんか」

という間もなく、治蔵は襖ごしに顔を出した。

「よ、お師匠、久しぶりだす。前々から一遍、会わないかんと思いながら、ついつい、いいそびれてまんねん。師匠の方からお呼び出しとは望外の喜びだす」

呂律のまわらない口調でなれなれしく正三の書き物部屋に入って来た。お由は酒の匂いをさけるように早々に立ち去った。

「いやいや、えらいあちこち探したぞ。あないな裏長屋に一人で住んでるとは思わなんだ。おまさん、かように酒に溺れたら死んでしまうぞ」

「ははは、もう首のとこまで来てま。どうせ死ぬんなら、大酒に酔っぱらって死ぬ方がましでやんすよ」

「そう、やけにならんと、もう一遍、体直してやり直してみんか」

「もうあきまへん、竹田の親方にも引導渡されました。どこも雇ってくれぬわ」

竹田治蔵は宝暦十二年（一七六二）、中之芝居の顔見世を最後として作者名が消えている。時折、こうして道頓堀に顔を出すことはあるが、ほとんど難波や島の内の酒屋で酔いつぶれ、行き倒れのようになっている。すべては酒の上での失敗が元なのだ。まだ三十代半ばながら無精ひげをはやし、目は黄ばんでおり、何よりも皺だらけの顔を見ると五十、六十歳にも見える。すでに死んだとの噂さえ流れている。

「お前はいつもわしに対抗して、あれこれの工夫をこらしておった。わしにも随分、励みになっている。もう一度、出直す気はないのか？」

「酒のせいばかりじゃのうて、あちこち体が痛んでおりやす。新しい知恵も何にも浮かびよりませんわい」

「そうじゃのう、まず大酒を絶たなならんな。それはそれとして、今度、七月に竹田芝居を手伝うことになったのじゃが、わしは竹田の役者はほとんど分からぬ。そこでおぬしの力を借りたい。これが今度の芝居の下書きじゃ、一度目を通して役柄に合うた役者を割り当ててくれぬか？」

「『宿無団七時雨傘』でっか」

「中身は昔の『宿無団七』とも『夏祭』とも少々違っておるがの」

治蔵は正三の書いた正本の下書きを開いて読み始めた。

「『宿無団七』の父御殺しはわがまま放題の男の突然の発作のようなものじゃが、これは世話してくれている家臣が裏切ったと誤解しての殺しだすな。一夜漬けとなっておりますけど、そないな事件が近頃、起こったのでやすか？」

「いや、それは近江の思い付きじゃ。けど似たようなことはあちこちで起こっておる。まあ、近江の好きなようにさせておく」

「わしも竹田の役者は数年前の顔しか思い浮かびませんが、思いついたところで役割を振り当ててみましょう」

治蔵は筋書から役名を拾い上げると、うなりながら竹田の子供役者の名を書き添えていった。

「ああ、たのむ。けど、この小たみは市山富三郎に振り当てている」

「富三郎？」

「振付師の市山七十郎のご子息じゃ。長子も市山七蔵ともうして女方をつとめておる」

「七蔵の弟ですか、ならなかなかの美貌の持ち主では？」

「本人はまだ美貌を持て余しておるようで、道頓堀の芝居から追い出され、今は堺で修行の最中じゃ。今度、竹田芝居に入れてやることになった」

「それは羨ましいことだす」

治蔵はそう言いながら、各役に役者を振り当てて行った。正三がその礼金をにぎらせると涙を流さんばかりに礼をいい、弱弱しく階段を降りて行った。

団七に竹田宇八、岩井風呂の三河屋義兵衛に竹田伊勢松、義兵衛女房に十木（つづき）金太夫、高市数右衛門に竹田時蔵、片砂屋清左衛門に中山滝蔵など弱弱しい字で書きならべてある。治蔵の命はもうわずかかもしれん、と正三は数年前の自信にあふれた姿を思い起こし、あわれさが一層つのってきた。しばらくして、竹田近江に配役を示すと、

「治蔵はまだ生きておったか」と物思いにふけるように言った。

「今一度、せめて浜芝居にでも使ってやれぬでしょうか？」

「あかん、酒をやめていたならともかく、昼間から酒臭いにおいを振りまいておられたら、芝居の稽古もできんし、そもそも芝居作りなんぞ無理じゃろ。また会うたなら、酒を断ってわしのとこへ来いと伝えてくれぬか。けど道頓堀から消えてもう五年になろうに、ようこれだけの役付けが出来たもんじゃ」

「ひそかに時折、芝居見物をしていたのかもしれませんな」

役者付け出しをして数日後に本読みを行った。立作者正三ひとりでやってくれればいいとの近江の言葉で正本を正三が披露した。各役者には正三が弟子に書かせた割台詞が渡されている。

「うぅーん、確かにこれは子供芝居とは通用せんな」

正三がうなったように、十五、六歳をはるかに回った役者も並んでいる。竹田芝居の子供芝居から出世して大芝居の立者になった嵐吉三郎のような役者がその中にいるかどうかは見当もつかないが、みな、これが最後の子供芝居になるという覚悟の下に集まっている。今まで顔合わせもしていない市山富三郎もことのほか控え目に並んでいる。六月中旬ともなれば大坂の夏祭も毎日のように催され、二十一日には島の内の三津八幡宮では恒例の俄芝居も行われた。例年通り道頓

堀の役者たちも大勢が加わり、だんじりに乗って笛や太鼓で囃し立てた。そうした祭の名残の町の喧騒も耳に届かないかのように役者たちは稽古に励んでいた。とはいえ、この年はまだ梅雨も終わっていないことを示すように雨の日が多く、どこの夏祭もしめりがちだ。

そして七月初め、『宿無団七時雨傘』の幕が切っておとされた。子供芝居は常に盛況だったが、それにもましての大賑わいで近江はますます意を強くしたようだ。

「結構、結構。おぬしを呼んだ甲斐がある」近江は膨れた腹をますます膨らませている。

「富三郎はいかがでしょう?」

「油断はならんが、今のところは何事もない。このまま京都に連れて行ってもよい」

「京都に?」

「この芝居は引き続き京都で行うことにした。北側の布袋屋の小屋じゃ。布袋屋では今春二の替りをなんとか開いたが、それも九日間で潰れ、あとは無人の小屋になっておる。布袋屋をたすけるだけじゃのうて、この一座もそれを潮に中(ちゅう)芝居にするのじゃ」

近江は先の先まで考えた上で正三を引き込んでいる。しかし、取り立てて反対する理由は正三にはない。

「どうじゃ、京都まで付き合うてくれぬか?」

「それはちと……角之芝居の連中がおとなしく引きこもりはしますまい。八月には盆芝居を新たに書くことも約束しており、その後は秋の御名残狂言と道頓堀を離れることは難しゅうございます」

「小六も先だっておぬしを取って行ったとえらい怒りようじゃった。ま、それはあきらめねばならんかのう。しかし、わしは京都へ参る」

「ご勘弁願えれば、わたしの方では一切をそなた様にお預けもうしましょう」

正三にしても今年の不運を『宿無団七』で拭い落したような気分になっている。八月、九月と新しい出し物を角之芝居の面々に披露できよう。まだ幾つかの難題は残っているが、果たして解決可能かどうかは未だ安心できない。それにしてもお傍から何の音沙汰もない。変事が生じたわけではなさそうだが、もう少しこまめに状況を知らせてほしいと幾度か飛脚を走らせたが、返事のないのはよい便りとせねばならないのかとそれが一番の気がかりだった。

十一　新井戸釣瓶

中之芝居は盆狂言『三ケ津神事評判（みつがつしんじひょうばん）』を七月十六日にかける。まもなくのことだ。同日、角之芝居でも盆狂言『夏祭』を始めるのだが、中之芝居の立作者並木十輔の腕によりをかけた新作を前にしては劣勢となるのは目に見えている。『三ケ津』は数年前の正三の『大坂神事揃（まつりそろえ）』を借りた相撲狂言である。江戸の山王祭、京都の四条河原の大涼み、大坂では長者町と馬場先と三ケ津、というように舞台を移して行われるが、三桝大五郎と染川此兵衛との相撲取りの場面もあり、座本中村歌右衛門、立女形中村富十郎と並んで評判を上げている。大坂の夏狂言は裸になっての相撲狂言が、毎年でないにしてもしばしば行われている。

この年も大坂では五月二十一日より堀江で晴天十日の勧進相撲が行われ、八月十七日よりは難波新地においても同様に興行される。勧進相撲とは、もとは神社仏閣の建築修復の資金調達のために行われたものであるが、後には営利目的であるにもかかわらず勧進相撲と称して興行されるようになった。今は千田川、猪名川といった相撲取りが、二年前から人気、実力ともに上昇し、押しも押されもせぬ相撲取りになっている。難波の相撲場でも六月には夕涼みが開かれ、賑わっている。

「なかなかの盛況で結構なことじゃな」

正三は中之芝居に立ち寄って並木十輔に励ましの言葉をかけた。間もなくの初日を前に、中之芝居の表には贔屓からの祝儀の品々が山のように積まれている。芝居前だけでは場所が足りず、向かいの芝居茶屋の前にまで幟とともにならんでいる。中之芝居の前だけは道頓堀の通りでも幟が左右から並び、芝居小屋と通りを挟んだ茶店との間の釣り紐には天を覆い隠さんばかりに多数の役者の贔屓連からの祝儀の品書きが垂れさがっている。

「なかなか、師匠のようにはいきません」

「今年の道頓堀はわしが建て直そうと思っていたが、そなたたちの働きは見事なものじゃ。感服しておるわい」

「そう言っていただけると力の入れ甲斐がございます」

「うん、近年のそなたは世情の世知もごく自然に取り入れている。幕開きの小松塚での乳母殺しを見つけて百姓たちがわいわいと騒ぐ様子もきわめて自然に入っていて、その後の進行を待ち遠しく感じるほどじゃ」

「今は師匠のお褒めの言葉を喜んでお受けいたします。けど師匠も次の盆狂言には新作を乗せられるのでしょ。楽しみにしております」そして言いにくそうにつづけた。「この前の謎文は進展はありましたか？」

「そなたはどうじゃ？」

「なかなか、それはそれとして、あの謎文を芝居に使わせていただけませんか？」

「おお、謎を取り込もうというのじゃな。よいとも、よいとも。もとよりわしの作った謎じゃなし、そなた、何か思いついたなら」

「まだ、そこまでは参りませんけど、できればと思うとります」

「わかった、好きにしてくれ」

その後は十輔の子供の話になった。お由が贈った玩具で一日中、遊んでいるという。まだ三歳にもならないが可愛くて仕方がないことが十輔の言葉の端々に現われている。

「それはそうと、加賀屋殿（中村歌右衛門）が京都に戻られるそうです。師匠は歌殿とたいへん親しくしておられたそうですね。ところが今回の上坂では一度も同座されなかった……何かわけでもおありですか？」

「歌七殿とは昔親しくしておった。伊勢で別れる時には大坂に戻ってくれば、また一緒にやろうと約束していたが、たまたまその機会がなかっただけじゃ」

それだけ言って正三は十輔と別れた。

歌右衛門が連れて行ってくれた船頭徳兵衛は歌右衛門の下で働いていると歌右衛門からの書状で聞いている。伊勢で密かに海の彼方から戻って来た徳兵衛はお尋ね者として探索を受け、一座の何人かの手伝いで伊勢から逃亡したのだ。それから十年近くになるが、今回、歌右衛門の付き人の中に徳兵衛はいない。しかし、密かに会った席で、徳兵衛父娘はあまり江戸から出ない方がよさそうだと歌右衛門に聞かされた。伊勢の興行では今年の角之芝居の座本を務めている嵐雛助やその父嵐小六もまた一緒であり、もし顔を合わせれば、何かと厄介なことになると歌右衛門に言われた。「また御用の者が探っているのか」と正三が聞いたところ、「確かなことではないが、わしが変装して伊勢から江戸に発ったとちらほら耳にする。今回の上坂では正三殿ともとりわけ深い付き合いではないと示しておきたい」と説明するとともに、徳兵衛父娘は江戸で安穏に暮らしている。あまり目に立つことはしたくないと言う。娘のおしまは娘ざかりに大工の若者と結ばれた。

「そんなことを、あの、なんとかいう役人に聞かすわけにもいかん。ましてや道頓堀で顔を合わせれば、いかなる事態が起こらんとも限らぬ。なかなか陽気で間の抜けたいい男じゃが、もしなんなら、おしまと夫婦になるわけにはいかんと念を押しておいてくれ」

「三次は別のおなごと親しくしているから心配ありません」というような話を交わしてしていた。

立秋といってもまだ真夏の暑さが残っている。金魚売が天秤棒を担いでけだるい声を上げて流す一方、氷売りは元気な声を張り上げている。竹田芝居の入りも悪くなく、近づいてみると人々の噂話が聞こえてくる。

「この芝居に出て来る作者片砂屋清兵衛って誰のことじゃろ？」

「それは作者の作り名前ちゃうかいな」

「わし、知っとるで、宗右衛門町の菓子屋、高砂屋平左衛門じゃ。近頃、ちょくちょく作者の仲間入りしとる」「高砂屋？　あの町年寄の男か？　そないに気ぃきく男に見えんがな」

「まったくその通りじゃ。先だってもちっこい子供、捕まえて、菓子盗んだじゃろってえらい剣幕で怒ってたぞ。あないにこんまい事にかかずる男がちょっとしたいい男であるはずない」

「それが作者の役得ってもんじゃ。自分のことを悪くは書くまい」

実は、高砂屋には事前に名を出すことの承諾を得ている。わずかでもと礼金を持って行ったが、そないな心配はしてもらわんでも、と逆に一座に贔屓からじゃと申して御祝儀を渡してくれとたのまれた。芝居小屋の前に並べられた祝儀の品々の中には高砂屋が贈った酒樽も積み上げられている。

竹田近江には角之芝居で時折顔を合わせるが、大芝居と肩を並べてひと月近く続演できていることでますます機嫌よくなっている。しかし、角之芝居の座本の父である嵐小六はそれがまた癪の種だ。そないな新作を作るなら、何で角之芝居でやってくれぬのか、『夏祭』などというありきたりの夏狂言でお茶を濁すとは作者としてやる気があるのかないのか分からんわい、と昔のように陰に日向に文句を言っている。竹田近江の方は、この分なら八月まで持ち込めるとますます上機嫌だ。

『宿無団七時雨傘』は、宿無団七という名と堺の魚売りということを残したぐらいで、後はほとんど無関係に一夜漬けと銘打って数年前、島の内で起こった風呂屋での刃傷沙汰を題材にしている。近江が言っていたように、見物には遠い昔のことでも、あれあの事件といわれると何となくその気になるものらしい。それよりも岩井風呂という名も悪くなかったようだ。当時、風呂屋株というものがあり延享（一七四四〜四八）以来、道頓堀の風呂屋は十六軒と変わっていない。後世には増えたようだが、この当時はまだ風呂屋の時代の名残を残しながら置屋として存続しており、その十六軒ともに名称の変化はなく、見物に馴染みの名前として耳に快く響いたようだ。薬師風呂、宇治風呂、戎風呂はその名を寛政（一七八九〜一八〇一）まで残している。岩井風呂の小さんが団七の意中の傾城であり、団七の勘当が許されるまでは辛抱するようにと岩井風呂の義兵衛に言い含められる。この小さんを演じた市山富三郎の評判もまた高かった。

盆芝居に取りかかるにはまだしばらくの余裕が正三にはある。今さら時雨庵を家探ししたところで手がかりが見つけられることはないかもしれない。それでも一度、時雨庵に行ってみようという気になり、三次を呼び出した。何と言ってもあのお勢の兄、清太郎が住んでいた庵でもあり、もしかするとお勢もまたそこに住んだことがあるかもしれないのだ。最後に会ってもう十五年にはなろうが、幼児の面影を残したお勢の顔が今でも浮かんでくる。

「へぇ、今日はどないなごっつぉ（ご馳走）してもらえるんでっしゃろ」

気軽に二階に上がって来た三次はさっそく注文したが、ぽんと頭を叩いた。

「そないなええ話じゃなさそうでやすな」

「いつまで経っても暑いのう、おおい、お由、西瓜でも切ってやってくれんか」正三は下にいるお由に向かって大声を出した。まもなくお由が二人分の西瓜を持って上がってきた。

「ここはまだましです、下は暑うて暑うてたまりません」

「いやあ、すっきりします。夏は西瓜が一番でやすな」

「それで三ちゃんに何させるんだす？　まさか怖い目に遭わせるんとちゃいますじゃろな」

「おぬしに時雨庵に案内してもらいたい」

「えっ、時雨庵て、あの時雨庵でやすか？」

「まあ、大坂に二軒もないじゃろ。あの時雨庵じゃ」

「人殺しのあったあそこだすか？」

「おぬしの見つけたとこじゃ」

「わいはなんも見つけとうて行ったんちゃいまんで。親方が付いてこい、付いてこい言われるんでしょうことなしに行っただけだ」

「ともかく、おぬしならその庵の場所をよう覚えてるじゃろ。お俊坊の住まいにも近いらしいし」

「へぇ、お俊坊のとこなら何度か行かしてもらいました。けど、あの人殺しのとこはあれっきりだっせ、分かるかどうか」

「まあ、ともかく、わしも一度、行ってみたいと思うてた。事件から半年近うになるし、もう行っても何のお咎めもないじゃろ」

「三ちゃん、正さん、よろし頼んます」かき氷を持ってきたお由はまだ二人の話を聞いている。

「そんな御寮はんまで。しゃあないな、そならお伴しましょかいな」

二人は芝居茶屋和泉屋の裏の雁木（階段のこと。雁が並んで飛ぶ様子が階段の形のように見えることからこう呼ぶ）を降り、道頓堀を流していた小舟を呼び寄せて尻無川まで行ってくれるように頼んだ。

「いつまでも暑いっすな」船頭は年齢にも拘わらず若々しい声で棹をふるう。

「師匠に笠、貸してもろうて大助かりだす」

三次はめったに着けたことのない笠を目深にかぶって船縁によりかかる。この日の直射日光は残暑とは思えぬ厳しさだ。舟はまもなく道頓堀川の河口に着いた。この日、木津川には多くの廻船に混じり釣舟や上荷舟や茶舟が行きかっている。

「えらい仰山な舟だすな」

「まこと、かように暑いと舟遊びが一番だす」船頭も納得している。

木津川を少し下り、月正嶋のところで分かれている小さな川に入っていく。鼬川（いたちがわ）の下流になる。しばらくすると鼬川から分かれる七瀬川というさらに細い川があるが、その手前で三次は声をあげた。

「ここだ、ここだ。ここがお俊坊の住まいじゃ」

川べりの雑草は今を盛りとばかり生い茂り、掘っ立て小屋といった方がよいお俊の住まいの屋根に達するほどだ。そもそも屋根は元は木であったようだが、数カ月の無人のせいか屋根にも雑草が生えてきている。木小屋というより藁ぶき小屋と呼んだ方がよいだろう。たった一つの窓には雨よけもなく、おそらく強風で飛んでいったのであろう。戸口に扉はない。覗き込むと一間と流しと竈（かまど）があるが、もはや使用には耐えないだろうと思われた。一間には当然、畳はなく、破れ放題の板があり、その奥にお俊の寝具や衣類が入っているのであろう行李がある。

「お俊坊、まさか堺にこないに長うおる気ぃはなかったじゃろ。着替えがあるかもしれん」

三次は何げなく行李の蓋をあけた途端、「ぎゃっ」と大声を上げた。

「また死骸か？」正三も身構える。

「ちゃいま、ちゃいま。鼠だす。しかも三匹もいっぺんに飛び出て来よりました」

「なんじゃ、鼠か。またお手柄の死骸見つけかと思うたぞ」

「若旦那、からかわんといて。わて、死骸、見つけとうて見つけたわけちゃいま」

「どうやら、そのようじゃのう。それにしても、お俊、もうこの小屋には住めんな」

「そら結構、こないな小屋、焼き捨ててまいましょ」

「ともかく時雨庵に連れて行ってくれ」

三次はしぶしぶながらお俊の小屋を出て、雑草の山の中に踏み込んでいった。

「おい、三次、そないにせかせかと草の中、行かん方がええぞ」

「ははは、若旦那、こないな草が怖いんだすか」

「いやいや、蝮(まむし)がおるかもしれん。今の季節、蝮はもう子ぅ産んだじゃろから、さほどは危険ではないが、中にはうかつものやのんびりもんの蝮もおるかもしれん。そないな蝮は傍通っただけで噛みつきよるぞ」

三次は立ち止まった。みるからに震えている。

「若旦那、何で早よ、それ言うといてくれんのだす。今、何ぞに噛まれた気ぃします」

「どれ、足元、見てみぃ」

「ははは、蝮ちゃう、蝦蟇(がまがえる)じゃ。蛙じゃ、心配ない」

正三はやや太めの枯れ枝を手に三次の前に出て、枯草を払いながら歩き出した。

「若旦那、何してるんだ？」

「こうやって、わしらが通るのを蝮に知らせとる。こうすれば、たとえおったにせよ、踏まれぬように逃げて行く。蝮とてわしらとの対決はしとうないじゃろ」

「そんな……もし、したいもんがおったらどないするんだす？」

「その時はその時じゃが、まず、それはない。わしのすぐ後に付いて来いよ。離れたら蝮がその間に割り込むかもしれんぞ」

「へぇ、くっついときま」三次は正三の体を抱きしめた。

「そないにされると、おかしな気になる」正三の言に三次は飛びのいた。「ははは、あんまり、くっつかれると歩けぬ」

二人は雑草の山を掻き分け、ようやく川辺に出た。

「さあて、ここから歩いて行けると聞いたが、さような庵は見えぬ」

「さいだすな……どこにあるんでっしゃろ」

二人は川縁のつづきを遠くまで見通した。それらしき庵は見えない。仕方なく川の向こう岸に広がる雑草の茂みもまた四方、見通そうとする。やはりそれらしき庵どころか小屋ひとつない。

その時、この川を一艘の遊山舟が通りかかった。五人ほどしか乗れない舟のようだが、舟上では早くも酒盛りの最中だ。

「おおーい」正三は大声で呼びかけた。「おぬしら、どこ行くんじゃ?」

「乗せてくれ、言うてもあかんぞ。もう満杯じゃ」

「そないなこと、聞かんでもわかっとる。どこ行く、聞いてるだけじゃ」三次も大声を出す。

「どこ行こうが、わいらの勝手じゃ」

「何じゃと、お前らのこと調べあげるぞ」三次は今までの苛立ちもあったのか、ついに帯の間から鉄棒を取り出して振りかざした。

「へぇ、すんまへん」舟の男たちにも通じたようだ。「住吉さんの浜にまいりま」

遊山舟が行こうとしているのは住吉に通じる十三間川だ。

「おおい、その舟からここら辺に庵が見えんかのう」正三がたずねる。

「庵?　囲炉裏だすか?」

「庵じゃ、おぬしら庵、知らんのか」今度は三次が大声を出す。

「すんまへんな、そないもの見えまへん」

「よう探してくれんか」正三はなおもあきらめない。

「あっ、庵は見えまへんけど、親方の向かいの島に船着き場みたいなんがありま。その向こうは草が刈り取られてるんか、焼け焦げたような草地がありまっせ」

「船着き場があるんか?」三次が確かめるように大声を出す。「若旦那、どうやらあの向かいの島かもしれませんな」

「かもしれぬが、歩いては無理じゃな。三次、船頭、こっちに呼んで来てくれ」

「えっ、蝮の巣の中、もどれ、いわはるんだすか」

「そうじゃった、そうじゃった」正三も戻る気にはなれない。「おおーい、船頭、こっち来てくれ」と大声を出した。三次も繰り返す。

すぐに小舟がやって来た。

「そないに大声出さんでも、よう聞こえてまっせ。すぐそこにおりましたで」

小舟は二人を乗せて向かいの島の船着場に着いた。舟を残し、正三と三次は庵らしきものがないかと探しに、また深い雑草の中を用心しながらすすんだ。遊山舟の男たちが言ったように、すぐに雑草の茂みは消え、やや広い空き地に出た。

「ここだ、ここだ。ここに違いありません。けど……あの焼け焦げの辺りじゃったと思いま」

こうして焼け跡を見ると、その広さはお俊の小屋とは比べものにならない。小さな家ながら五人や十人はじゅうぶんに住めるであろう。

「なかなか、立派な庵じゃの……いや、庵じゃのうて、元は松前屋の御寮人の寮だったんじゃ。広くて当然かもしれぬな」

「へぇ、あん時はわい、早う帰りたい一心で、よう調べもせなんだけど、さすが親方、あの後、何回も来て調べもんされたんじゃ。けど、若旦那、もうこないなったら、いくらここ探しても無駄だっせ。早う帰りましょ」

三次はそう言うが、このまま帰ったのでは今日は舟遊びに来ただけのようなものだと、正三はきっぱりと言った。

「三次、すまんが、松前屋まで付き合うてくれ。誰がこないにしたんか、他にも知りたいことがようさんある」

「松前屋はんだすか……たしか川口の」

「お前、行ったことあるんか？」

「めっそうもない。わいらが立ち入るよな店ちゃいま。一品、十文出しても買えませんじゃろ」

「何か買い物でもあるか？」

「一体何、売ってまんねん？」

「ま、行ったらわかる」

川の中近く多くの廻船が泊り、その荷を運ぶ上荷舟や茶舟が岸の荷上場や木津川に流れ込む道頓堀川、堀江川、長堀川、立売堀川へと漕ぎ上る。立売堀川のところで木津川から尻無川が分かれているが、上流に向かって木津川はさほど広くなるわけでもなく、相変わらずというより、さらにいっそう多数の小舟が行き来している。まもなく正三らの乗った川舟は川口に達し、左手（西側）の九条島には船手屋敷、船倉、そして先端に舟番所が控えている。それらに並んで船奉行や与力十騎、水主（かこ）と呼ばれる同心五十人の屋敷がある。この当時の船奉行は永井監物三千五百石の旗本だが、すでに十年近くにわたってつとめている。船倉には鳳凰丸以下の六隻の関船（せきぶね）と呼ばれる軍船が収められている。

「いつ来ても、ここら、どきどきしまんな」三次は顔を背けるようにして言う。

「お役目で来ることはなかろう?」

「もちろん、御奉行所には行ったことありませんけど、この辺りの変事には来い、ってしょっちゅう言われま」

「なら、松前屋も知っておろう?」

「へぇ行たことありませんけどな」

舟番所を過ぎて安治川に出ると、舟の数はさらに多くなり、舟同士も喧嘩寸前の勢いだ。中に百石の金毘羅舟が荷舟の邪魔にならないようにか、川の端に泊まり、川舟から乗り込む客を待っている。すでに三十人以上の金毘羅詣の人が船上に出て騒いでいる。網代の垣立（かきたつ）（舟べりに立てた囲い）のある舟には丸金の印と幟を立てて一目で金毘羅舟と分かる。

「金毘羅お舟はぁあぁ、追い手ぇにぃ、帆をかけ、めぐるぅうぅ、讃岐ぃいのぉおぅ象頭山（ぞうずさん）」

「このくそ暑いに金毘羅詣たぁ酔狂なやつらだすな」三次はわざと船上に聞こえるかのように大声を出す。

「なんじゃと、おぬしらこそ、このくそ暑いに働いとる、酔狂なやっちゃ」

「親方、あないなこと言わしといてえぇんだすか」船頭が三次を煽る。

「親方っちゅうの、やめてもらえんか。わい、そう言われるとお尻、むずがゆうなりまんね。三次、言うてくれ」

「三次、いくらなんでも、へぇ三次さん、承知だす」

「そないなことより、松前屋はこの辺りとちがうか？」正三がたずねる。

「へぇ、あの古川に入ったとこだ」三次が指差した。その先には松前屋の看板も何もない。まるで船与力の屋敷の続きのようにさえ見える。

「ほお、大坂でも一、二とはいわんが、十本の指には入る大商人と聞いたが、商いをしているようにも見えん」

「さいだす、松前屋はん、手堅いというより、あんまり目立たんよう、目立たんようしてはりまんな。まあ、お取引はわいらのよな貧乏人ちゃいまっけど」

「へぇ、わいが松前漬け、ほしい言うても売ってくれんのだすか？」三次がいう。

「松前漬け？　それなんだす」船頭が聞くが正三も知らない。

「わてもよう知りまへんけど、松前屋じゃったら松前漬け売っとるんちゃうんだすか？」

「あんまり店の前の岸につけても迷惑じゃろ。ちょっと向こうのすいたとこに着けてくれんか」

正三が船頭に指示する。

この辺りは両岸ともに店が並んでいる。場所柄、舟関係の店が多い。小さな川舟を何艘か岸につないでいるところもある。船の帆木綿、艫綱（ともづな）、大房、大碇（いかり）が軒下に並んでいる店もある。店の前の道では、脳天に筆の穂先のように髪を残した丸坊主の芥子坊主（けしぼうず）が数人集まり、今から始まる戎人形を「はよ、はよ」と囃し立てている。

　松前屋に入ると三次の姿を見た手代が不審そうな顔を隠しながら奥へ入り、まもなく案内にもどってきた。静かな奥の間には表の喧騒も届かないが、それ以上に庭木の茂みのせいか格段に涼しい。まもなく主（あるじ）夫婦らしき二人が現れた。おそらく五十歳近いだろう。

「お待たせしましたな、並木正三様でござりますか？」

「さようで、初めてお目にかかります」

「先代の主や御妻女からはよう、お話はうかがってごわります」

「ああ、やはり代替わりされましたか。今、先代と申されるお方は？」

「へぇ、遺憾ながら先だって、と申しても、もう三月（みつき）になりましょうか、急死なされました」

「急死？　それは存じおらず、失礼いたしました。大ごとでござりましたな」

「まあ店の方はもう十年以上前からわしが主を勧めさせていただいてごわしたので、格別のこともごわりません。が、余りの突然の」

　言葉がつまったのか、主は嗚咽したが、妻もそれに呼応するように涙を流した。

「失礼ながら突然とはいかなる病であったのでしょう？」

「いえ、それが病といえるのかどうか……」主は言いよどんでいる。「もとより父は老齢でごわしました。日々、病知らずでごわしたとて、体中にいかなる病が潜んでいたとも知れぬことでごわす」

「それが家の中ではありません、道端に倒れられていたのです」妻がじれったそうに言葉をついだ。

「えっ、路上で？」

「それで見立はいかがでしたか？　心の臓の病とか、肝臓とか脳の病とか……」

「ところが何一つ」妻はまた夫に代わって答えた。

「では、失礼ながら、傷を受けたか首を絞められたか……」

「いえいえ、さようなことも何一つごわりませせなんだ」主が答える。

「三次、おぬし、どう思う？」正三が三次にたずねたが、三次はいつのまにか座っていた場所から遠くはなれた部屋の片隅まで下がりかしこまっている。「おお、いつのまにそんなとこ、行ったんじゃ？」

「あんまり失礼かけるな、って、しょっちゅう言われてまんので、控えとりま」

「親方、そないな」主の妻が困惑したように言った。

その時、声がして奥の襖が明き、使用人らしき若い女が二人、それぞれ盆を手に入って来た。盆の上には陶器のかなり大きな壺がのり、はみ出すように掻いた氷が載っている。

「粗茶の代りにかき氷をお持ちしました」

一つの壺は正三の前に置かれた。

「親方様、どうぞこちらへ」主の妻がまた三次に声をかけた。

「いえ、あっしはあまり冷たい物は……腹に悪いって聞いとりますし……」三次の声は震えている。本気でないことは明らかだ。

「そうですか、それは残念でごわす。わたしが代りをつとめましょう」主はあっさりと言って、改めて自分の前に置かれた壺に匙を入れた。

「これは奇妙、奇妙」正三は思わず声を上げた。三次をからかうためだけではなかった。「このかき氷には餡が入っておりますね。それでこの上に載っているのは茶葉ですか？」

「その通りで、下に小豆餡、一番上に抹茶を掛けているのでございますよ」妻がまた説明する。

「それに氷にはわずかに水飴もかけております」

「このような氷を作るのは大変ではありませんか？　もっと欠片の大きなかき氷なら幾度かいただきました」

「へぇ、実は地下蔵で氷を何度もかきなおして、ここまで細かくしているんだす」

「ほお、地下蔵をお持ちで？」

「へぇ、地下蔵と申しても、二、三十畳はある広いもので、いつも商いの品のうち、腐るかもしれぬものを収めてごわす……めったなことはごわせぬが、金鼠(きんこ)とか」

「きんこ？」

「海鼠(なまこ)を乾燥させたものでごわす。たいそう高値で取引されるのでごわすが、特に唐(から)では珍重されてごわす。ほかには腐ることはめったにはごわせぬ熊の胆なんぞも収めてごわす。もちろん昆布や乾燥させた鱈（たら）などもごわす」

「こちらでは松前の食べ物ばかりを？」

「えぇ、店に入られた折、お気づきで……松前物と言っても、今は蝦夷地からの物も多うなってごわす。ご存じのこととは存じごわすじゃろが、松前取引は松前と長崎の取引で、まもなく長崎から唐へも取引されるようになりもうした。わたしどもは長崎から仕入れ、蔵屋敷を通じて諸国へと、いわば仲買のような形をとっており、決して自慢できる商いを行っているわけではごわせん。それにしても万が一にも売り物に傷があれば、お取りつぶしになるは必定、品々の安全ほど大切なものはごわせん。少々値ぇは張りもうすが、冬の間に氷を掻き集め、地下蔵に収めてごわす。その氷を夏の間、時折、拝借し、かように丁稚たちにも暑さに負けぬよう、振る舞っておるのでごわす。ただ、せっかくの地下蔵、店の者たちへの品々もそこに混じえ、日々の食べ物の材料となしてごわす。ために少々、葱や生魚なんどという食品の臭いが氷に移るんではないかと、かのように茶葉をかけて、いわば臭い消しとしておるのでごわす」松前屋は長々と説明した。

「若旦那、あないにようけな氷、全部、食べてもたんだすか？」

突然、三次の声がした。部屋の隅から正三のところまでにじり寄って来ていたのだ。

「ははは、親方、ご心配にはおよびませぬわい。店の者たちも今、みな休んで今日は氷を菓子として過ごしてごわす。なかなか一度で皆のものを作れませぬので、何度か氷をかきもうしておる筈、親方の分も持たせましょう」

主も主の妻も笑いを隠せない様子だ。一息つくと、正三は先代の主の不審な死にもまだまだ聞きただしたいことはあったが、その前に時雨庵のことを確かめようとした。

「実は今日、時雨庵に行ってみたのですが、すっかりなくなってました。ご存じでしたか？」

「さいでごわす。あの庵は父上がたいそう寵愛してごわしたお勢様の保養と申すか、気晴らしのために随分、以前に作ったものでごわす。十年ほど前、ご存じかもしれませぬが、お勢様はこの店を出られることになり、そのまま空き家になっておったのごわす。これは少々長い話になりごわすが、構わぬでごわしょうか？」亭主は正三の顔を見つめた。

「お願いします。今日、お邪魔しましたのはそうした話をお聞かせいただければと思ってのことです」

「四カ月ほど前、あの庵で事件が起きたのは当然、ご承知のこととごわします。事件についてはこの店にもお役人が何度か来られ、どういう関わりか、貸しているのか売ったのか、などとしつこうに取り調べを受け申しごわした。わたくしさえその時、亡くなられた山崎右京様という方とは話したこともありませなんだ。その方と親しくしており申したのは父上ばかりでごわした」

「今年、急死された前の旦那様が清太郎殿と親しくされていた？」

「清太郎？　それはどなた？」

「失礼いたしました。それはお勢さんの御兄様の通名でございますが、わたしも実は一度も話した記憶もございません。お勢さんの兄者が謀反の疑いで江戸の評定所で取り調べをお受けになっているると聞かされただけで、それから間もなくお勢さんの一家は道頓堀を立ち去られたと知るばかりでございます」

「ああ、さようでごわすか。父が清太郎殿ですか右京様と親しくなり申したのは懐徳堂でのことのようでごわす。父はずいぶん前から懐徳堂に学んでおりましたが、ある時、たまたま、臨時で講義をなされた右京様をたいそう気に入り、それから幾度かはこの店の隠居所に招かれていたようでごわす。後で知ったことでごわすが、右京様は謀反のお疑いを掛けられ江戸にまで連行され、厳しいお取り調べをお受けになられたようでごわすが、謀反というのは誤解と御公儀も認められ、ご釈放になられたそうでごわす。しかし、世情を揺るがす恐れもあるとの疑いも受けられ、江戸から出ることは許されず何十年かを過ごされたそうでごわす」

「普通なら妻子を持たれてもおかしくないのにのう……学問一筋じゃったそうで」亭主の妻が口を出した。「ようやく江戸を離れることを許されなされたのは、十年ほど前のことじゃったとお聞きしております」

「けどのう、ご本人は京都に戻りたいとの意向でごわしたと聞き申してござりますが、それは危ういとの御公儀の意向で」

「何が危ういと？」正三がたずねる。

「さて、右京様がか、それとも、また何かの動きに巻き込まれなさるか、と……」

「それでずっと大坂におられたわけですか？」

「父上にもあまりはっきりとはお聞かせにならずにごわしたが、どうやら、与力か同心屋敷の空き家に住まわされておられたようでごわす」

「やはり町奉行様の看視にあったのですね」

「いつからか存じ寄りはごわせんが、懐徳堂にまでご講義にでられるようになるほどに大坂の学を志す者にはお名を知られるようになったのでごわしょう。この店の隠居所に来られるようになり、どれくらい経った頃かは存じ寄りごわせんが、ある時、この山崎右京という方はお勢様の真の兄上でごわすと父上は知りなされたようで、何とかこの近くに塾でも開く御許可が得られればと尽力なされたのでごわす。しかし、一年少々前のことと思いまするが、あの時雨庵、当時は名もないこの店の寮でごわしたが、そこなら開いてもよいとの御許可があり、右京様も父上も長い間の空き家を、それこそわたくしより真の親子のように、欣喜雀躍、共に塾にする支度をなされ、ようやくその態勢もなされたかと思う矢先、事件が起こったのでござる」

「なるほど、よく分かりもうしました。しかし、それならば御亭主殿は二人が心中をしたことは真とはお信じにはなれなかったのではないでしょうか？」

「まったくその通りで」亭主はいったん口を閉ざし、次の言葉を探しているように見えた。「けど、それ以外、たとえば殺生なされたなどと訴えたとて、証拠一つあるわけでなし、むしろ藪蛇になる恐れもごわしたな……不甲斐ないことで」

「それで時雨庵を焼き捨てるご決心をなされたわけで？」

「いやいや」と亭主はまた、厳しい声にもどった。「あれはひと月ほど前、難波村の御年寄や御役人が来られ、あのような縁起の悪い小屋は早々に処分せよ、当方で出来ないなら、わしらの方で処分すると、非常に厳しく申され、仕方なくお任せしたのでごわす」

「やはり、難波村年寄ですか……なら大坂御代官もご承知の上でござりましょうな」

「おそらく、さいでごわしょ」

「ところで先のご亭主、お父上様はいずこで亡くなられたのでございますか？」

「それがここからつい、目と鼻の先の路地で倒れておられたのでごわす」

「それはそれは……死因は不明、亡くなられた場所は明らか」

「わたしらとしてはもちっと詳しく医師に見てもらいたかったのでごわすが、それも許されず。やはり父上は何かに巻き込まれてごわしたのでしょうかな？」

松前屋の説明は的確ではあったが、何一つとして新たな筋立てを立てる縁にはならなかった。

古川を流していた川舟を見つけると三次と二人、道頓堀まで舟で引き返した。夕刻近くになると土用とはいえ、わずかに涼しい風が川面を流れている。三次は何か言いたそうだったが、正三はもう少し、検討は先に延ばすのが無難に思えて、ただ舟の流れに身をまかせて頭を冷やすだけにしておいた。三次もそれでも話すという不粋さはもはや身をひそめている。やはりもう二十代半ばの若者であるばかりでなく、本人は嫌がっているにしても「親方」と呼ばれても不相応ではない知恵を身に付けているようだと、正三は頼もしく思った。

家についてもまだ、道頓堀は暑い最中に賑わっている。夕刻から夜更けになるころの方が人出は多いかもしれない。正三の芝居茶屋和泉屋も賑わっている。厨房にいたお由は正三の顔を見ると、

「三ちゃんは一緒じゃないんだすか？」と不審げにたずねる。

「三次も一人前じゃ。そうそう遊んでばかりはおられぬそうじゃ。それはともかく、竹本座の秋芝居の看板が上がったようじゃが、売れ行きはどうじゃ？」

「うぅーん、まだわからぬが、今一つ、このままでは豊竹さんの二の舞のようじゃ」

「しかし、芝居前の祝儀だけ見るとなかなかの盛況になると思ったんじゃがのう」

「浄瑠璃狂言の贔屓の方々も竹本座だけは残したいんだっしゃろ。むりにも祝儀を掛け集めておられたんじゃろが、今、道頓堀の一は竹田芝居、二は浜芝居、三が中之芝居、四は角之芝居、五が竹本、残念じゃろけどこないなことではないかいな」

「半二さんは気が気でないじゃろな。近々見舞い、といえば縁起悪い、元気付けに行てみることにする」

「それは結構だすけど、盆芝居は折角、猶予してもらわはったのに、次の秋は決まっとりますか？　もうすぐだすえ」

「うん、何とかなる」

正三が考えているのは、塩屋長次郎だ。正三の昔の芝居『三十石夜船始（のはじまり）』の再現は無理にしても、あの時の元気を少しでも取り返したい。もちろん、竹田近江は口では古くからつづいた大西芝居をあっさりと潰してしまった久宝寺屋新左衛門をののしるが、舞台に新たな仕掛けを作るなど耳も貸さないだろう。ただ、本人がその気になるかは分からぬが、奇術はからくりと一体といえる。金儲けのことしか頭にない近江に奇術に関心を持たせるのが薬になるであろう、正三はそう考えている。塩野長次郎は元禄期に三都で評判になった奇術師で、「江戸堺町にて今度上方より罷り下りました塩売長次郎、根本はこれじゃこれじゃ、馬を呑みます牛を呑みますと、木戸で呼ばはれど、塩売長次郎とある芝居四、五軒もあれば、いずれが正直ならん」と何人かの奇術師が塩売長次郎と名のって見世物小屋を建て、覇を競った。馬を呑む、牛を呑む。他に座中たちまち水溢れ、深淵に溺れるごとくになる。葛籠（つづら）の中に子供を入れ、細引きで厳重に縛ってそのままにしておくと、その子が忽然と出入り口から現れたりもする。こうした古くから知られた奇術に何か一つでも付け加える気になってくれればと正三は考えている。外題は『大坂日記塩屋長次郎』余り工夫がないともいえるが、それより中身の奇術で見物をあっと言わせたいと考えている。これなら並木十輔とは違った芝居になる。

ひと月ほど前に始まった竹本座の『夏祭浪花鑑』はやはり不評であり、開く早々、閉めている。人形にしろ三味線、大夫も特に新しいものもない、目新しさのなさが逆に一気に伝わったのだろう。それにしても竹本座では二年前に二代目竹本政太夫が亡くなってからは「芝居段々不繁昌にて、新浄瑠璃、古浄瑠璃もあたりめ」のない状態ではあった。政太夫の跡をつぐような美声、高音の太夫も現れず、次第に魅力を失っていたことも事実であろう。それだけでなく人形遣いの名人で吉田冠子（かんし）という筆名で作者をつとめた吉田文三郎が宝暦九年（一七五九）に退座して以来、近松半二の力作にもかかわらず、今一つ覇気に乏しい。しかし、今は『関取千両幟』の看板も上がっている。まだ人形の作製や浄瑠璃の稽古に忙しいかもしれないが、お由の話を聞けば正三はますます半二を元気づけに行きたくなった。

竹本座の裏口からのぞくと、半二は今日は島の内の借家で仕事をしていると教えられた。まだ完成していないか月下推敲する様子が目に浮かぶ。半二は酒好きでほとんど手から徳利を離さないが、酒に溺れているのは見かけだけだ。その実、醒めた目で人も見ているし、何よりも書いている正本を見ている。半二はこのところ、島の内とは言いながら、みずからの借家ではなく、置屋の二階をいわば下宿にしている。戎橋から北に行くと島の内でも一番賑やかな町が並んでいる。大きな料亭もあれば置屋はもちろん傾城屋も茶屋もある。「其よし芦は難波津に、今を春べと盛んなる、松・梅の全盛は、新町に色香をあらはし、白人芸子の今様めけるは、南北に風情をたたかはす。ねたみ曽根崎・島の内、恋の坂町登り詰め、隠せど出るいろは茶屋、ちりぬる客をつり寄せる」（平賀源内『風流志道軒』宝暦十三年）と描かれるそのままに夜といわず昼といわず、正装した女たちが駕篭にのり、三味線箱を持つ男衆（おとこし）を従え、行き交っては挨拶し、悪態をつく、そうした街並みが広がっている。半二が一間を借りているのはそうした置屋の二階である。

正三はさいわいにも今まで何度か訪れている。店の前にいる男も女も客と間違えることはない。

「半二さん、こちらですか？」

「へぇ、難しい顔してはりまっせ」

どうやら新狂言を作り出す苦吟の最中のようだ。二階の殆どは女たちが客を迎える小部屋になっているが、突き当りの暗い端部屋を半二は占領している。そこから義太夫節にのせた一節が小さな声で聞こえてくる。このまま帰るべきか正三は迷い、しばらく部屋の前で立っていた。まもなく節の途中で語り声がとまり、苦渋の呻きが聞こえたので声をかけた。

「おお、正さんか、入ってくれ」

いつものように自らで迎えるわけでもなく、入るのを待っている。

「おっ、今日は土産付か」目ざとく正三が手にした徳利を目にした。

「まだ暑いにとは思いましたが」

「暑かろうが寒かろうが、わしの主食じゃわい」

「もう小屋で仕上げにかかっておられると思いました」

「面目ないがまた、手直しじゃ。もうずいぶん前から温めていたわりに、どうもうまく行かん。やはりわしは無能じゃ」

「何をおしゃいますやら、昨年の『本朝二十四孝』なんぞは大傑作ではありませんか」

「まあ、もう少し手を入れれば何とかなるかもしれんがな。おぬしの方はどないじゃ？　未だ看板も上がらぬが」

「申し訳ありませぬが、七月はゆっくりせよとのお許しを頂いており、ぼちぼち秋芝居にとりかかろうかと」

「やはり、そうなんじゃ」

「やはりとは？」

「竹田で大当りの『宿無団七』はおぬしの作じゃな。近江はおぬしばかり可愛がっとる。わしにはいつも出ていけよばりばかりじゃがの」

「そんな」

「それで、やはり相撲狂言にするのか？」

「九月になって相撲狂言も悪くはないでしょうが、もうすぐ難波で勧進相撲も始まりますし、ちと出遅れました。はははははは」

「そうじゃの、わしも出来れば勧進相撲の初日に合わせてと思っておったのじゃが、千秋楽に間に合うかどうかも怪しゅうなってきたわ。相撲取りはともかく、女人の心底はどうも難しい……」

半二が師と仰ぐ近松門左衛門の作品に出てくる女性は『曽根崎心中』のお初といい、『冥途の飛脚』の梅川といい決して男に付き従うだけの女ではなく、自らの考えを持ち、ときには男を護るべく男を動かす女性として描かれ、それが作品に深みを与えている。半二の意識にも当然そのことがあるのであろう。呻くように「書けば書き過ぎるように思え、思い入れにまかせれば言葉足らずになり……」と呟く。

半二が苦吟しているのは『関取千両幟』として明和四年八月に初演される相撲狂言である。当時大坂で人気のあった力士、稲川と千田川をモデルにしたもので、贔屓の若旦那が遊女錦木を身請けしようとしていたその金を騙し取られたのを見た力士岩川は相撲にわざと負けることで金を作ろうと考えるが、思い悩む姿を見て事情を察した女房が自ら身売りをし、その金を用意する。相撲場の場面であわやという時「進上二百両、稲川贔屓様より」と声が掛かり、稲川は勝利する。岩川の女房が亭主の髪を梳きながら鏡に映る亭主の表情でその心中の葛藤を知るくだりが評判になった。

「半二さんのことです。きっとよい作品に仕上がりますよ」正三は思わず通り一遍の慰めの言葉をかけてしまい、慌てて言葉を継いだ。「なにせ、外題が素晴らしい。千両幟です。それに関取とつければ、誰しも猪名川、千田川を思い浮かべます。二人の人気も実力も二年前に比べ、衰えるどころか、これから小結、関脇となるのは目に見えています。『千両幟』も舞台が開かれれば、一気に見物も集まり」

「正さん、も、それぐらいにしてくれ。これ以上言われると、逆に慰み者になっているようで」

「申し訳ない」

半二はまた徳利から一口、酒を飲み干した。

「これはまた、いらんお世話じゃが、酒はひと休みして、外に食べに行きませんか？　まだ夕飯には少し早いが、何、酒はなくともゆっくり出来る店もありますす」

正三が連れて行ったのは川肴料亭だった。まだ夕暮れには早く暑さの名残はあったが、店には大川（淀川）からの涼しい風が吹き込んでいる。

「川肴か、何があるのじゃ？」

「珍しい魚があります」そう言うと、正三は仲居に注文した。「例の魚を、それに適当に見繕って何か突き出しを」

「例の魚？　これが例の魚の匂いか？」

まもなく仲居が二人の前に大平に載せられた焼き魚と酢の物の小椀を持ってきた。

「ようご存じでしょうが、鰻です」

この時代の少し前、出雲の中海で突如として鰻が大発生した。出雲では鰻取りに沸いたが、いざ店に出すとなると出雲だけではさばききれない。そこで商人の一人が大坂まで運ぶことを思い付き、藩に申し出て承諾を受けた。天秤棒に担ぎ、一里ごとに清流に入れて殺さないようにして中国山地を越え、岡山に出てそこから大坂へ船で運んだという。およそ四日かかったらしい。

江戸では蒲焼が珍しいながらも現れてきており、鰻を背から切り開いて骨を抜く方法が取られ始めたが、大坂風の腹から開く方法もまだ一般的ではなく、昔ながらのぶつ切り、即ち蒲の穂の形の鰻のぶつ切りを塩焼きにするか、味噌をつけて食べる方法が一般的だった。この鰻屋では新たな蒲焼風に開いた鰻が出された。

「ほお、これが鰻か、これは初めてじゃ」

「御気に入れれば、なんぼでも注文ください」

半二は珍しく気に入ったようで、隣の席の男たちが酒を飲むのを羨まし気に見ているが、酒は今日はやめておく決意を固めている。食べ終えるとようやく日も暮れかけている。東の生駒山に十八日の月が頭をのぞかせている。日は海に沈んではいるが空は赤赤と夕焼けている、月は東に日は西にある。大川には多数の茶舟や上荷舟にまじって、帆をあげた川舟も行き来する。中の島周辺の蔵屋敷ではまだ荷揚げの最中であり、川面を照らす篝火が早くももくもくと煙を立てている。

「久しゅう父には会うておりませんので、たまには御機嫌伺いに参ろうと思います。どうです、お付き合い願えませんか?」

正三は父なら自分よりもっと上手に半二を慰められるのではないかと思っている。半二も特に反対する気はないのか、承諾したので二人は難波橋をわたり堺筋を南に下って行った。途中、八百屋では西瓜を売っていたため、正三は一個、買い求め、父への土産とする。

堺筋から芝居裏の狭い通りを抜け、吉左衛門町の父が一人で住む家に行くと、

「正三、担いでる西瓜を切ってここへ来い」と父正朔の声が頭の上から聞こえて来た。

正三と半二は天を見上げた。正朔が二階屋根の上でどうも酒を飲んでいる様子だ。空はすっかり暗くなり、月の明かりと星の明かりが輝き、料理茶屋や傾城屋の灯りに照らされている。

「父上、そないなとこ、危ない。落ちたら死にます」

「あはは、いい景色じゃぞ。ごちゃごちゃいわんと、早く西瓜持ってきてくれ」

人影がもうひとつある。どうやら女のようだ。正朔が酒を飲むのも珍しいが、女がこの家に上がり込むのを目にするのも初めてだ。

「おい、正さん、あないなとこへ上がるのか？」

「少々、危ういが、あないな年寄でも出来るんじゃから、さして難事ではありますまい。それとも半二さん」

「いやいや、わしも上る。上るぞ」半二は自分を元気づけるように言う。

西瓜も全部では四人に多い。半分に切り、その半分を四分の一にして、平桶に入れた。残りは桶にいれて水で冷やしておく。井戸水は冷たい。この辺りの水は決して名水ではないが、何とか飲むこともできるし、冷たさに関しては問題ない。

「どこから上がるのじゃ？」半二はなおも不安を隠しきれない。

「おそらく二階の干し物台から梯子でもかけておるのじゃ」

その通りだった。梯子を上がると正朔が待っていたように切った西瓜の入っている桶を受け取った。人影はやはり女だ。それもかなり若そうに見える。

「父上、こないなとこで何のぞいておられる？」

「向かいの茶屋にいいネタでもあると思うのか？」

「では何か？」

「もっと向こうじゃ」

吉左衛門町裏は二年前まではこの南は元堺町、元京橋町、元相生町の三町からなり難波新地と呼ばれていた。明和二年に難波新地の新たな開拓が認められ、東から元伏見坂町は難波新地一丁目、元堺町など三町は難波新地二丁目、その西の新地は難波新地三丁目と呼ばれている。その西に新地繁昌のため相撲場も許可され八月に勧進相撲が興行され、五月の堀江新地の相撲と大坂では年二回の勧進相撲が催された。この明和四年もやはり年二回の興行が堀江と難波で行われる。

「ははぁ、もうすぐ初日ですね」

「それはともかく、おぬしの同行者はどうしたのじゃ、一向に上がって来ぬではないか」

「先ほどまでは後におったのですが……」

「ははは、あの梯子にへばりついているのは三次かな？」

「いえ、半二殿で、浄瑠璃の」

「これはおみそれした、半二殿が一緒だったとは。助けてやらんか」

半二は正三に手をとられ、ようやく屋根の上にあがってきた。

「どうやら、近松家は高所が苦手らしい」

「はっぁ？　門左衛門をご存じで？」

「あ、いやいや、直接伺うた話ではない。昔、あの近松殿が京にお住まいの時分、大文字焼を見物に四条河原を歩いていた。と、頭の上から信盛、信盛と声がする」

「信盛？　どなたですか？」正朔の側にいた若い芸妓が初めて口を開いた。

「近松門左衛門殿の名じゃ、杉森信盛といわれる。ふと上を見上げると、芝居小屋の屋根の上で坂田藤十郎が盃を片手に大文字見物をしておるではないか。ここは絶景じゃぞ、上がってこい、とさかんに言われるが近松殿はそないな危ういとこやめとけ、やめとけ、というばかりでとうとう川向うの茶屋から見物をしたという話じゃ」

「父上、それはまことですか？」

「さてのう、おそらく、まことであろう。半二殿、おぬしは近松殿の子じゃ、まちがいない。けど、あまりに安々としかしておらぬと、今に否でも応でも、屋根の上に上らねばならぬ時、往生することになる」正朔はぴたりと言い辞めた。「いやいや、何も作者のおぬしのことを責めておるわけでない。たとえ話じゃ、たとえ話じゃ」

「父上はもう七十ですぞ、危ういことからはそろそろ身を引いて下さらねば、お由が今夜のことを知れば、また、叱られますぞ」

「そうじゃ、お由に叱られるわい。けど、これ見てみぃ。わしはまだまだやれる、危うい事ものう」

　そういうと正朔は立ち上がり、そのまま二、三回飛び跳ねた。これにはみな、肝を冷やすばかりだ。

「それはそうと、父上は近頃は若い芸妓と屋根の上で夕涼みが習いというわけですか？」

「いやいや、今日が初めてじゃ。今日は相撲場の土俵開きがあってのう、その後で付き合いをして、二人で屋根、登ろってわけじゃ」

　すっかり暗くなっているにもかかわらず、月明りや難波新地の灯りでぼんやりながら、土俵やそれを取り巻く関取の幟が見える。武蔵嶽、錣山（しころやま）、友綱、音羽山、こうした三役にならんで猪名川と千田川の幟も数多く立てられている。

「それはともかく、ここで酒盛してるとよい考えが浮かんだぞ。正三のあの井戸釣瓶をこの屋根まで高くするのじゃ、そうすれば屋根の上まで、色んな料理を運んでこれる。西瓜とて半二殿がおそるおそる持ってくる必要もない」

「そうですね、それはいい考えかもしれませんが、今から手直しはまた数年かかります」

「そうか、もっとちゃちゃと出来んかのう。なら、そなたが料理茶屋を始めれば屋根の上まで井戸釣瓶を持ち上げて、その屋根に物干し台を作ればどうじゃ。そこなら、料理を食べながら、夕涼みもできる。これなら客受けもする」

「土俵も見えるというわけですか」

「それでは只見じゃ、土俵に賭けとるわしは破産するわい。ははは」正朔はまんざらでもなさそうに笑い声をあげた。すると突然声が聞こえた。

「正さん、うまく行くかどうか分からぬが、もう一度、やってみる」

半二はそう言いながら、持ってきた西瓜に顔を埋め、食べながら笑った。

十二　波乱の秋芝居

その頃、正三はようやく秋芝居の素材を決めることができた。急いで座本の嵐雛助を作者部屋に呼ぼうと思い、角之芝居の下働きの子供に呼び状を渡すと、思いもかけず雛助の父嵐小六がやってきた。

「これは吉田屋の親方、どうも行き違いがありましたか？」

「いやいや、そじゃない。が、今日はちとおぬしに言ておかなならんことがある」

「わざわざお越しいただくとは……」今までにないことで正三は首を捻った。

「おぬしとは八重蔵との一件以来、わだかまりがあったが、その八重蔵も二年前に急死した。おぬしももうすっかり諦めたであろう」

正三は伊勢興行の最中に急死した四代目嵐三右衛門に中村八重蔵の面倒を見てくれるよう頼ま

れた。三右衛門の兄弟子小六もその依頼を聞いていたのであったが、三右衛門の名跡が八重蔵に行くのを恐れたのか、小六は遺言を無視していた。それを知った正三は自ら中村八重蔵を引き取り面倒を見るとともに、四代目嵐三右衛門の前名である嵐松之丞の二代目を名乗らせることを小六に承諾させた。そのことが二人の間にわだかまりを生み、ずっと尾を引いていたが、八重蔵は急死し、正三は憔悴して京都から帰坂した。二年前の七月のことだ。

「いや、それについては誤解もあるようですが」

「ま、そのことも関係なくはないが」と小六は一息ついて続ける。「わしも来年は還暦じゃ。杉鳥などと柄にものう俳名は持ってはおるが、一句たりと浮かばぬ無粋者じゃ。子供の時から小六一筋でもう五十年にもなるかのう。世間ならとうに隠居してもおかしくない年になっても、未だ若づくりし、娘役もこなしておる。いやいや、もっと年でも娘役を見事にこなす女形は今までもいくらもいたし、これからも生まれるであろう。けど、わしはそないな一途さに欠けるのかのう、いずれは立役をと願っておった」

そう言いさして、小六は作者部屋の窓から道頓堀裏の景色を眺めた。初秋の終わりとはいえまだ夏の光が元伏見町から千日の刑場や墓場をこえた田畑を眩しく照らしている。とはいえ時折、涼しい風が黄色くなりかけた稲穂を揺らす。

「どうも体の調子がこのところ悪い」

「え、御不調なのですか?」

「秋は休ませてもらう」小六ははっきりと秋狂言の休場を告げた。

「それは養生が第一ですから仕方ありません。まだ、素材を決めたばかりですから、何とでもなりますが、それから先は？」

「まだわからんが、秋狂言はどないなものかいのう？」

「外題は『大坂日記塩の長次郎』といたそうと」

「『大坂日記塩の長次郎』でっか。なんやもう一つ見物を引き付けるような外題ちゃいまんな。おまさんがいいと言うなら、間違いないじゃろが。まあ塩野長次郎といえば奇術師、何かおもろいネタがあるんでっしゃろな」

「趣向はいろいろ考えておるところです。もう少しすれば寄初（役者全員が顔を合わせること）にいたします」

「それは雛助と話してくれ。それはそれとして、あとどれくらいやれるかは分からんが、おぬしに承諾してもらいたいことがある」と小六は正三を見据えた。「五代目の襲名のことじゃ。わしが適任じゃとは思わぬが、死ぬ前に五代目三右衛門を名乗りたい」

「死ぬる前にとは」正三は絶句した。しかし、小六の表情には外連味もなく、むしろ穏やかに見える。

「わかりました。わたしに言い分はありません」

「ありがたい。雛助をよろしゅうにな」

小六は弟子も連れずに一人でやってきたそのままの足で島の内の借家に戻って行った。

小六にはもうすぐ寄初が出来るように言ったものの、角之芝居に力を入れる気になかなかなれずにいた。中之芝居では盆狂言『三ケ津神事評判』が七月十六日に始まっている。

正三は中之芝居に立ち寄り、いつもの楽屋裏見物をした後、並木十輔に励ましの言葉をかけた。意外にも客の入りはよくない。役者も揃い筋立ても悪くない。ただ、このところ相撲狂言がつづいている。十日ほど先の竹本座、『関取千両幟』は外題だけで相撲狂言と分かる。

「なかなか、師匠のようにはいきません」

「今年の道頓堀はわしが建て直そうと思っていたが、そなたたちの働きは見事なものじゃ。感服しておるわい」

「そう言っていただけると力の入れ甲斐がございます」

「うん、近年のそなたは世情の世知もごく自然に取り入れている。幕開きの小松塚での乳母殺しを見つけて百姓たちがわいわいと騒ぐ様子もきわめて自然に入っていて、その後の進行を待ち遠しく感じるほどじゃ」

「そのように褒められると気恥しいものです。しかし」

十輔は言いよどんだ。見物の入りが今一つなのを気にしている。

「見物なんぞ気にするな」

「いえ、それもありますが……」

そうだ。十輔が気にしているのは見物よりも芝居主の竹田近江なのだ。

「近江か？」

「えぇ」

正三とて近江を無視しろとは言えない。物思いに沈みながら中之芝居の楽屋口を出ると、すぐに父正朔の住まいがある。正朔は留守のようだ。今日は難波勧進相撲の初日なのだ。正朔は土俵や相撲茶屋の世話で大忙しのはずだ。相撲の触れ太鼓は一日中、道頓堀一体に流れている。難波新地二丁目にも千田川の幟があちこちに立てられ、相撲の取組がはやくも木の壁に貼られている。

それはそうとして、半二も交えて屋根に上がるなんぞ思いもよらないことだった。

「そうだ」思わず独り言が口に出た。不意に今度の秋狂言の大筋が浮かんだ。『霧太郎天狗酒盛』、あれで行こう。そう思いつくと矢も楯もたまらぬように泉庄に急いだ。

「正さん、血相変えてどないしたんだす？」

「お由、二、三日籠るさかい、誰も入れんでくれ」

「わかりました。頑張っておくれやす」

宝暦十一年（一七六一）に正三の『霧太郎天狗酒盛』が初演されたときは、様々な大仕掛けで見物を圧倒したものだ。しかし、正三の一番描きたかったものといえば、謀反の思想に忠実な霧太郎によるこの世の恣意性と独りよがりの善意、いや悪意を隠蔽している善意の虚偽性を暴くことだ。その霧太郎を主とする喜之平は小さきこの世から勇躍、一挙に天狗となり、霧太郎の手下として東奔西走する。しかし、以前の主、鎌倉小太郎に再会した喜之平は小さきものの正当性をも愛されずにいられない。子もなさず一代の悪行こそ世界を救うという、いわば革命家の精神性を持つ霧太郎と、子や孫の顔を見て老後を送るささやかな幸福を大切にしようとする小太郎との間で揺れ動く喜之平の心はついに霧太郎から得た妖術のすべてを捨てて、霧太郎の祝福を受けこの世にもどってくる。この大宇宙と小宇宙の均衡がいかに保たれるかには喜之平にも確信はない。いずれ両者は大合戦を行い、一方が徹底的に破滅するかもしれない。しかし、それでもなお霧太郎は、この世は再び謀反の正当性を生み出し、善意の虚偽性と戦う日が来ることになると確信している。

今度の『大坂日記塩の長次郎』にそこまでの思想性はない。壮大な大宇宙と小宇宙の対決ではなく、日々の生活の生きにくさとそうした人々を搾取する貪欲者の小さな自己弁護だけだ。それだけにこの日常世界を笑い、泣き、怒り、やさしさと意地悪さで生きている人々の揺れ動く心を細心に描けるのではないかと正三は考えている。『霧太郎』の大時代的狂言に比べれば、『大坂日記』は世話物が筋立ての底にある。もちろんただの世話物ではなく、お家騒動のからんだお家物といえるが、霧太郎の壮大な謀反に比べれば、卑しい個人の卑賤な欲望にすぎない。しかし、現実にはこうした卑賤な個人の欲望によって物語が紡ぎ出されている。

正三は夕焼けが窓の外を赤く染めだしたにも拘わらず、そうしたことを漠然と考え、仕組に掛かり始めた。従来の正三の方法は筋立てを最初に立てるよりも、仕掛けや趣向の積み重ねを大事にする。けれど今回は筋立てをしっかりさせて描きたいと思った。五段形式で第一段「梅田墓ハ恋と無常、剣術指南の段」、第二段「淀屋橋義理と情け牢人帰参の段」、第三段「曲輪の門ハ敵と一家恩愛の判じ物の段」、第四段「塩屋の升ハ我が子と人の子と飯綱発起の段」、第五段「瑞見山(ずいけんやま)ハ刀と捕縄の術、不思議の段」とした。二番目作者の為川宗輔には曲輪の段や捕り物の段、あるいは播州飾磨家のお家騒動の話を下書きさせようとまで決めている。五段の経糸にお家騒動や飯綱の術という横糸を織りこんでいこう、とまで決めると、さっそく役者の検討に入る。どのような話だとて役者の力量や独自の思い付き、台詞がなければ生き生きした舞台が出来ないのは経験済みだ。おおよその役割分担も急いでした。

▲立役　塩野長次郎：藤川八蔵、里見丈介：市の川彦四郎、奴伝介：中山来助、

▲実悪　飯綱の良介：中山新九郎、

▲敵役　宍喰屋権九郎：嵐七五郎、塩売長兵衛：市の川彦四郎、渡辺丈太夫：桐の谷権十郎、川上左平太：笠屋又蔵、島田権蔵：山下新五郎、

▲道外　年寄太郎市：大松百助、

▲花車　宍喰屋お熊：吾妻蔵右衛門、

▲若女形　傾城逢夜：座本嵐雛助、お袖：嵐三勝、長次郎女房お沢：芳沢あやめ

この中で芳沢あやめが女形巻軸極上々吉、中山新九郎が実悪の部極上々吉と高評価を得ているくらいで後は若手中心の座組である。座本嵐雛助の父小六の欠場はやはり痛いかもしれない、と正三はふと不安にならないでもない。座組だけをとれば立役極上々吉の中村吉右衛門、同じく上々吉の三桝大五郎、実悪上々吉の中村歌右衛門、若女形極上々吉の中村富三郎を抱える中之芝居と較べてもさして見劣りはしない。しかし、気の置けない役者といえば中山新九郎、来助父子、嵐三勝ぐらいで、過去に同座した経験も少ない役者が大半を占めている。

「三勝って小伊三のことでっしゃろ?」お由が顔を出した。

「もう去年から一緒にしておるではないか」

「さいですけど、あの人、もううちのこと忘れてはるようじゃ。挨拶一つせんわい。八重さんが生きておったらな、あん人のこと、さのみ気ぃにならんのじゃが」

「それはともかく、なかなかいい役者になったじゃろ」

「評判はいいようだすな。若い娘さんにまた、贔屓がついとるようだす。お松ちゃんみたいにならんかったらいいに」

お松というのは十年ほど前、正三が京都から連れて来た中村八重蔵とは京都以来の知人で、大坂ですっかり意気投合し、この泉庄のお茶子でありながら、店の手伝いもしてくれる気のいい娘だった。お松はまだ売れない八重蔵と小伊佐の二人を連れて、自慢げに遊んでいたものだ。泉庄のお由も、まだ健在だった正三の母お絹も、八重蔵がお気に入りだった。お松も八重蔵を好きになったように思えたが、どうやら小伊三と馴染みになったらしく、三人でお松の故郷に海遊びに行くといったきり、お松は戻って来ず、二人の話ではどうやら京都で小さな店の売り子をしているようだった。まもなく小伊三は一人、江戸に出て、二年後、京都に帰って来た時には嵐三勝という名を名乗っていた。それから二年後、八重蔵の突然の死に、正三の嘆きはひと通りでなく、京都から大坂に憔悴してもどってきたのだ。その時、三勝もまた付き添っており、お由としても知らないわけはなかったが、なぜか旧交を温めるという気にはなれず、道頓堀の若女形の一人としか思えなかった。その三勝ももう二十七歳になっている。時折、中村富十郎に生き写しなどと褒められることはあるが、未だ人気役者というには程遠いものがある。

「三勝も少々、お由に気まずいのかもしれんな。しかし、どちらかというと朗らかな男じゃ。ぼちぼち落ち着いてもよい頃ではあるまいか、あいつは女形とはいえ、若い娘の方が好みのようじゃ。早くどこぞの役者か茶屋の娘と所帯を持つべきかもしれんな」

正三はお由との雑談を早々に切り上げて仕組にかかった。第一幕は寺の墓地の前で始まる。漆喰屋の主の葬式に向けて棺桶が担ぎ込まれる。しかし、棺桶に入っているのは漆喰屋主ではない。主はひと月まえに死んだのだが、内裏から町々の葬礼を待つようにとのことで、かといって死体を放っておくわけにもいかず、寺で密かに茶毘（だび）を行い、三七日（みなのか）に正式に葬式を行うことにしたのだ。棺桶の中には戒名が入れてある。

「よしよし、これなら発端として文句はあるまい」正三は満足した。「しかし、これだけでは面白さもすぐ消える。やはり主の戒名だけではなく、別人が入っていることにしよう。滑稽場まではわしが書きたい」

第一幕の二場は刀の名人、丈太夫の屋敷、長次郎と権蔵の二人の相弟子（兄弟弟子）の間で腕前を競い、勝った方が丈太夫の娘を妻として丈太夫を継ぐことにした。そして長次郎は権蔵にさんざん打ちのめされる。三場は長次郎の父、長兵衛の塩屋の場。長次郎は侍になることをあきらめ塩屋を継ぐという。しかし、それは本音ではない。武芸の力があれば一国一城の主となれるものをと嘆く。ここに飯綱の良介あらわれ、さまざまな不思議を長次郎に見せ、飯綱の術をさずける。

「うぅん、霧太郎は謀反に与するため天狗の術を授けられ、仲間になったわけじゃが……飯綱の良介が長次郎に術をさずける理由は？　二つの世界の争いというのは時代物にふさわしいが今は秋狂言の世話物としたい。ここは難しいが、やりぬかねばならん」

第二幕は渡辺丈太夫の跡取りをめぐる騒動。その幕尻に代官所役人に化けて漆喰屋をものにしようとする長次郎が現れる。見破られた長次郎はさまざまな術を用いてその場を逃れる。「この術の場はわしがもう少し考えてからじゃ」

こうして正三はいくつかの重要な場を練り上げる前にとりあえず第五幕までの筋書を完成させ

ると、早速、角之芝居の作者部屋で座本の嵐雛助や芝居主の竹田近江に見せた。

「これで結構だと思います」雛助はいつものようにあっさりした表情でまず同意した。

「うぅん、塩の長次郎か……」近江には納得がいかない。「なんで今頃？　誰も覚えておらんのではないか？」

「そんなことはありません。今でも祭や御開帳の時には奇術は大流行りではありませんか。たとえ塩の長次郎という名を知らずとも、幻術の話と知れば、見物は集まるでしょう」正三に代わって雛助が加勢してくれた。

「うまくやれるのか？」近江は大きな目をさらにぎぬろとさせ雛助を睨んだ。

雛助ももう二十六歳になる。昔のようににこにこして我を通さぬ子供ではない、と正三は頼もしい思いで見ていた。

「二人がそう言うなら、しゃあない。けど失敗したら座本の責任ぞ」なぜか雛助だけを近江は目の仇にしているようだ。そしてついでのように、「そうそう、師匠、あの市山富三郎のことじゃが、あれはやはり京には連れてゆかぬぞ」

「富三郎はまた何か？」

「たわいもない話じゃが、子供相手に何か企んでいる節がある」

「まさか、さような悪辣な男ではありますまい」

近江の口からこのような言葉を聞くとは、と正三は噴き出したくなった。何かを企んでいる者がいるとすれば、それは近江である。けれど今、ここで顔に出すことも、ましてや口にすることなどは憚られる。もう少し先だ、その先に何かがある。そうは思ったものの、富三郎を思い粘ってみた。

「もう一度、機会を与えられぬでしょうか？」

「いや、もうだめじゃ。京に連れて行く座員はほぼ決めた」

正三にはこれ以上、富三郎を守ることはできない。承知せざるを得なかった。

二人の承諾を得ると早速、作者の為川宗輔を呼び、座本や芝居主に見せたもののほか、大筋と一部の台詞の下書きの写しを与え、必要なところを仕組むように言った。ほとんどはお家騒動や男女のもつれの場面だ。

「この長次郎というのはどのような術を使うのですか？」宗輔は首を捻った。

「知らぬのか？　塩の長次郎というのは呑馬術を使ってたいそうな人気だった」

「まさか舞台に馬を持ち込むのでは？」

「当たり前じゃ、しかしそれに類したことが出来ぬか、見世物小屋の術師にも確かめる」

「では、そうしたところは師匠におまかせできるのですね」宗輔はほっとした様子だった。

正本が完成し、役者ごとの台詞の抜き書きをして、役者一同で本を読んだのは八月に入ってまもない三日のことだ。どんなに早く舞台の準備や役者が台詞の練習を積んでも、初日を迎えられるのは八月末になるだろうと、初日を八月二十八日に決め、紋番付にも明記した。その本読みの時のことだ。

「八蔵、煙管の煙草に火をつけるため、火打石を出して火を打つこなしある。桟敷の上より大きなる日の丸出る。また橋掛かりより二十三夜の月出る。『さりとては思うように火の出ぬ火打である』と思わず日の丸見て思案し、眼鏡を出して日の光をあつめる。『叶わぬことを猿猴が月（猿が水に映った月を捉まえようとして溺れたという故事）とはいえど、日輪の火を手にとるも、この眼鏡』武芸の力があれば、一国一城の主となれるものをと嘆く。飯綱の良介あらわれ、手にした水晶の数珠を月にかざすと水がしたたり、荷桶の水にたまる。『この水晶の徳、今宵は二十三夜、残る月わずかといえども、眼前、水火をたちまち手に取るは、わずかこの水晶の徳』さまざまな不思議を長次郎に見せ、飯綱の術をさずける」

「八蔵、『ああ、かつて思い返せば、わしは皆々に心開き、いやになるほど酒も飲み、周りに気をつかいながら生きて来た。じゃがこの日、思いもかけず、素晴らしき術が授けられ、もはや規律じゃ、節操じゃなどということには背をそむけることが出来る。悲惨な日々よ、憎しみよ、今、わしの魔術が挑戦するのはおぬしらじゃ。人らしい希望はみなわしの中から消え失せた。いかな甘い喜びも、そいつを絞め殺すためにわしは残忍なる獣のごとく激しくひとっ飛びする』」

　その時、八蔵が我慢の限界を超えたかのように大声を出した。

「師匠、この台詞をわたしが言わねばならぬのですか？　このような台詞は今まで話したことも聞いたこともありません。すぐに変えるようお願いします」

藤川八蔵はこの年、三十八歳。この芝居も実父、藤川平九郎の七回忌を銘打っており、座本は嵐雛助とはいえ、失敗は許されぬという強い気持ちもある。それにしても立作者が書いた台詞を正面切って批判し、撤回せよとまで言うとは、一同、唖然とした。

八蔵は父にならい敵役として現れたが、大柄で色白く、顔は苦み走って評判も次第に上がっている。二十九歳の年には立役となり大角前髪の朝比奈となり俣野との相撲場で喝采を受けた。二年後、父平九郎が死んだためその代役として『夏祭』に団七九郎兵衛を演じ、さらに二年後の宝暦十三年（一七六三）、『双蝶々曲輪日記』に放駒長吉を演じ、中山文七の濡髪長五郎との出合いに大当りをとった。これより文七と並び称せられるようになったが、その後はこれといった当たりもなく、次第に焦りを感じ始めていたのだろう。この芝居に賭ける意欲が人並みでないこともうなずける。

「八蔵さん、正本というものは作者の手になるもの、芝居はその正本を基に作られますが、正本そのままばかりではないのではないですか。舞台では役者の口跡、感情移入の程度、さまざまに変化するのは当たり前、時には正本にない台詞を入れることもいくらもございましょう。何もさように一蹴されることはありますまい」

何も言わない正三に代わって、またも雛助が助け舟を出した。

「なら、どう変えてもよいんじゃな、お師匠殿？」

八蔵は同年の正三に対し敵愾心も露わにますます挑戦的になっている。正三はもう口をはさむ気もなく黙ってうなずいた。

翌日は竹本座の初日であり、午後になってのぞいてみた。『関取千両幟』は午後から上演される。あれほど前人気が高かったはずなのに、初日でさえ空席が目立つ。半二もさすが心配そうに芝居が終わると、正三に話しかけて来た。

「どうもいかん、色々と工夫してみたが、この始末じゃ。工夫すればするほど悪うなる」

「うぅん、このお作で入らないとなると、わたしにも見当がつきません。岩川と女房『おとは』の髪梳（かみすき）の場などは、相撲狂言にこれほど見事に取り入れられることはもうないと思います」

『千両幟』の髪梳の場は、岩川の主君の愛人を身請けのための二百両を捻出するため、仇敵、鉄ケ嶽に八百長相撲を持ちかけられた岩川が承知したことを知った「おとは」がみずから二百両で身を売る決意をする場である。

「いやいや、あれはそなたの『浪花曙血食鳥（なにわのあけぼのちくいどり）』の書き替えにすぎぬ」

「あのように古いものを……それに相撲狂言に髪梳を入れたと申しても、まったく動機も異なり、決して半二殿にお誉めいただくようなものではございません」

「古い」というのは宝暦三年（一七五三）のことでもう十五年になる。

「わしはこれで近江に道頓堀から追い出されるであろう」

「そんな、半二さんがいなくなるということは、道頓堀から浄瑠璃が消えることではないですか」

「まさにそれが近江の狙いじゃろ」

正三にはもはや慰めの言葉も出ない。確かに豊竹座はもはや中芝居をやるしかないであろうし、竹本座とて、その跡を追うのではないかという心配は半二から少し前に聞かされている。それにしてもそんなに簡単に道頓堀から浄瑠璃が消えるとは考えてもいない。

「なるほど、近江殿の狙いですか……」

近江の企みとは何だろうかと正三は改めて考えようとした。しかし、今は確かな答えはない。まさか人を殺してまで何かをしようとするほど近江も悪人ではないだろうと思うしかない。

竹本座はようやく十日を持ちこたえ、早々と幕を閉じた。中之芝居も一時の勢いはない。角之芝居ではまもなく惣稽古が行われた。これは幕開けから幕じまいまですべての役者が揃い、台詞をつけての稽古である。ただし、衣装はつけず普段着のままであり、身振りや所作も行わない。今回の場合、初日が迫っていたため、惣稽古も一日限りの予定だった。これには惣役者だけでなく当然ながら作者も中通惣部屋と呼ばれるいわゆる大部屋役者である中通りの広い部屋に出席する。

稽古は淡々と進んでいった。第一幕終わり頃、正三の付けた台詞を八蔵が変えてくれと要求した場のことだ。

「八蔵、煙管の煙草に火をつけるため、火打石を出して火を打つこなしある。桟敷の上より大きなる日の丸出る。また橋掛かりより二十三夜の月出る」決まり通り正三がト書きを読む。そして八蔵の台詞が始まる。

「さりとては思うように火の出ぬ火打ちである」

「と思わず日の丸見て思案し、眼鏡を出して日の光をあつめる」ト書きである。

「叶わぬことを猿猴が月とはいえど、日輪の火を手にとるも、この眼鏡。武芸の力があれば、一国一城の主となれるものを」

「と嘆く。飯綱の良介あらわれ、手にした水晶の数珠を月にかざすと水がしたたり、荷桶の水にたまる」これもト書きである。次に飯綱の良介の台詞となる。

「この水晶の徳、今宵は二十三夜、残る月わずか」と飯綱の良介役の中山新九郎が台詞をつけようとした時、それを遮るように、八蔵が、

「この水晶の徳、今宵は二十三夜、残る月わずかといえども、眼前、水火をたちまち手に取るは、わずかこの水晶の徳」と新九郎の台詞を横取りした。

「おいおい八蔵、それはわしの台詞じゃ」新九郎は思わず大声を出した。

「この場は好きにせよと御師匠のお許しを得申した」

「なら、わしの出番はどうなる」

「親方の出番はこの場にはござりませぬ」

「なに？　わしの出番はない。おい八蔵、いい加減にせんか」新九郎はもはや怒り心頭だ。

「つまり、飯綱の術は誰ぞに授けられはせんということだす」

「何じゃと、術は誰かに授けられはせなんだというのか？」正三も驚いた。

「かような術は妖術とは異なり、ただの奇術師の術、かつての塩の長次郎も誰かに教えられたわけではありますまい。奇術師はみずから工夫し、考案するのではないじゃろか？　ならば術を授ける者がいる方が不自然、飯綱の良介はこの芝居には不要じゃと思いやす」

「なんじゃと、わしは不要じゃと申すか」新九郎は立ち上がった。

「親方は渡辺丈太夫をお願いします」

　新九郎が体の底から震えているのが正三にも分かった。新九郎はこの年三月の役者評判記『役者御身拭（おみぬぐい）』では立役巻頭、極上々吉と位づけられている。藤川八蔵は立役の上々半白吉に過ぎない。しかも新九郎はこの年、六十七歳を迎えた。ただ年を取ったというだけでなく、これまでさまざまな役を演じてきており、今や大坂歌舞伎を代表する役者であることは誰も否定できない。その筈だ。怒りのため卒倒するのを恐れたか、新九郎の義子、中山来助が立ち上がった。雛助はもはや手の施しようがない、と黙って見ている。

「いやいや、八蔵殿の言うとおりじゃ。わしは八蔵殿にまかせた。それに長次郎の奇術も呑馬術にすぎぬ。つまりは目眩ましの術で、何も教えられずに得ることもできよう」正三はここは八蔵を立てなければ芝居そのものが潰れるように思えた。「しかし、本水を使った悪人たちを成敗する場はどうなる？」

「失礼ながら、それも削らせてもらいました」

「おぬし、座本でも作者でもない。何をそないに偉そうに抜かす」温和な来助の口調も乱暴になった。

「すでに近江様には正本の変更をお見せしたところ、これでいけと承諾をえており申す」八蔵はもはや勝ち誇った様子だ。

「紋番付も看板にも飯綱の良介はあるぞ」新九郎はなおも諦めきれない様子だ。

「なに、今までも番付だけの飾りの役はいくらもありやす。そないなこと気にせんでもよかろうと」

　これ以上、誰にも口答えはできなかった。そして八月二十八日に看板通り初日の幕が上がった。しかし、不安が的中した通り客の入りは悪い。正三も半二とともに京都に脱出したい気分になっていた。少なくとも角之芝居にはもはや関わる気が失せ、十日ももたず『大坂日記』が打ち切られても次の芝居に取り掛かる気はなくなっていた。


「若旦那、分かりましたでぇ」

　嬉しそうな声を張り上げて階段を上って来たのは三次だ。すでに下の店でお由と何か話しているのが、まだ目を覚ましてまもない正三の耳に聞こえていた。この頃は九月になって間もないとはいえ、ようやく秋の気配も感じられ、肌寒さも増していた。

「なに着物にくるまってはるんだす。分かりましたで」

「なにが分かったいうんか？　早う、それを言わんかい」

「へへへ、これでお俊坊、大坂に呼び寄せられま」

「ほう、例の殺害者が見つかったのか？」

「それはまだだ。けど、事件はもう解決したも同然だす」

「もう少し、分かりやすう説明できんか」

「へぇ、清太郎さんのお仲間が死罪になったそうだす」

「お仲間とは誰のことじゃ？　まさか松前屋のご主人ではあるまいな？」

「いいえ、お名前は存じませんけど。国学者、ちゅうもんじゃそうだす」

「国学者？　それは清太郎さんが昔、京で学ばれていた頃のお仲間か？」

「さあ、それは……なんでも、去年の暮、謀反が見つかって、長い間、牢でお取り調べを受けてたそうだすけど、ようやくひと月ほど前、死罪になったそうだ」

「牢？　それはお奉行所の牢なのか、それとも御城代の牢か？」

「大坂ちゃいま、お江戸のことだす」

「お江戸？　なら大坂で捕らえられ、江戸に送られていたわけか？　おぬし、今まで知らなんだのか？」

「大坂で捕まえられたわけちゃいま、お江戸のことだす」

「江戸で捕まり、江戸で死罪になった？　……それが何で清太郎さんと関係ある？」

「お二人とも国学さん、だっしゃろ？　わいが思うに、清太郎さんもお仲間と白状され、清太郎さんを捕らまえようとしたところが、清太郎さんもあらがい、殺されなさったというわけだす」

「ふぅむ、俄には信じがたいが、さように白状したというなら」

「ちゃいま、ちゃいま、わいが思うに、言うてますじゃろ」

「そなたの推測か？」

「推測？　さいだす、推測だす。けど、それで辻褄、合いますじゃろ」

「その謀反の首謀者、一人が死罪になったのじゃろ？　しかもその男は江戸の人で江戸で謀反を企てた、謀反というからには仲間もいたに違いない。その仲間の一人が大坂の清太郎さんじゃとしたら、京にもいてもおかしゅうはない」

「まさに、その通りだす。死罪はもう一人、京から江戸に逃げ込んでいたそうだす」

「京から江戸に？　そのお人はお公家さんじゃというのか？」

「それが今ひとつ、よう分からんのだすけど、おそらく、そうでっしゃろな。ただ、江戸に逃げてから、もう十年以上になるようだすけど」

「十年？　それでは以前にあった京の尊王事件ではないか。その件はすでに決着したと思っておったが、逃げおおせたお人もいたわけか？」

「さあ……そうでっしゃろな」三次は次第に自信のない口調になってきた。

「あの時は島流しにあわれたお方がいた筈じゃ。けど、死罪には誰もなっておらぬ。京から江戸に逃げて行った方がいたにしても、謀反なんぞを思いつくはずはない。しかも御公儀の本家で、一人、二人で謀反など思うことが出来たにしても、本気で考えるわけはない。それにそなたが言うには、お江戸以外で関係していたのは清太郎さん一人……そらぁ、おかしいぞ」

「さいでっしゃろか？」

「わしの推測はおぬしとは違うのう。清太郎さんの事件は今回、死罪になられたこととは関係ない。つまり、何一つ、解決しておらぬというわけじゃ」

「そんなら、お俊坊はまだ大坂に戻れんのだすか？」

「おぬしには気の毒じゃが、その通りじゃわい。ただひとつ確かになったことがある。清太郎さんの事件も謎文のことも、みな、大坂だけがからんでおるということじゃ。国学者の弾圧とは関係のない、なにかもっと別のこと、私利私欲のからんだ陰謀かもしれぬ。清太郎さんを殺害した男たちは雇われた浪人者か御奉行の手の内か、それとも御城の番なのかは分からぬ。そなたその辺りを探りは出来ぬか？」

「そないな無茶、言うてもろうても……わいら、お役人なんて呼ばれてまっけど、お役人どころか、お役人の手下の下っ端だっせ。そらぁ上をたどったら、お奉行様に行きつくでっしゃろけど、お奉行様のお顔なんて、年初めのご挨拶に行く時だけだ。しかも、わいら気ぃが弱いさかい、まともにお奉行様のお顔を拝見したことなんてありません。いつも下向いてばっかりだす」

その時、お由が階段を上って来た。盆に鉢が二個載っており、温かそうな湯気が立っている。

「どや、三ちゃん、お俊ちゃん、呼び寄せるお許し出ましたかいな？」

「あきまへん、大坂はまだ解決しとらんそうだ。しゃあないから、もうちょっとだけ我慢しまっさ」

「そうか、そらぁしゃあないな。まあ、温かいもんでも食べて気ぃなおしてんか」

「へぇ、こら温かいお饂飩（うどん）だすな」

三次は急いで箸を持ち、鉢を口の前まで持ってきた。

「けど、このお饂飩、なんか黒いんちゃいますじゃろか……」

「まあ、そう言わんと一口だけでも食べてみてんか」

三次はしぶしぶ箸で数本、すくいあげ、決心したように口に運んだ。

「これ、もしかしたら、お蕎麦ちゃいますじゃろか」

「よう分かりましたな。正さんは何で食べんのじゃ」

「いやあ今、食べる。三次の顔、見てたら大丈夫そうじゃ」

「若旦那、わいを毒見役にしてはったんだすか。けど、このお蕎麦、いけますで」

「そらそうじゃろ、砂場の蕎麦屋から買ってきた上物じゃ」

「へぇ砂場のお蕎麦だすか……一遍、行ってみたいもんじゃな」

三次は正三とお由の顔を見比べた。どちらかが連れて行ってやるというのを期待した眼差しだ。

しかし、二人からは何の反応もないため、仕方なく鉢の汁まで全部、啜りこんだ。

「へぇ、おいしゅうござりました」

「よし、これでお饂飩じゃのうて、お蕎麦でも行けそうじゃな」お由が晴れ晴れとした顔をした。

「やっぱり、わいは毒見役だっか、けど、こないな毒見役じゃったら、いつでもお役に立ちま。また、言いつけて貰いたいもんじゃ」

「確かに、蕎麦でもいける。一つ言わせてもろうたら、ただの掛け饂飩、いや蕎麦じゃのうて、何か入れたらもっと、美味うなるのじゃないかな」

「何かってなんだす？」

「それを工夫するのがお由の仕事ではないか」

「そうだすな、何が合いますかいな……」

結局、その結論はつかないまま、掛け蕎麦という新機軸を芝居茶屋で出してみることになった。当時、新町西の砂場にあった和泉屋という有名な蕎麦屋でも温かい掛け饂飩は古くからあったが、蕎麦はざる蕎麦しかなかったのだ。

十三　三日天下

閏（うるう）九月になってしばらくして、竹田近江から使いがあった。二日後、島の内の料理茶屋にお招きしたいとのことだ。

「あのけちんぼがお招きなんて、大丈夫でっしゃろか？　何か悪だくみに引ッ込もって腹ちゃいますかいな」お由はあくまでも心配している。

「わしにそないな力はない。霧太郎と違う」

「けど、喜之平さんは手下にならはったんちゃいますか」

正三の書く芝居に精通しているお由との会話は、ときとして現実と芝居の世界が綯い交ぜになる。

「それは義理があったからじゃ。わしは近江に義理はない」

「義理はなくとも、芝居の親方でっしゃろ。あの人からおぬし、いらん、言われたら、それが最後になるんでっしゃろ」

「それならそれで京都にでも行ってくる。なあに、向こうだとて作者なしで芝居は出来ぬことぐらい分かっておる。心配するな」

いっとき暖かい日がつづいたが、それからまた寒くなり、今や日々、気温は下がっている。冬の気配が街を覆っている。大芝居は角も中も休んでおり、浄瑠璃芝居の竹本座も同様だ。今や道頓堀は子供芝居や見世物が席巻している。

「師匠、いつになったら角、開くんだす？　このままじゃと、わいら、共倒れだす」

芝居茶屋の男から声がかかってくる。正三は苦笑いするばかりだ。時折、強い風が通りを吹き抜け、砂塵が舞い、道頓堀の通りを歩く人々の着物の裾を巻き上げる。島の内の料理茶屋ではすでに近江が待っていた。

「わざわざすまねんだな、ちょいと頼み事があってな」

「はあ、やはりそうでしたか」

「いや、勘違いしてもろうても困る。芝居の件じゃ」

「それはどうも」

近江が何も言わなくても悪巧みに関わっていると正三は確信したが、果たして清太郎の殺害と関係あるのかどうかまで確かめることはできない。まもなく豪勢な料理が運ばれて来た。二の膳、三の膳とつづく。

「さて、そろそろお伺いしましょう」正三は膳の合間にたずねた。

「じつは二、三ある。まず、これは頼み事というよりお詫びせなならんことじゃが」

「はあ」

「この一日から京の北側芝居で『宿無団七』をやっておるのは知っておろう？」

「もちろんです、何か問題でも？」

「いやいや、えらい評判がよい。さすがそなたの本じゃわい」

「それで詫び事とは？」

「実は二、三、変えてある。立女形の役者を市山富三郎から中村松代に変えたのは前に言ったであろう」

「中村松代ですか……評判はいかがです？」

「それがな」と近江はわざとらしく言葉を切って、まもなく続ける。「すこぶるよい。いずれ大坂の大芝居に連れて来るつもりじゃ」

「それは、それは……結構なことで。それで詫びとは？」

「役者の交代はいくらかあるが、それより役名をいくつか変えておる。たとえば、松代は芸子小たみからお富にした」

「ほかには？」

「岩井風呂の義兵次は岩井風呂の利助じゃ」

「なるほど、『夏祭』とは違う新作を強調しているわけですね」

「さすが正三じゃ、よう分かってくれる。それで」とまた切った。今度は言いよどんでいる。

「高砂屋平右衛門じゃが、並木正三に変えた」

「えっ、わたしを？　しかし、島の内には住んでおりませんぞ、それもお変えに？」

「数年前まで住んでおったでないか、けど、さよなことは京の見物にはどちらでもよかろう。それより高砂屋平右衛門といわれても誰も知らん。そこへ行くと、並木正三なら誰もが知っておる。作者名を出すことの出来ぬ子供芝居じゃ、これはお主の作じゃと示せれば見物は喜び、ますます評判が高まるというわけじゃ」

「はあ」正三は何とも言えなくなった。今さら断ってももう芝居は始まって数日になる。断固として変えることを主張するのも気が引けた。近江の遠謀を見る思いだ。

「それだけですか？」

「いや、頼み事とはまず、十月の芝居の事じゃ。いやいや角之芝居の事ではない。角之芝居はもう仕舞にして、来年度に向けて考えておいてくれ」

「来年もわたしに角之芝居を？」

「まっその話は後にして、実は竹本座を助けてやってもらいたい」

「竹本？　それは半二さんに」

「その半二が臍を曲げよっての、そないなもんできん、ともうしよる」

「そないなもんとは？」

「今年の半二は何やってもうまく行かんかったのは、おぬしも承知であろう」

「それは見物が入らなかっただけで、お作はどれも素晴らしい、特に『関取千両幟』なんざ、相撲狂言として屈指のものと思います」

「そうであろう、じゃが入らん。そこで十月に『石川五右衛門一代噺』をと頼んだのじゃが、一言のもとにそないなもん、出来んときた」

「『石川五右衛門一代噺』？　それは今年の一月かに京で大いに評判を受けた作ではありませんか？　その再演に何で半二さんがいるのですか？」

「たしかにその通りじゃが、なにせ十月じゃ。今年の竹本の負債を取り戻したいところじゃが、そないに長い芝居をやるわけにもいかん。そこで『釜茹での場』を中心に少しばかり変えてやってほしいと頼んだわけじゃ。ところが」

「それでわたしに浄瑠璃芝居を書けと？」

「おぬしは豊竹座にもいたことじゃし、難しくはなかろう」

「豊竹にいたといっても、ただの見習で作者と名乗るのもおこがましい」

「そんなことはないと思うがのう……まっそれはともかく、実はもうほとんど出来上がっている。それをお主に添削してもらいたい」

「ということは、今日のお招きはそれが目的で？」

「その通りじゃ」

近江はそういうと、床の間に置いていた風呂敷包を取りに行き、そこから台本を取り出し、正三に手渡した。正三はぱらぱらとめくったが、今ここで読む気にもならず、裏をみると、「作者友江子、当証軒」となっている。

「このお二人が作者なのですね？　聞き慣れぬ名ですが……」

「当証軒がおぬしじゃ、それで友江子が実はわしなんじゃ」

またもや近江のいやとは言わせぬ強引なやり方だ。こうなると正三は本当に半二とともに京都に行きたくなってきた。

「もう一つは来年度の大芝居の件じゃ。角之芝居の座本に文七を呼んでおる」

「文七さんが道頓堀に戻って来るのですか?」

「これはおぬしに文句はないであろう」

近江はにやっと笑った。嫌味な笑いだと思いながらも、正三には文句どころか嬉しくさえある。中山文七が角之芝居の座本になるのは何年ぶりのことだろう。木戸での木戸番と大坂城の番者との争いで角之芝居が一時、停止を命じられ、座本の文七が蟄居を言い渡されて座本も解かれた。それ以来のことだ。文七はまもなく蟄居は解かれたものの、大芝居には戻れず、中芝居となっていた豊竹座の座本を数カ月つとめた後、今年は京の四条南側の座本をつとめている。道頓堀に戻れるのが嬉しくないはずもない。近江のやり方だ。不快なことの中にわずかばかり、それも自分を傷つけずに済むものを挟み込み、あたかも自分の好意であるかのように人を喜ばせてみせる。

「それで雛助は?」

「小六も不調のようじゃし、しばらく休むのがよかろう」近江は平然という。

「それでは雛助殿を罰したように聞こえます」

「何といわれようと、雛助は雛助のことじゃ。それに角之芝居には八蔵をもう一年、加えて様子を見たい」正三が渋い顔をするのを見て、近江はあわてて付け加えた。「例の件で新九郎が八蔵に恨みをもっているとは思う」

「新九郎様はそないに根を持つようなお方ではありません」正三はきっぱりと新九郎を擁護する。

「そうか、それならなお結構。ともかく文七がおれば、二人の仲は心配なかろう。かつては二人、並んで評された仲じゃ。敵であれ味方としてであれ、二人の顔合わせは悪くはなかろう」

「分かりました。後のことは近江殿におまかせしましょう」

「十月早々には顔見世の概要を願いたい。それまでにこちらも色々手を尽くしておく」

　近江とはこれからもこうした接触をしていかなければならないかと思うと料理茶屋の豪勢な食事も喉に通らず、重い心のまま茶屋を出た。まだ秋の終わりとはいえ、冬の気配がますます身にしみる。街角に立っていた屋台で軽く一杯の酒と大根の田楽で、近江との会談で口に残った悪い後味が少しばかり癒されるように感じた。


　正三は角之芝居の世界を源平、しかし普通上演される鎌倉時代以前の平治の乱の少し後の時代とすることにした。これは座本の文七と会って正式に決めなければならないが、文七が異を唱えるはずもない。まだ時間はあるが、正三はおおまかな概要と人物を考えていた。そのように近江との会見に従って筆をすすめているうちに、次第に近江の言っていたことが実際にはそのとおりにならず、どんどん変更されていくのを知らされることになる。

　まず座本は中山文七ではなく弟の中山来助に変わった。それに文七は京都にとどまり四条南側の早雲座、父の中山新九郎は京都四条の北西布袋屋座になるとのことだ。そして懸念していた藤川八蔵は中之芝居に移るという。これは近江が新九郎と八蔵の仲を取り持つ気がなかったのか、あるいは途中でその気をなくしたのかは分からないが、正三にとってみれば近江の誠実さをますます疑うことになった。何よりも角之芝居は中之芝居に比べて無人に近い。今年の角之芝居から人が抜けたと言ってもいいほどの座組になっていた。中之芝居の座本は三桝大五郎の子の三桝他人がなっている。座組でいえば、中の中心が若女形巻軸の極上々吉の中村富十郎に対して、角の中心は立役巻軸の坂東豊三郎と均衡を保っているようだが、豊三郎は上々四分の三白吉にすぎない。相対的に見て役者たちは道頓堀を見捨てて京都に移って行っている、あるいはその兆しが見える。かといって、正三にはそうしたことに異を唱える力も気力もない。与えられた仕事をこなすしかない自分を歯噛みする思いだ。

近江の招待を受けてから十日余り経った頃、座本が中山来助に正式に決まった。恒例通り初めて座本になった来助は閏九月二十日に町廻りをして、特に贔屓連中や雑喉場、堂島などに駕籠で目見得した。これから顔見世の仕来りとともに、正本や配役の決定などが行われていく。しかし、今年は特に新参役者もなく、舟乗り込みやその後の大判成と呼ばれる儀式もない。これは角之芝居の寂しさをいやでも感じさせられ、正三や来助も顔を合わせると悄然とするばかりだ。まもなく顔見世番付が売りに出されたが、この顔ぶれではさぞかし売れ行きは悪かろうと思われる。

「正さん、大丈夫だすか？　どうももう一つ、売れません」お由も心配そうだ。

馴染み客が前売りを買ってくれなければ、お茶子たちもたちまち収入も減り、その日の客の相手のわずかな御手当でしのぐしかなくなる。

「うぅん、そうじゃとは思うたが、仕方ない。後は始まってからの勝負じゃ」正三は元気づけるしかない。

「『男女相性鑑(なんにょあいしょうのかがみ)』この外題もどないなもんだっしゃろな」

「これでいい。男女に限らず相性も大事じゃ」

「そうだすかぁ」お由はまだ納得できない顔のままだった。

　こうなれば二人で角之芝居を乗っ取ろうとばかり、正三は閏九月の末、来助を自宅にしている芝居茶屋泉庄に呼んだ。もっと形式的になら島の内辺りの茶屋で行うものであろうが、正三はその気にはなれず、来助も快く承知したのだ。その日は粉雪が舞っている寒い日になった。

「お寒いなか、こないにむさくるしいとこ、お出でいただいて、堪忍してやってください」

「何申される。今日はわれらの作戦会議だす。密かにするに越したことはございません」

　雪混じりの道を御高祖頭巾(おこそずきん)を被り、傘をさして泉庄に一人でやって来た来助は一目では道頓堀の立役者とは見えなかったであろう。来助は今年三十歳、決して若手と呼ぶような年ではないが、まだ若手扱いを受けており、兄文七とは大いに差がある。これは文七のように最初から役者を志し鍛錬したのとは異なり、実父松屋来助の跡を受けて作者になるという密かな願望があったせいかもしれない。この年正月の役者評判記では「とかく台詞がさわがしくて聞きにくい」との悪評を受けている。

「こないな寒いとこで風邪でもひかれたら、えらいこっちゃ。正さん、火鉢の火ぃしっかり焚いてくださいな」

まず燗酒と煮しめを少々当てに持って来たお由は隣の部屋との襖をぴたりと閉めた。これなら充分、密室の作戦会議といったところだ。

「さて、今日の本題にさっそく入ろう」正三がいきなり切り出した。「まず、世界は源平、それも平治の乱の後の時代はどうじゃ？」

「それは珍しゅうて結構です。それでどのような人物が登場するのですか？」

「まずは為朝」

「えっ為朝はその前に敗れて八丈島に島流しになっているのでは？」

「おそらく、この頃にはもう亡くなっているであろうな。それこそ作り物じゃ。近江は嘘は大きいほど人は信じると申しておった。これをどう申すか楽しみじゃ」

「ははは、まるで敵討ちだすな」

「あとは頼朝、もちろん伊豆に流されておる。それに頼政の家臣六条助太夫、主なところはこんなものかな」

「わたしはどのような役回りで？」

「そなたには北条家家臣の一子を当てるつもりじゃ」

「はあ、もう少し筋立てが分かれば台詞も考えますが」

「それでよい。いまのところはこんなもので、これから仕組んでいかねばならん」

その時、襖越しに声がした。三次がやって来たのだ。三次も中山来助が来ていると聞いてさすがに遠慮している。

「師匠、ちょいとばかり、お耳に入れたいことがありまんねん」

「三次、入ってくればよい」

「御客人がおられるんでは？」

「おおよそ話は終わった。遠慮せんと中に入れ」

恐る恐る襖を開けた三次は正座のまま、そろりそろりと部屋に入り、来助に向かって深々とお辞儀した。

「わっし、道頓堀の三次と申しま。若輩ながらお上のお役目を仰せつかっております半端もんでござぁす。何分、お引き立てよろしゅう御願い奉りま」

「そなたが三次さんですか、お噂は時折、師匠より伺っております。わたしこそ若輩者の中山来助と申します。今後ともよろしゅうお引き立て願います」

「おいおい、二人とも堅苦しい挨拶は抜きにしてもらいたい。ま、三次も一杯と行きたいところじゃが、この男、いつまで経っても猪口一杯も呑めん」

「へへ、すんません。若旦那、それよりえらいこと、分かりましたで」

その時、お由が盆に鉢を載せて上がって来た。

「三ちゃん、寒うかったじゃろ。これでもあがって温めておくれ」

「え、善哉だすか。わ、お餅まではいっとりまんな。さすが御寮はん、気ぃきかはりま」

といってほんの二、三口で食べ終えた。

「どないだ。もう一膳いきますか？」

「へい、一膳であろうと二膳であろうといただきま」

「ほほほ、それじゃ来助様もいかがです？」

「喜んでご相伴させてもらいます」

お由は三人の鉢を持ってくると、

「何か、楽しそうなお話だすか？」

「いやいや、三次がいい話を聞きつけたようじゃ」

「へぇ、あてもご一緒してよろしますか？」

「三次、どないじゃ？」

「御寮様もぜひ、ご一緒にお聞きなさってくださいませ。例の奇妙な引き札のことだ。その版元が分かったんだ」

「誰なんじゃ？」

「島の内の小さな版元だす。そこで作られたまでは分かったんだすけど、なかなか白状しよりませんねん」

「もう少し、詳しゅう話してくれんか」

「へい、実はあの札を頼んだのは清太郎さんのようだす。清太郎さんはそれをどう使うかまでは知りませなんだけど、相当な枚数を注文したようだ。その試し刷りがでけたところで引き渡してしばらくして清太郎さんはあないな目ぇに遭わはったようだ。そのことを聞いて、版元は自分も同じ目に遭うのは間違いないと、あわてて残りの刷り物を捨ててしもうたそうだ。えらい損害じゃと版元はまどてくれとまで言いよりまんねん。そないことでまどうわけにいかんいうたら、おばはん、わいわい泣くは、赤子もそれに合わせて泣きよりまって、えらい大騒ぎだした」

「よう分かった。つまりあの引き札は清太郎さんが作ったわけで、それが殺される原因になったということじゃな。しかし、あれは確か竹田近江と鬢付け油の浪花香のものであったが、特に殺されるほどの中身ではなかったように思えるが」

「それでその札の前か後かにもっと何かがあると狙いをつけて、版元に根ほり葉ほり聞きただしたんだすけど、結局、知らぬ存ぜぬの一点張りで、なかなか白状しよりません。ならお前も同罪じゃと脅したんだすけど、ますます口を閉じたままで、そなら殺せ、とあほらしなりま。殺されるのが厭で白状せんのに、殺せって、お前なんやねんと」

「いやいや、よう分かった。それで謎文の意味も少しは分かる。つまりあの引き札を作ったのは清太郎さん一人の考えではなかったのじゃ。幾人かがそのことを探り当てたに違いない。ところがそのうちの一人か二人かが誰かに通じていることに気付いたので、さりげなく謎文にし、この中に裏切り者の犬がいる、と知らしめようとした。そこにおそらくその裏切り者の名を書いていたに違いない。その裏切り者の名はおそらく殺害した者が持ち去ったに違いあるまい」

「そうやったんか……。それで近江様や浪花香は何を企んでおるんだっしゃろな？」

「はてのう、子供芝居と鬢付け油に何かがあるのかなあ」

「師匠！」と突然、来助が大声を出した。「お二人に共通することというたら、大坂では有数の金持ちやということだす。もちろん、鴻池や住友、天王寺屋などとは及びもつかぬが、われらのごとき貧乏人にはかかわりの深い金持ちだす」

「と、申しますと？」お由がたずねた。

「多くの借地や借家を持っておりますか」

「近江が借家持ちであることは知っておったが、浪花香もそうなのか？」

「その通りだす」来助がこれほど断言するからには間違いなかろう。

「三次、おぬし、そないこと、知らなんだのか？」今度は三次の方を向いて尋ねる。

「へぇ、すんまへん。浪花香はわっしの領分からはずれてまんねん。あんまり人の領分に突っ込むと頭にえらい怒られま」

「そうか……それで二人は何を企んでいるのかのう？」正三は首をかしげる。

「そうじゃのう、借家持ちというても、何か企む筋でもあるのかのう……」来助も首をひねった。

「まあ、もう少し、様子を見るしかなさそうじゃ」正三がいう。

「けど、近江様というのは、いつもにこにこして初めはえぇ人とばっかり思うてましたけど、ほんまは油断のならん怖いお方のようだすな」お由が述べる。

「その通りじゃ。この前とて会って失敗した。むこうの言い分を飲まされるばかりで、約束は何一つ守ってくれぬ」

「こら、なんとかせなりませんな」三次も口をはさんだ。

「けど、あんまり深追いすると清太郎さんの二の舞だっせ。気ぃつけてお調べなされ」お由は心配そうな顔をした。

次第に清太郎殺害の謎は明らかになってきたように思えたが、肝心の問題はまだ何一つ見えていない。借家持ちがからんでいるというのも推測にすぎない。果たしてそれは本当に事件の原因なのか、それとももっと別の原因があるのか、まだまだ謎が多すぎた。

正三はそれから二日ほどで急いで台本を書き上げた。そして十月三日に本読を恒例の角之芝居の中通の惣部屋で行った。加わった役者は立役の座本中山来助と坂東豊三郎、若女形の芳沢あやめに沢村国太郎の四人だけというさみしさだ。上座の正三が見台に置いた台本を読む。脇には二番目作者の為川宗輔と数人の弟子、それに頭取は昨年と同じ男ながら芝居とは無関係な近江の手下のようだ。さらに大工方の数人が輪になって聞く。一通り聞き終えると役者たちは各自の台詞の抜き書きを渡されて各宿にもどる。

本読が終わると早速、来助は正三にねじ込みに来た。来助が怒っているのは台本の以下の文言である。

「口明け早々、縁引きして夫婦を定める趣向、その上、おろかの来助一人、大坂に残し、太夫元覚束なきと、一蝶（中山新九郎）由男（中山文七）の案じる。魚屋六兵衛、替名も『来助あやめ』と名のる臆病者」

これに来助が唖然としたのだ。

「おいおい師匠、わしはそないに能無しかいな」と来助は正三ににじり寄る。

「顔見世は役者の意外性を引き出すのが作者の腕じゃ」と正三は涼しい顔だ。「あとは役者がそれをうまく使えるかどうかにかかっておる。来助さん、たのみますよ」

「そう言や、数年前、兄貴も顔見世でとんでもない役をやらされたと嘆いておりました」

「文七は道化を見事に演じましたぞ」

そう言われては、来助もしぶしぶながら引き受けざるを得なかった。


稽古始めは予定より少し遅れ十月二十六日から始まった。その頃には竹本座で正三の不快をよそに並木正三作と喧伝された『石川五右衛門一代噺』の幕が切られたが、その不評は眼を覆うばかり、またしても近江にやられたと正三は今度こそ大声で文句を言いたい気分だった。一座はこの正月、京都西石垣芝居で大評判だったのだが、今回の不評により一座はわずか四日、興行を行っただけで京都に戻ってしまった。

角之芝居『男女相性鑑』は予定より少し遅れ、十一月五日に幕が開かれた。恒例通り、初日の前日には町触れ太鼓が芝居より出て、芝居主、役者衆へ太鼓を打ち込み、祝儀を受けると、それより町々へ廻り、芝居に戻る。大木戸より花道へ向かうと楽屋よりも太鼓を合わせ、一座の役者衆は舞台に連なり、三つの太鼓を一つ残して曲打ちし、打ち切りを合図に「めでたし、めでたし」と声をあわせる。こうして翌五日に顔見世が開かれたのである。中之芝居は三日前にすでに始まっていた。しかし、前評判とは裏腹に評判は悪く、多く二の替りを待つという評が聞こえてくる。

「正さん、さすがじゃ。角はえらい評判じゃ」お由はおおいに喜んでいる。

『男女相性鑑』が昼十日、夜十日の興行を無事終える頃、竹本座で看板が上がった。『三日天下』作者近松半二となっている。正三は驚いて竹本座の作者部屋を訪ねた。半二は今まで通り平然と酒瓶を脇に一心不乱に書き物をしているが、足音を聞きつけて顔を上げた。

「正さんか、顔見世、好評で何よりじゃ」

「いやいや、半二さんが竹本にもどられて驚きました」

「ははは、三日天下じゃわい。どちらの天下かは知らぬがの」

「近江と和を結ぶということですか？」

「かもしれんし、どちらかが倒れるかもしれん。これがわしが竹本座でやる最後になるかもしれぬ」

「おたがい、少しばかりは都落ちは遅れそうじゃのう」

二人は苦笑いを浮かべた。さて来年はどうなるのか？　二人ともに見当もつかない。

竹本座で『三日天下』が幕を開いたのと同じころ、堀江市の側では豊竹座の『染模様妹背の門松』が始まり、道頓堀の大芝居や浄瑠璃芝居をしのぐ人気を集め出した。たまたま通りで顔を合わせた正三と半二はこれには苦笑を通り越して真剣に先を考えねばならないと言い合った。

「もはや道頓堀の時代ではないのかもしれんな」半二はあらためて言う。

「半二さん、それではうちが困る。芝居茶屋はどうなるのじゃ」

「なあに、今まで堀江や座摩なんぞにいた芝居が道頓堀を席巻するだけじゃ。芝居茶屋の心配は無用、無用」

「そうかのう」正三は首を捻る。

「堀江も悪うはないぞ」

それは父の正朔が古くから住んでいた地でもあり、子供時分、遊び回った道頓堀と並ぶもうひとつの地であり、よく知っている。しかし歌舞伎芝居の作者としては、道頓堀はどうしても捨てがたい地とも感じている。

「ま、まだ少し先のことじゃ」正三は小さな声で頷いた。

ちょうどその頃、町奉行所より各町役人にお触れがあった。それは八月頃にもすでに一度、町役人には触れられていたことのようだ。しかし今回は八月のお触れをいったん撤回したのち、あらためて町役人を通じて各町の住人に触れられたのである。正三は一目見て、あっと叫んだ。謎の正体はこれだったのか……。しかし、こんなものがすんなり受け入れられるのか……。いよいよ三日天下の結末がつけられるような気がして正三は呻った。

十四　二の替り

『先だって家質会所（かじちかいしょ）の儀、相ふれしなれども、それは相やみ、この度、江戸表より仰せ下され、すなわち当所、住吉屋町に紙屋利兵衛というもの、江戸表にて御願い申し上げ、だんだん御吟味の上、御免なされて家質会所、仰せつけられそうろう間、これ以後は右、家質会所の奥印（おういん）なき家の家質証文は相立てずそうろう間、この旨（むね）相心得、これまでの家質賃借の分も証文、ことごとく仕替え、家質会所の奥印、とり申すべく、もっとも入料は銀百目に付き、借り方より六分、貸し方より四分ずつ差し出し申すべし』

このお触れが町役人を通じて各町の住人に触れられたのである。正三の町、吉左衛門町でも近江の一族の竹田平助が薄笑いを浮かべて一同に触れ回った。これだったのだ。正三らが苦労しても正体をつかめなかった事件の背景にある動きがようやく表に現われた。紙屋利兵衛というのはまさしく浪花香の主である。ここまで必死に隠され裏で画策されていた家質会所という聞き慣れない役所が大坂の町の大半の住民の前にあらわれた。そこには奉行所役人による策謀も含まれていよう。数年前、竹田近江は「雪月花の宴」という豪勢な接待を町奉行の与力に行い処分されたことがあった。今回もおそらく幾度も密かに行われたに違いない。しかし、こんなものがすんなり受け入れられては堪らない。

こうした御触書を理解するには少々、時間がかかる。すでに八月ごろに家質会所という新たな制度を聞かされた町役人には今回の触書をすぐに理解しても不思議ではないが、それでも本質的に変わっていないことを確かめるためには時間がかかった。大坂三郷町年寄が集まったのは、翌明和五年（一七六八）正月四日のことだ。

正三はこれより二日早く、年始にかこつけて父正朔の家に三次を呼び寄せた。正三が父の家に出かけようとするとき、たまたま中山来助が数人の弟子や手代などを連れて、正三の住む芝居茶屋泉庄に年始に訪れた。来助にこれからちょっとした集まり、といっても三次と父だけだが、と言うと、この後の年始はおいて自分も加わりたいと、弟子たちを帰してついて来ることになった。

「またなんぞ悪だくみ、するんだすか？」店を出るとき、お由が目ざとく見つけた。「なら、あてもお供します」

先の一件もあり、正三たちも承知した。街には人通りもほとんどない。雪さえ一寸ほど積もっている。今、大芝居は中之芝居で『傾城邯鄲枕』が五日から始まる。まだ三日目であるが、木戸前の看板を見る人影はないにひとしい。

「師匠、角はどないなっとりまんねん。ちいとも開かんじゃないでっか」木戸番の一人が声をかけた。

「なあに、もうすぐ二の替りじゃ。楽しみにしていてくれ」正三がきいたのは大口のようだが、実はすでに二の替りの幕が今、開こうとしていると言えなくもない。

「それは結構だす。なにせ、うちも開いたらやめ、開いたらやめ、ちぃとも落ち着きませんでな」

「十輔がそないに器用な立ち回りの出来るやつとは思わなんだわい」

「十輔師匠はなんか、気が乗らんとか、わがままばっか言うたはります」

「なら、笛窮とか天満屋とか申すものが書いておるのか？」

「さいだ。お二人とも近江様のお気に入りのようだ」

「はははは、近江も自分で書くのは諦めたらしいのう」

「えっ自分でお書きになったんだすか？」

「その通り、昨年の五右衛門は近江の作じゃ」

正三もついに切れてしまった。近江とはこの先、仲間になることはあり得ない。こうはっきり明かしてしまっては、近江を敵と宣言するようなものだが、事実を公言して、すこし腹の虫も収まった。

「さいだすか、さいだっしゃろな、あないなもん、師匠がお書きになる筈ない、思うとりましたんだす」

立ち話を少ししていても体の芯から冷えて来る。三人はそこそこに正朔の家に向かった。さすがの難波新地も人寂しい。正朔の家ではすでに三次が来ていた。

「こないに寒いと燗でもといいたいところじゃが、来助殿はともかく、皆、下戸ばかりじゃ。そう思うて白酒を用意した。それで少しはあったまるじゃろ」

正朔はそういって厨房に用意していた白酒を五人前、みずから持って来た。七十をはるかに越えた老人にはとても見えない身軽さだ。

「では、さっそくはじめよう」正三は白酒を呑みながらも本題に入る。

「なんか、どきどきしまんな。第二回、謀議っつうわけだんな」三次が嬉しそうにした。

「それで、三次、おぬし、あの触書の意味、わかっておるのか？」

「へい、これから借家をするときは、なんとか会所の判がいるっつうことだっしゃろ？」

「まさにその通りじゃが、判を貰うのはただではない。銀百匁（目）かかるわけじゃ」

「銀？　銀だすか、そらぁえらいこっちゃ。わいらなんぞ縁のないお金だす。銀百匁、わいでも払えまっしゃろか？」

「おぬしは心配ないではないか。借家なんぞ関係ない」

「師匠、そらぁ殺生じゃ。お俊坊が帰ってきたら、どこぞに借家でもしてって、師匠が言うてくれはったじゃないだすか。初めわい、そないな気ぃ何もなかったんだすけど、そらぁええな、って思うとりまんねん。けど、師匠の方こそ、もう借家、してはるんだっさかい関係ないんとちゃいまっか」

「ところがそじゃない。すでに借家していても、会所に同じだけ払わんと今の借家を追い出されるというのだ」

「へぇそら一大事じゃわい。ほたら皆さんもご同類っちゅうわけだっか？」

「同類も同類、ご同類は大勢いるぞ。家屋敷だけじゃのうて土蔵、納屋、諸株、髪結い床、質物書入れ、金銀賃借証文の奥印、そないなもんからも判、取ろうっちゅうわけだ」来助が口をはさんだ。

「そうだしたんか、三ちゃんのおかげでよう分かりました」お由も納得した様子だ。「そいで、銀百匁っていくらなんだすか？」

「さてのう、銀一匁はだいたい銭百文ぐらいのようじゃ。つまり百匁は銭一万文ということになる。こら、すごい。銭十貫も払わんといかん」

「父上、それは少々、短絡すぎます。借家といってもそれぞれ借入料も賃借料もことなります。この家の賃借料はいくらでしたかいな？」

「それはおぬしが払ってくれた。お前が証文、持っておるのではないか?」

「えっお由、うちにそんなもん、あったかいな?」

「探せばどこぞにあるんちがいますか、それより納屋ってことはいろは茶屋も納屋になるんと違います?」

「その通りじゃ。けどそれは百年以上前に借りた土地、証文なんぞ残ってはおらんじゃろ。何度も火事にも遭うたしの」正三も自身のこととして考えだした。

「そらぁ困りましたな」お由も腕組みする。

「わいらはこないして、おおよそのことながら、話し合うて分かってきましたけど、多くの大坂の人は突然、これだけ払えと言われて仰天するんでしょうな」来助も他人事ではない。

「じゃが、もう一つ救いといえば救いじゃが、銀百匁につき全部を借家人が払うわけではない。貸し方四分、借り方六分となっておる。つまり銀百匁につき借り方はその六分ということのようじゃな」正三が説明を加えた。

「ますますややこしゅうなりましたな……うぅん」三次は頭をかしげる。「えらいもんが出来たんだすな」

「それこそ清太郎さんが阻止せんとした中身というわけじゃ。この会所の発案は紙屋利兵衛ということじゃが一人ではあるまい。ほれ、この引き札を見てみぃ。紙屋すなわち浪花香とともに竹田芝居が画策したものじゃ、ということを明らかにせんと清太郎さんが作った引き札じゃ」

正三は袂から二枚の引き札を取り出し、皆に見せた。

「けど、この引き札では何もおふた方が悪事を企んでいるなんてどこにも書いてはおらぬではないか」正朔が首を捻る。

「清太郎さんが殺されたのは三月始め、つまりその少し前から紙屋と近江は企みを始めたというわけです。それをいち早く察したどなたかが、清太郎さんに知らせ、幾人かで二人の企みを阻止しようとした。ところがその幾人かの中の誰かが寝返って近江らに教えたというのが筋書ではないでしょうか？」

「近江殿の深慮遠謀ということか」来助が嘆息した。

「普通、深慮遠謀とは悪事には使わんと思いますが、それはさておき、家質会所とはそないにひどいものであるとお分かりになられましたね」正三が確かめるように一同を見回した。

「すまんが、わしにはまだ分からんところがある」正朔が両腕を組んだまま乗り出した。「借り方の負担は分かったが、貸し方も四分の負担がある。貸し方すなわち借家主らにも相応の負担があるということではないのか？」

「まさに父上の疑問とされる通りです。この触書の通りなら近江も相応の負担をせなならんということです。それが近江の悪賢いところで、そう見せかけながら、負担した四分を受け取るのは家質会所、すなわち自分の会所であり、出したものはすぐに自分のところに戻って来るというわけで、近江の負担はゼロ」

「ゼロ、だすか……」お由が驚いて鸚鵡返しにした。お由には学問はないながら、聞き慣れない言葉を不思議に理解するところがある。「けどそれはお二人だけのこと、ほかの借家持ちの方々は大いに迷惑されているのではないじゃろか？」

「おそらく借家持ち、すなわち大金持ちはみな、この家質会所に名を連ねているはずじゃ。それに発起人も紙屋と近江だけではあるまい。奉行所与力や同心にも協力者がいることは間違いない。そのため、会所の公表は八月までかかったのじゃ。けどそれは仲間に入れて貰えなんだ借家持ちが大勢いて反対に合い、その者たちを入れるのに、また半年ばかりが必要じゃったというのがわしの推測じゃが、どうであろうな？」

「さすが師匠、師匠の遠謀には感心しきりだ」三次にもどうやらすべてが納得できたようだ。

「ははは、遠謀か……確かにこれは密議じゃわい。遠謀が必要じゃ。ここまではまずは口明といったところ、これから二段目の相談をせなならん」

「二段目、そらよろしな。わいもその作者に加えて貰えまっしゃろな」三次がうれしそうな顔をした。

「まさか即心是仏ならぬ即心是犬ではあるまいのう」正三は例の謎の一句を思わず口にしてしまった。

「へ、何だっか、それ」

「腹の中では別のことを考えておることじゃ」と正朔が言った。

「師匠、縁切らしてもらいま。わい、十年以上の付き合いだすに、こないに侮辱受ける覚えありまへん」三次はこう言って泣き出した。

「三ちゃん、そら正さんが悪い」とお由が慌ててとりなした。「正さん、なんも本気でそう思うてるわけちゃいま。あんたこそ十年以上の付き合いじゃのに、正さんの悪い癖、気ぃつきませんのか？」

「三次、悪かった。お由の言う通りじゃ。実は二段目ではおぬしに活躍してもらわねばならん。二段目の立役者はおぬしのつもりなんじゃが……」

「わいが立役だすか」三次は涙を拭きながら、「どないなことさせてもらんだすか？」

「この引き札じゃが、二、三日後でよい、まものう家質会所の実態が多くの人に明らかになるであろう。そうなれば、あちこちから怒りの声が起こるはずじゃ。その頃、この引き札を作った版元にもう一度、掛け合ってくれ。この引き札の元をまだ持っているはずとわしは睨んでいる。以前は怯えて、そないなもんないとか申したそうじゃが、今度は大坂中の人がおぬしを守ってくれる。この引き札を作った版元はいわば大坂の立役じゃ」

「立役はわっしちゃうんだすか？」

「その通りじゃが、その版元にはそう申せばよい。事がすんだら、偉いやっちゃって、注文が後を絶たぬであろう。そうすればいずれ大坂一の版元になる、まあ、かように申せば、かならず手元に隠してある清太郎さんの下書きか何かから完全な引き札を作れるはずじゃ。それを受け取れば大々的に印刷して大坂中にばらまくのじゃ」

「はあ、印刷してばらまく……そないな銭、わしには」

「三次、なにしょうもないこと心配しとる。銭はわしが出す。ばらまくのもわしの手下や仲間を使えばどうっていうことない。わしにまかせておけ」正朔はますます血が騒ぐ。

「親方が助けてくれるんだすか」

「当たり前じゃ。わしはおぬしの手代、いや中間(ちゅうげん)じゃ」

「逆みたいだすな」三次の涙はすっかり消えている。

「実はこれから先はおぬしにしか出来んことがある」正三はまたも深刻な顔になった。

「ぜひとも、会所の発起人をつかんでほしい。今は貸家持ちは殆ど加わっているであろうが、紙屋と近江を助けた仲間が幾人かいることは間違いない。その名をつかめるのは奉行所に出入りできるおぬしにしか頼めぬ」

「こらぁちと難題だすな。わいらはそないに容易(たやす)う御奉行所に出入りできません。けど、手ぇは尽くさして貰いま」

「うん、たとえそれが出来んでも気にせんでよい。いずれ分かることであろう。ここまでがわしの考えた二つ目じゃ」

「正さん、なら二つ目は三ちゃんとお義父さんだけだすか？」

「これから三つ目にとりかかる。お由の役割も考えなならんな」

「当たり前だす。ここまで来て役なしなんていやだっせ」

「分かった、分かった。三つ目にはきっと役を作ってみよう」

「お願いしま、なかったら離縁だすえ」

「御寮様、そらきつい。師匠とてしくじることもありま」

「なんじゃ、三ちゃんはわてじゃのうて正さんの味方に鞍替えだすか」

「こらぁ見破られた」

　こうして次の密議までを約して四人は外に出た。ますます雪は大降りになっている。途中、二人になった正三とお由は竹本座の前で近江に出会った。

「師匠、いつまで待たせるんじゃ。二の替りをせんとは約束しておらぬぞ」

「なに、もう始まっております」

「二の替りが始まっておると？　おぬし、わしを弄るのもたいがいにせい。今度こそ道頓堀におれぬようにするぞ」

「結構、結構、道頓堀だけが芝居の場ではありませぬわい」

「そのようにいつまでもほざいておけ。困ってからわしの前で頭を下げても、もうわしは知らぬぞ」

「そんときは、わてが正さん、養いますんでご心配なく」お由は正三にすりより、片方の腕を正三の腕に回した。

「なんじゃ、年寄が若者の真似しおってからに。気ぃの触れた老夫婦かいな」

「そないなこと、あんさんに関係ありませんわい」お由はすっかり喧嘩腰になっている。

これにはさすがの近江も、これ以上の悪態をつく元気も失せたのか、苦々しげな顔をして去っていった。

けれど二回目の密議はなかなか開くきっかけがなかった。正三の描いた筋書通りに進まないようだ。ようやく三次から申し訳ないという言い訳とともに、みなさんにお詫びしたいので集まってほしいという伝言が届いて集まったのは八日後のことだ。今回は来助を招くのを正三は控えた。これからも来助には控えにいてもらうつもりだ。何と言っても座本でもあり、まだ人気、評判はさほどないとはいぃえ、これからの大芝居をしょって立つ役者である。万が一、傷つけることがあってはならないという配慮からである。

「すんません、あの版元、どない言うても、元の下書きはもうない、言うて出しよりませんねん。ほんまに捨ててもたんかもしれまへんな」

「わしはそないなことはないと睨んでおるんじゃが、まだ怯えておるなら仕方ない。それは取りあえずあきらめよう」正三は無念そうに言った。

「けど、もう一つの方は何とか手ぇに入りやした」

「なに、発起の名が分かったというのか？」

「へぇ、そら、確証があるっちゅ訳ちゃいますけど、かなり本物くさい名ぁがならんどりま。津国屋、今津屋、銭屋、河内屋、高津屋、苫屋、錺屋、渋川周斎、辰巳屋……こんなとこのようだすな」

「おぬし、難しい字が」

「へへへ、教えてもろうたんだ」

「渋川周斎というのは医者のようじゃが」正朔が不思議そうにたずねた。

「へぇ、浪花香の聟の父御のようだすな」

「なるほど、よう分かった。引き札を作れんのなら、これらの名を天下に知らしめようではないか」正朔はあらたな作を念じた。

「知らしめる？　やはり名を撒くのですか？」

「今思い付いたばかりじゃが、こんな札はどうじゃ。『限りなく黒にちかい灰色』とまあ上に太く書き、その下には『紙屋利兵衛』これは大きく、その横に『津國屋』なんぞと並べていく。そして、最後に『竹田近江』を少し大きく書くんじゃ。ただし、渋川周斎はのぞいておこう。渋川の代りに近江を入れる。これでどうじゃ」

「このような引き札になるのですかな？」正三は正朔の言うことをそのまま書き写していた。

「おお、結構、結構、後は何とか屋の名が知りたい」

「そら心配いらんわい。ここに下書きをしてもらいやした」

三次は懐から一枚の紙を取り出した。津國屋長右衛門以下、十人ほどの名がきちんと書かれている。

「よしよし、これを印刷させて広めてやろう。後はわしにまかせておけ」正朔は今にも飛び出しそうな勢いだ。

「二の替り、二つ目は何とか仕上がりましたな」正三がほっとした顔をした。

「三段目はどないでっしゃろ？」三次は物足りなさそうだ。

「さあ、どうなるか……それは二つ目の結果次第だからのう、それを見てからでないと本は作れぬ」正三が言った。

三日後の明け方、正朔の使いというものがまだ締め切っていた泉庄の店の戸を激しくたたいた。二階にお由はもちろんのこと正三も寝ていた。二人はあわてて飛び起き、階段を転がるようにして降りていった。不吉な気配を二人ともに感じたのだ。

「奴の親方がやられました」使いは息せき切ってここまでやって来たのだろう。そとの寒風ものともせず顔は真っ赤で吐く息は真っ白だ。奴の親方というのは正朔が昔から呼ばれていた呼び名だ。

「なに、亡くなったのか？」正三もあわてて聞き返した。

「いえ、じゃが頭を丸太で殴られ、全身、血まみれ、昏睡状態だ」

「今、どこにおられる？」

「親方の自宅に皆で運び込みやした」

「お由、すぐ行くぞ」

「わしも行きま」

　まだ暗い道頓堀の通りを二人は寒風を切って走った。走るごとに砂埃が一段と巻き上がり、鎌鼬（突然皮膚が裂けて鋭利な鎌で切ったような傷ができる現象）のようにさらに二人に巻き付ける。家では正朔が若い芸妓に支えられ、茶碗の冷たい水を飲んでいる。数カ月前、ともにこの家の屋根で酒を飲み交わしていたあの娘だ。

「お義父さん、気ぃはついてはりまっか？　わしが誰かわかりまっか？」

「はてのう？」

「お由だす」

「分かっておる。心配せぇでもまだ呆けてはおらん」

「けど頭は包帯してはるけど、血まみれじゃったそうな」

「頭を殴られれば血が出るのは仕方ない」

「棒じゃのうて、刀で襲われたら一巻の終わりだした」

「なあに刀ならお手のものじゃ。奪い返して返り討ちじゃ」

「ともかく、致命傷でのうてよかった。これが三つ目の始まりですな」正三はほっとした様子で付け加えた。「ご苦労だった。後はわしらでやるのでお引き取りくだされ」

　正朔の手下や仲間に相応の手当を渡して帰した。

「三つ目ってなんだすか？」今まで自分の腕に抱きかかえながら正朔の手をさすっていた芸妓が不思議そうにたずねた。

「あ、いや、なんでもない」正三はこの娘も帰した方がよかろうと考えている。

「これは菊枝ともうす難波新地、いずしんの芸妓じゃ。若いに似ず、ものをよう知っておる。そうじゃ、これも仲間に加えてもらえぬか？　お由の手に余れば、何でも手伝うであろう。どうじゃ？」

「わしはかまわぬがのう」菊枝は気軽にいう。

「お義父さん、こないな危ない目ぇに会うてるのわかっとうか？」お由は承知したともしないとも分からぬ反応だ。

「へぇ、まさかおなごに手ぇは出さんじゃろ」

「それが分かっとらん証じゃ。清太郎さんをお助けなさっていたお千さんは殺されなさったぞ」

「その時はその時だす。へぇ覚悟しとります」菊枝は案外肝っ玉が据わっているようだ。

ここまで言われるとお由も承知せざるをえない。

「まあ、菊枝はお由の手下と思っててくれ」正朔はほっとしていった。「それより三つ目じゃ。正三、どう仕組かのう」

「やはり、ここは父上が襲われたことを知らすのが一番でしょう」

「性懲りものう、また引き札になさるんだすか？」お由は苛立ちを隠せない。

「いや、わしもそう思う。こうなればわしはこの二の替りの役割に人身御供となってもよい。わしのような老いぼれの人身御供では神も喜ばぬかもしれぬがのう」

「父上が御承知なら、わたしが下書きを書いて、引き札をお作りしましょう」

「あの者たちも怒っておる。みな、いやとは言わぬであろう。まずは二の替り三つ目の幕が開かれたわけじゃ。これは楽しみじゃわい」

ところが間もなく正朔の身に起こったのは、奉行所への拘引だった。三次の関わりではなかったが、三次は心配して拘引される正朔を東町奉行所まで見送った。

正朔は翌日、釈放された。すでに正朔の傷害を受けたことと共に奉行所に拘引されたことまで引き札には書かれている。

「お義父さん、どないだした？　えらい拷問受けたそうじゃあないだすか？」

「それは三次が言っておるのか？」

「へぇ、みなさん、奉行所で殺されてなされるのではないかと心配しとりましたで」

「拷問なんて大袈裟に三次が申しておるだけじゃ。たしかに竹刀で打たれはしたが、死ぬるほどではない。そこそこ手加減されておった」

「けど昨夜はえらい寒い夜だした。あのようなとこでは凍え死ぬんではないだすか？」

「運悪ければ凍え死にもあるじゃろが、わしは元武士ということで、普通の牢ではのうて揚屋に入れられておった。一応、畳敷きの牢で助かったわい」

「それで父上の罪状はいかなるものでしたか?」

「それは近江が申し出たのであろう、誹謗中傷ということらしい」

「ひぼう、ちゅうしょう?」お由と菊枝が声をそろえて尋ねた。

「ようするに、ありもしないことで人を公然とののしったということじゃ」

「あの引き札にはそないな事、一言も書いてはおらなんだわい」

「まさにその通りじゃ。あの引き札をもって誹謗中傷とは自ら罪を認めたようなものじゃ。奉行所でもそのことは認めざるをえなかった。けど奉行所の本音はそないなことではない。引き札を書いた人物や協力者の名がほしかったのじゃ」

「父上はそれを言わなかったため、拷問をうけなさったのですね」

「もし一人でも名をあげれば、芋蔓式に名があがる。まことの名ならこの会合を潰すことになるし、まことでない名ならその方に迷惑をかける。ここは我慢して名はあげぬしかない。苦しいところじゃ。役人たちは、わしらはおぬしの味方をしてる、どうして味方に味方の名をあげぬ、なぞと脅しと蜜をもって一人でも言わそうとする。今から思うと、あの版元が決して白状しなかったのは、わしと同じ立場であったのかもしれん。たとえ目的はさかさまであったにしてもじゃ」

そこまで言うと正朔は苦しそうにうめいた。

「これは大変じゃゃ、お由、菊枝、父上の看病をたのむ」

二人は正朔の肩をささえ、一階から二階に担ぐように運んでいった。

「なるほど、こうした時に、料理盆などというけちなもんでなく、人を二階に運ぶ、せり上げが出来れば、楽になるな」

正三の頭にふと当面の三つ目とは関係ないながら、舞台の工夫が浮かび、その考えを頭の中で転がしてしばし遊んでいた。

やがて菊枝が二階から降りてくるとさっそく正三に言う。

「師匠、四つ目を仕組んでもらんと腹の虫がおさまりません」それにはお由や三次も一も二もなく声を合わせた。

現在はもう家質会所の実態は次第に多くの大坂の人々に明らかになりはじめ、正朔の手下や仲間がばらまいた引き札から、黒幕の名も明らかになってきている。先に進めるに十分な気運だ。

「四つ目は大団円に向かう前の静かな場にせなならん」

「何もせんということだすか？」お由はふくれっ面をした。

「何もせんなら四つ目はなしということになる。静かな場といったのが、誤解を生んだようじゃが、五つ目へのための準備といったところじゃ。しかし、この場が上手く行くか行かぬかで五つ目が成功するかどうかに関わる大事な場じゃ」

「ということは？」三人が一斉に正三を見る。

「五つ目は打ち毀しじゃ」

「打ちこわし、それは家を潰すということだすな？」三次が確かめる。

「下手をすれば、物取り、強盗の類とみなされよう。さよなものではないことを、最初にはっきり示さねばならぬ。それ故、最初の打ちこわしはただ一軒、紙屋だけに絞る。壊すのは家だけではない。紙屋の集めておる借家の証書の類を引きちぎり、金銀の類は川に投げ捨てる。これは是非とも言っておかねばならぬが、火は一切使ってはならぬ。火事にならぬよう最大の注意が必要じゃ」

「これは忠臣蔵の討ち入りだすな」お由が嬉しそうに言う。

「まさにその通りじゃわい。赤穂浪士は二年近くをこの四つ目にかけたが、われらはわずか数日じゃ。しかし、大切なことは浪士たちに負けはせぬ」

「結構な芝居じゃ。中之芝居なんぞ、田舎芝居に見えますな」お由がまたまた喜んだ。

「けど、赤穂は四十七人、こちらは御老体をいれてわずか五人だっせ」三次は指を折って数える。

「老体とは誰の事じゃ」いつの間にか正朔が階段から下りてきている。

「お義父さん、大事ないんだすか？」

「なあに、あれくらいはかすり傷じゃわい。この老体も当然、加わるわい」

「いえいえ、父上の出番は五つ目よりもこの四つ目です。五つ目では役のない天川義兵衛です」

「おお、四十七士の武具を整え、資金を提供したあの大坂町人の役じゃな」

「その通りです。ただ集めるのは人、紙屋を打ち毀す重要な役目を背負った……そうですね」正三は指を折って数え、続けた。「少なくとも五人、出来れば十人ほどを集めていただきたい。そのものには今回の打ちこわしの目的と方法をしっかりと教え込み、一人として道を外れてはなりません。そうした重要な仕事に耐えられる人物だけを最初の打ちこわしに加えます。浮ついたもの、野次馬騒ぎは失敗のもとです。もちろん、犬も」

「ということはわっしは加われないということだすか？」三次はまたも唇をかむ。

「その通りじゃ。おぬしの役は米沢藩江戸家老色部又四郎じゃ」

「江戸家老だすか？　わっしが家老役？」

「その通りじゃ、米沢藩主が実父吉良上野介を助けんとはせ参じるのを必死になってとめた江戸家老じゃ」

「ということはわっしは他の役人たちが打ちこわし者を妨げるのを防ぐ役ということでやすか？こら難しい」

「けどおぬしにしか出来ぬ。それにその日はもう一人、いやお二人、守ってもらわねばならぬ者がいる」

「どなたさんでやすか？」

「お由と菊枝殿じゃ、お二人はこの最初の打ちこわしに加わってもらう。これは男だけの問題ではない、家計を預かる女にも大きな問題じゃということを示すために、おなごらにもぜひ加わってもらいたいのじゃ。お二人はこのためのいわば人身御供」

「わははは、そら神もこないな老体よりも若い二人のおなごなら大喜びであろう」

「どうじゃ？　お由？」

「へぇ、喜んでさしてもらいま。けど芸妓の菊枝はんは？」

「うちも喜んで、こないなえぇ役めったにもらえるもん違いますわいな」

「御病体ながら父上にはその最初の五人を集めていただきたい。集められたなら、その五人にわたしの方でもしっかり話をいたします。その日取りは成り行き次第、ということでこの四つ目はひとまず幕、その日を次の幕となりましょう」


翌々日の二十二日昼前、町屋町筋住吉屋町紙屋利兵衛の店先に三人の男が髪結い油を求めに来た。店の手代が油を出して見せたが、

「こら臭い、こら何の油じゃ」

「まことに馬の小便の匂いがする」

と口々に悪口ばかり言う。

「うちはそないな油は一切おいてはおらぬ。買わぬならさっさと帰ってくれ」手代は真っ赤になって怒り出した。

「どや、こっちは糞溜めの匂いがせんか？」

「まことじゃ、こないなもん、よう売りよる」

男たちは手にした鬢付け油を床に投げつけた。なんともよい香が店先から通りにまでただよい

始めた。

「なんじゃ、なんじゃ、この店では馬糞の油を売っておるのか」

「どれどれ、ほんに臭い油じゃ」

「おまえら、この匂いを馬糞というのか」手代も必死になって反撃する。「おい、こいつらは客ちゃう。強請りのたぐいじゃ。早よ、お役人、呼んで来い」手代は小僧に言いつける。

「わしらを強請りじゃと、ははは、おぬし、この鬢付け油に金の匂いがするか？　せんじゃろ、この店は金銀の匂いのする鬢付け油を売っておると聞いて買いに来た。この店は紛い物を売っておる」

「どおれ、わしにもかがしてみなされ」お由がしゃしゃり出る。「ほんに、ちいとも金のにおいはせぬわい。紛い物ばかりじゃ」

　その頃に集まったのは正朔が集めた五十人ばかりの男女であり、店先は完全に占められている。丁稚が役人を呼びに走ろうとしても、首筋を捕まえられ店に押し返された。

「旦那様を呼べ。旦那様はどうなされてる？」手代は今度は旦那に頼ろうとしたが、

「旦那様は奥で震えておるわい」といつの間にか上がり込んでいた男の一人が大笑いしていった。

「こないな紛い物、はよ、すてたれや」

　男の一人が宣告した。すると、五十人ほどの男女は一斉に店内になだれ込み、店にある品物ばかりか、奥の飾り物、金庫、帳箱、証書まで掻き集め、打ち砕き、踏みつぶし、ことごとく屋外

に放り出した。まもなく店内や屋敷内の目に付く物がなくなると、五十人ほどの集まった者たちは一斉に駆け出し、残されたのは呆然自失とした店の者ばかりだった。この時、ようやく三次に率いられた役人たちがあらわれ、事情をたずねた。

「あの者たちが言うに、今度の家質会所の企てに怒ってやったとのことじゃ。まあ、おぬしらも胸のつかえも取れたであろう。堪忍してやってくれ」与力の一人が慰めるように言ったが、心の中では舌を出している。

「そうそう、これより、怨みをはらすに、瓦町の鉄屋庄左衛門、竹田近江も打ち砕いて帰ると申しておったぞ」

「そないなことより、うちはどないなりまんか？　全滅だす。店の品も証書も手元の金も全部やられてまいました」ようやく目を真っ赤にした主人紙屋があらわれ、泣きつくようにいった。

「証書はしらんが、金は長堀川にあるぞ、なんなら今から金拗いにでもいけばよい」

この日は役人たちが高提灯を立てて紙屋を警固したが、夜更けても何事もなく、また近江や鉄屋にも誰もあらわれず、しずかに過ぎて行った。

「どないじゃった？」

正朔方に集まった面々にたずねると、三次はすかさず言った。

「面白うかったわい。御寮さんなど、ちと出番が早すぎるのではないかとひやひやしました。けど、なんちゅうか……もうちっと何かわけの分からんことが起こりそうなものだすけど、正三師匠の仕組通り運ぶだけで、少しばかりたよりないと」

「ははは、それは今日は前相撲じゃ、これから本相撲が始まる。勝負は分からんぞ」正朔がはっきりと言う。「明日からは一軒ではない、あっちこっちに走りまわって貰わなならん。お役人の出の方が早いとこもあろう。よって、どないな事になるかもしれぬ。ここで気抜いて、正三が申していたことを忘れたら、何もかもおじゃんじゃわい」正朔がめずらしく、大坂語ともつかぬ言葉を使った。

「おじゃん、そらええ言葉だすな、ぴったりだす」菊枝が嬉しそうに正朔に寄り添った。

翌二十三日、竹田近江は昨日の噂を聞き、早朝より道頓堀の竹田芝居の木戸に貼り札をした。『私事、この度、家質会所の儀、企てもうせしように思し召す由、驚き入り候、この儀、毛頭存じ奉らず候、もしわたくし虚言を申し上げしように思し召し下され候らはば、梵天帝釈天四大天王、日本大小の神祇の御罰を蒙り、わたくし親子、兄弟は申すに及ばず、親類眷属(けんぞく)に至るまで、長く奈落に沈み棄て申すべく候』と誓紙をしたため、諸人に見せるようにした。この店に集まったのは五百人をはるかに越えていただろう。道頓堀の茶屋、芝居の人々も朝早くからの騒がしい人声に起き出さないものはいない。正三らも店前に集まって様子をうかがっている。正朔もそこに加わった。

「おおい、正三、この札が見えんか、わし、関係ないぞ。助けてくれ」

正三をいち早く見つけた近江は大声で叫んだ。

「近江殿、どないな札じゃ、悪うございましたと書いてあるのか？」

「わしのどこが悪い。わしがおらんだら、道頓堀は芝居も茶屋も立ち行かん。みんなわしがようしてるからじゃ」

「けど、これから、みんなの金を財布の底までかすめ取るつもりじゃろ」

「金というもんは、集めて初めて力になるんじゃ。わしのように使い方を知っておるもんの手にかかってこそ世の中が進むんじゃ。西洋でも皆そうじゃ。お前らみたいな貧乏人に平等に分けてみい、あっという間に消えてなくなって、そんでしまいじゃ」

「何抜かす。人から金盗んで、こないな家、さっさと打ち砕け」

「そうじゃ、そうじゃ、何が世の中進むじゃ、この業突く張りが」誰かが大声を掛けた。

「ここはわしの住まいじゃない。わしの住まいは長町じゃ」

「なんじゃと、竹田近江の住まいは長町じゃそうな、ではそちらに参ろうではないか」

そういうと集まった大人数は近江を押しのけ、突き倒して一斉に堺筋の方角に走り出した。すでに道頓堀以外の四方からも打ち毀す物音や人声が大きく聞こえている。

「待ってくれ、そこもわしの内ちがう」

近江は必死になってさけぶが、地面に倒れた近江を踏みつぶす勢いで数百人が駆け出した。近江の着物はもうよれよれを通り越し、ぼろぼろになっている。

「おい、待ってくれ、正三、はよ助けてくれ」

「近江さん、褌が垂れてまっせ」お由も大声で答える。

まもなく一団は長町三丁目の近江の居宅に押しかけた。家具から貴重な品々、果ては帳簿、証書類にいたるまでその場で引きちぎったり、表に放り出したりしたが、大勢の人が集まる中を一人の巨人が現れた。巨人といっても六尺五寸程度の男だったろう。若者か中年男かはわからない。茶の布子を着た角髪の男であり、諸人を押しのけると、数人の力でも動かなかった大時計を壁から引きはがすと地面にたたきつけ、戸棚、帳箪笥の類なども両手に抱えて道に放り出し粉々に打ち毀した。

「おお、えらい力持ちじゃ」

人々が驚く間もあればこそ、近江の家は室内のものばかりでなく、地震か大風になぎ倒されたかのように、あの奇妙な家は瓦礫の山と化していた。これには駆けつけた正三も呆然とするばかりだ。近江が誇った先祖伝来の品も阿蘭陀渡りの品もことごとく屑になっている。前角髪の男は一言も発することなく、破壊の山を作ると、猛然と別の場所に走り去った。役人たちが現れたのはこの後のことだ。もう家の前には誰もいない。

「すごい力持ちが助けてくれる」

人々はこれでもう勇気百倍、一斉に走りだすと、すさまじい砂嵐が一団を包んだ。まるで忍者が姿を隠すのに用いる火薬を撒いたかのようだ。

その日、打ち毀されたのは十一軒、翌日は二十八軒、それ以外にも押し寄せた店は大勢あったが、役人の到着が一足早く、これを見ると集団は別の当てに走って行ったのだ。

一月二十五日は雨が降った。打ちこわしは四軒に終わった。四日で四十四軒になる。

「正さん、後はどうする？」

「ひとまず、今回はこれで打ち止めじゃろ」

「うぅん、銭屋を逃したのは無念だすな。けど、家質会所が取りやめになれば、あれらの出費は取り返せまい。損害ばかりがのこる。没落するのも時間の問題じゃ」

「さいだ、さいだす。これで大坂も今まで通り貧乏人の住める街にもどりますかいな」お由が言った。

「そうなってもらいたい。そうなれば人形浄瑠璃も歌舞伎もまた復興するであろう」

「ところであの前角髪の巨人は何者じゃったのだ？」正朔がたずねた。

「誰にも分からんようです。一言も発せなかったし、どこからきて、どこへ行ったのかも知るものはおりませぬ」

「そうか……わしには少々、見覚えがあるような気がする」正朔が昔を思い出すような顔をした。

「例の清太郎の姉、お勢が引き取って世話をした相撲取り、と申しても前相撲で終わってしまったが、あれに似ているように思う」

「それではお勢さんの？」

「道頓堀の火事以来、姿を消したとかいう夫婦者じゃ」

「あぁ、それならお勢さんも生きておられるのかもしれん。ならあの前角髪の男はお勢さんの意を受けた仇討ちということになる。うん、この二の替りは仇討ち物じゃ」

「そんなら、わいらもその仇討ちに少しは加勢したわけだんな」三次が嬉しそうに付け加えた。

了

毛利　隆一（もうり りゅういち）

1947年生まれ。2020年7月没。

疾風 －並木正三諸工夫より－

2023年3月1日　第1刷発行

著　者　毛利隆一
発行人　大杉　剛
発行所　株式会社 風詠社
〒553-0001 大阪市福島区海老江 5-2-2
大拓ビル 5 - 7 階
TEL 06（6136）8657　https://fueisha.com/
発売元　株式会社 星雲社
（共同出版社・流通責任出版社）
〒112-0005 東京都文京区水道 1-3-30
TEL 03（3868）3275
装幀　2 DAY
印刷・製本　小野高速印刷株式会社
©Ryuichi Mori 2023, Printed in Japan.
ISBN978-4-434-31824-5 C0093

乱丁・落丁本は風詠社宛にお送りください。お取り替えいたします。